T0149675

Initium et Finis
(Transformación y Caos)

Initium et Finis
(Transformación y Caos)

ALAN MONCISVAIS CORONA

Número de Control de la Biblioteca del Congreso de EE. UU.:   2018908274
ISBN: Tapa Dura   978-1-5065-2590-7
                  Tapa Blanda   978-1-5065-2589-1
                  Libro Electrónico   978-1-5065-2588-4

Esta es una obra de ficción. Cualquier parecido con la realidad es mera coincidencia. Todos los personajes, nombres, hechos, organizaciones y diálogos en esta novela son o bien producto de la imaginación del autor o han sido utilizados en esta obra de manera ficticia.

Información de la imprenta disponible en la última página.

Fecha de revisión: 17/07/2018

Para realizar pedidos de este libro, contacte con:
Palibrio
1663 Liberty Drive, Suite 200
Bloomington, IN 47403
Gratis desde EE. UU. al 877.407.5847
Gratis desde México al 01.800.288.2243
Gratis desde España al 900.866.949
Desde otro país al +1.812.671.9757
Fax: 01.812.355.1576
ventas@palibrio.com
712394

Índice

1

Ayer

Jessica

«Desperté sobresaltada. Me levanté de golpe y sacudí la cama sobre la que descansaba. Estaba sola.

«Juraría que Diego dormía a mi lado», recapacité.

Pero no había nadie, el cuarto estaba vacío.

Afuera llovía a cántaros y el segundo piso de la cabaña se iluminaba con los esporádicos relampagueos que provenían de fuera colándose a través de la ventana.

Confundida, me levanté sin saber la hora y preguntándome dónde estarían los demás. Miré por de la ventana hacia el lago salpicado y agitado; cada gota de lluvia que caía sobre su superficie resultaba un lúgubre espectáculo en cámara lenta.

Bostecé más tranquila, estiré los brazos, las piernas y el cuello tanto como pude con los ojos cerrados. Lo disfruté inmensamente. Bajé a la cocina. No había nadie. La pantalla, que permanecía encendida a todas horas, estaba apagada. Miré la hora en el reloj pegado a las piedras de la chimenea. No podía

—Confío en que así sea. Ellos jamás te olvidarán.

Tristeza y regocijo se mezclaron en mi pecho.

—¿Entonces…? —asentí y acepté escuchar su petición.

—Tendrás que inducir a Diego a enamorarse de Katla. Engaña a Diego y al resto con un supuesto amor secreto por Andrés. Esto sacará a relucir la inseguridad de Tara y hará que se encariñe con Andrés, él le corresponderá.

—¿¡Qué!? ¿¡Estás loca!? ¡No funcionará! ¡No…!

—¡Confía en mí!

Reflexioné por un instante. Ya antes había decidido fiarme de ella:

—¿Cómo puedo hacer eso?

—Regresa y colócale sus placas a Diego. Con tus manos sobre ellas, arma tu robot, pero sólo la fase inicial, hasta los tubitos azules, que también crecerán hacia él. Entonces estarás en conexión directa con las placas y, por medio de ellas, a Diego. En ese momento lo único que tendrás que hacer será inducirlo a enamorarse de Katla, sacar a flote todos sus recuerdos, pensamientos y momentos más bellos que tenga con ella.

"¿Así como así? ¿Tan fácil?».

—¿Y cómo engañaré a todos? No es tan fácil. No se puede controlar la voluntad… ni los sentimientos.

—¡Es fácil! Después de inducir a Diego, una falsa declaración de tu amor hacia Andrés hará que Diego, últimamente indiferente hacia ti, te reemplace con Katla. Eso confirmará y afianzará el amor hacia ella, amor que ya crece en su interior. Esto a su vez hará que Tara dude de sí, de sus sentimientos y de ambos jóvenes. Al notar a Diego encantado con Katla, la competitividad de Tara contigo, ahora también por Andrés, le generará confusión. Ellos harán el resto del trabajo, pues conoces a Andrés, quien intentará conquistar a Tara. Con un poco de tiempo los cuatro miembros del grupo tendrán lo que desean. Inspirados, seguirán adelante por los seres que aman. Tú quizás seas olvidada por un momento.

—¡Habías dicho que jamás me olvidarían!

—Así es. Momentáneamente no significa para siempre.

—¡Ahh...ahmm! ¡No me gusta mucho tu plan!

La lluvia se convirtió en aguacero y las corrientes de aire eran atronadoras.

—Te elegí por tu gran inteligencia, tu curiosidad, tu mente abierta.

—¿Para qué me has elegido?

—Una tarea especial. Si la completas, y sé que lo harás, podrás volver con ellos.

—¿Qué tarea especial?

—Son las respuestas a las dudas que tanto te han rondado la cabeza. Acerca de la confiabilidad de La Orden, sobre los androides, sobre las invasiones: todo.

Tentador, muy, muy tentador. En mis entrañas cosquilleó un ansia incontrolable por conocer, por saber.

—¿Cuál es mi "tarea especial"? —acepté.

—Debes buscar a unos individuos, parte de una sociedad alterna a la Orden. Cada uno posee información única y muy valiosa. Deberás arreglártelas para lograr que te la den, pues no a cualquiera cederán ese poder.

—¿No me ayudarás? ¡Creí que les avisarías para que me la dieran!

—No, nadie debe saber quién te envía —ni siquiera yo sabía—. Es de vital importancia que reúnas el conocimiento por tu propia cuenta.

—Pero me dirás dónde se encuentran, ¿cierto?

No hubo respuesta, así que continué:

—¡Toma en cuenta que el planeta entero quiere mi cabeza! —agité mi mano señalando hacia el horizonte—. Ir de un lugar a otro significa ponerme en bandeja de plata; el encararme con sujetos con información valiosa, en bandeja de oro. ¿Cómo sé que no me aprisionarán y cobrarán la recompensa?

—¡No lo sabes!

«Reconfortante, muy reconfortante...» entorné los ojos.

—Te daré los datos suficientes para que sepas adonde ir.

—Quiere decir que me abandonas a mi suerte…

—Te dejo en compañía de ti misma. ¡Debería ser suficiente!

«Fffhuuf… dio en el clavo» suspiré. Mi orgullo acució ante aquella afirmación:

—¿Qué sigue?

—Tu primer destino:

> En La Ciudad de los Dioses; cariñosa y amorosa entre
> La Luna y El Sol se descubre; convence y retrocede o
> se enfurece.

«Manos a la obra».

Inspirada por la fuerte lluvia razoné por un momento:

«En la actualidad a ninguna ciudad se le llama "de los Dioses"… así que tiene que hacer referencia a alguna antigua».

Pero no muchas ciudades antiguas seguían en pie.

«Piensa, piensa… "entre La Luna y El Sol"… tiene que ser…».

—Teotihuacán.

—¡Por eso te elegí! Este es el primer capítulo de tu verdadera vida. Hasta pronto.

Otro rayo azotó el muelle.»

1 de Noviembre. La Cabaña, Italia
6:58 am

Jessica

Abrí los ojos nuevamente y desperté serena sobre la cama. Diego estaba ahí, a mi lado.

«¿Fue eso un sueño…?… qué real» resoplé.

La mañana estaba nublada. Nevaba con suavidad y la pantalla seguía susurrando desde la sala. Me levanté con rapidez sigilosa y bajé a ver el reloj: 7:00 de la mañana. Esto ya no era un sueño. Subí de inmediato, tomé las placas de Diego que, plácido, descansaba y soñaba con respiración profunda. Se las coloqué como pude, agitada y nerviosa. Comencé el armado de mi androide con lentitud calculadora; las redes azuladas recorrieron todo mi cuerpo con tenues y súbitos destellos. Los tubitos que crecieron en mis dedos sobre Diego se prolongaron y tocaron la superficie de sus placas. Un instante después, refulgieron bajo su piel. Estaba dentro.

«Hummm… y ahora cómo le hago… ¿cómo se induce a alguien?… no debería estar haciendo esto…».

Toda su cabeza estaba cubierta por los tubitos.

«Maldición… ¿no es esto peligroso?… entrar en la mente de las personas es tan… tan poco ético…».

De pronto estaba confundida y dudosa, metida en asuntos controvertidos de la psique humana. Pero estaba conectada, más bien, invadía la mente de alguien de forma directa; no era el momento ni el lugar para entrar en debates existenciales. Tenía un trabajo que hacer.

«Bien, ok… ok… entonces: *Katla*».

De inmediato imágenes, recuerdos, momentos y pensamientos fugaces invadieron mi mente a toda velocidad como un repentino destello, como una película en cámara rápida en alta resolución, muy nítido y con diálogos, narraciones y comentarios de Diego en cada una de las situaciones. Sentía lo que él en mi interior. La mujer había dicho: "estarás conectada a él", pero no dijo "estarás unida a él". ¿O sí?

୫୦ଓଷ

Era algo obvio, no tenía que decirlo. Ello era como empatía, pero a un nivel mucho mayor porque Jessica no la estaba evocando o entendiendo, sino que estaba apreciando y concientizando la forma de sentir y pensar de Diego sobre Katla. "Meterse en los zapatos del otro" ¿Literalmente?

୫୦ଓଷ

Olvidó decir lo importante: había visto, escuchado, presenciado y sentido todo como si yo fuera él; asuntos de los que sus rayos parecían empaquetados, que formaban haces que chocaban con mi abdomen y daban la impresión de entrar en mí. Parpadeé varias veces creyendo que alucinaba, pero el haz luminoso seguía ahí. Me moví un poco y lo observé *entrar* en la pirámide.

«Claro: entre la Luna (el astro) y el Sol (la pirámide) se descubre el camino (el rayo de luz), el cual indica "entre", de *entrar*. Pero ¿quién rayos viviría en una pirámide?»

Por más loca que pareciera la idea tenía que intentarlo, solo debía buscar alguna forma de ingresar. Miré por todas partes buscando alguna especie de puerta.

«Tal vez... entre la Luna y el Sol, entre ambas pirámides...»

Bajé corriendo de la pirámide hacia el campo que separaba las pirámides y giré hacia ambas edificaciones varias veces mientras avanzaba sobre el llano. Armé el androide, medí distancias y alturas. Estaba justo en medio de los monumentos y entonces, lo noté: no había nada.

«¡Oh vamos! ¿¡Una pista por favor!?»

Luego de esa súplica, la maravillosa funcionalidad del androide me ayudó: me recordó aquellas frases que relucieron en Washington, aquellas que brillaban al aproximarse a la superficie sobre la que estaban inscritas. Pero no estaba cerca de ninguna superficie, excepto... Miré al piso. *Voila*. Las relucientes letras detallaban una frase entrelazada en el seco y ralo césped:

"No mires arriba"

«Tiene que ser una broma...» sonreí. Desarmé el androide y miré arriba.

De pronto el entorno se replegó hacia abajo como si algo me succionara hacia arriba, dejándome en un lugar totalmente oscuro, negro. Sólo una diminuta esfera blanca, resplandeciente y hermosa como una luna diminuta, flotaba frente a mí girando sobre sí misma. Era tan llamativa, intrigante, asombrosa y preciosa; tenía que atraparla. Di un paso cauteloso extendiendo mi mano por debajo de ella. El sombrío lugar entonces crujió y fue succionado junto conmigo por ella ahogando mi grito. Caí de cara y reboté en el suelo como un fardo pesado. Sacudí la cabeza y alcé la mirada. Frente a mí la figura de una mujer vieja se alzaba.

Me levanté de inmediato. El lugar era muy grande y estaba iluminado con candelabros de oro de un diseño intrigante. Los titilantes rayos de luz provenientes de velas alumbraban la enorme cueva y la espeluznante cara de la anciana frente a mí, reflejando cada una de sus incontables arrugas con gran detalle. Apoyada con ambas manos sobre un bastón, dijo:

—Hola, linda. Bienvenida —saludó con gran calidez en su voz dibujando una fina sonrisa.

—Ah... Mmh... Buenas noches —le sonreí a la atenta ancianita haciendo una ligera reverencia.

—Acompáñame —indicó con el mismo tono cálido tomándome la mano con sus esqueléticas y arrugadas manos llenas de manchas. Me ofreció una antigua tasita de plata con té humeante. La acepté y bebí al mismo tiempo que ella.

«"... *convence y retrocede...*"» recordé que había dicho la mujer del sueño.

—Ehmm... no quiero parecer grosera *madame*... pero he venido aquí a...

—Sé a qué has venido aquí chiquilla —interrumpió tajante.

— ¿Ah sí? —pregunté sorprendida.

—Estás aquí porque buscas lo que todos buscan hija. ¿O me equivoco?

Ni su tono cálido ni la sonrisa habían cambiado.

—Es cierto señora, a eso vengo —afirmé lo mas respetuosamente que pude.

—Eres una jovencita muy linda y ávida pero... —dijo desviando el tema —¿Qué motivos podrían traer a alguien como tú a estos páramos abandonados? ¿Qué razones te llevan a meterte en estas cuestiones, fuera de tu comprensión?

—Se lo agradezco mucho. Usted es muy amable —contesté tratando de devolver el cumplido —Yo… no sé, eso es lo que trato de averiguar con ese conocimiento que…

—Que por desgracia no te compartiré, lo que buscáis se encuentra en otra parte, no en este lugar.

Su voz cálida había sido reemplazada por una más firme y osca.

—Pero ¿por qué?… ¿Por qué no?

—Porque los espíritus confusos y dóciles jamás lograrán sobreponerse a su arcaica forma de existencia humana. Además, todavía no comprendéis que lo que buscáis se encuentra en lo profundo, no en la superficie. Creéis ser lo que suponéis, suponéis lo que presentís y presentís que todo lo sabéis a pesar de que no sabéis lo que creéis. Lo veo en tus ojos, esta misión no es para los débiles… —continuó.

—Pruébeme.

—Imposible linda. No eres lo que esperaba —aseguró decepcionada, dio media vuelta y se sirvió más té. Comenzó a molestarme su actitud y sentí la sangre subirse a mi rostro; la anciana era muy prejuiciosa, y los prejuicios destrozan oportunidades.

—¿Y qué es lo que esperaba? —pregunté moderando mi voz tanto como pude tratando de no perder el control.

—Alguien libre, maduro, serio, honesto, con la fortaleza necesaria, respetuoso y amoroso, no un simple humano común y corriente que jamás comprenderá esta clase de nociones — contestó girando lentamente hacia mí.

«¿Humano…? ¡¿Desde cuándo eso es un impedimento?!»

—¿Insinúa que yo no soy nada de eso? —pregunté furiosa azotando la taza de té en la mesita. La ira me inundó la cabeza.

—Así es —contesto con frialdad.

—No he venido hasta acá para que me digan que… —gruñí.

—¿Y qué haréis? —interrumpió desafiante y dio un paso hacia mí.

No había nada que pudiera hacer. De súbito se apagó mi furia. No sabía qué hacer o decir. Tenía frente a mí a una anciana testaruda y tan dispuesta a nada que podía sentir cómo mis esperanzas se caían al suelo. Resignada con un profundo suspiro le dije:

—De acuerdo, le ofrezco una disculpa. Yo sólo quiero ayudar... iré con quien esté dispuesto a cooperar con...

—Demuestra que me equivoco, que sois libre, pura y capaz de lograr cosas más allá de lo común —interrumpió de pronto, irguiéndose imperiosa sobre su viejo bastón.

—Libre, pura... capaz de... ¡Claro que puedo p...! —musité entre la sorpresa y el desconcierto causado por su repentino cambio. Mi mente se disparó en la búsqueda de una forma para convencerla.

—Calla y actúa ya —me interrumpió en un nuevo cambio de voz. Tuve la sensación de que empezaba a molestarse. Al parecer iba contra-reloj.

Pensé en contarle todo cuanto había hecho por los Iniefin, mis amigos, que se habían convertido en mi familia; por Diego; por mi país y por el planeta entero. Iba a "soltar la sopa".

—Eso no prueba nada —atajó de inmediato sin siquiera dejarme decir una palabra.

—Como que eso no... —repliqué, pero de nuevo me detuvo.

—Las palabras no sirven. Son temerarias, imprudentes, osadas y engañosas; carecen por completo de credibilidad si no son bien empleadas bajo un firme régimen intelectual y racional. Fueron entregadas al hombre para enmudecer sus pensamientos y sentimientos —espetó ya con semblante molesto pintado en su rostro.

«Talleyrand otra vez...» recordé.

Hablar no me serviría:

Me acerqué a ella mientras los tubos azulados recorrían todo mi cuerpo. Puse mi mano sobre las suyas y esperé a que pasara lo mismo que con Diego. Por suerte, las últimas fibras de los tubitos se incrustaron en su piel lanzando un pequeño destello al entrar. Recorrieron sus manos y llegaron hasta sus brazos. Ella

guardia y ella, con un sensual gesto, invitó al aprendiz a iniciar su avance. Él se abalanzó sobre la joven lanzando una diestra patada aérea que ella de inmediato esquivó. Me estremecí. Un increíble y animado combate cuerpo a cuerpo en la que ambos parecían más que expertos encendió el escenario. Al inicio parecía tae kwon do, después, no pude reconocerlo; era toda una combinación entre jiu jitsu, kung fu, krav magá; no sé, toda la gama de artes marciales entremezcladas en un combate casi artístico. Golpeaban, pateaban, giraban, esquivaban, saltaban, bloqueaban y volvían al ataque; era magnífico y espectacular.

De pronto, con un tórrido agitar de brazos, formaron un par de relucientes *katanas* con las que la emoción del duelo dio un giro, aumentando todavía más cuando se deshacían de ellas y sacaban más de aquellos filosos sables y diferentes armas en plena batalla. El estentóreo eco de los impactos entre el filo de las armas, golpes, patadas y gritos resonaba con gran furor mientras ambos cuerpos se movían a una velocidad extraordinaria. Era como si pudieran anticipar todo movimiento de su oponente para bloquearlo y en seguida lanzar su contraataque. Su impetuosa disputa parecía irreal.

La contienda se extendió durante un rato y después el ilusorio video empezó a desmantelarse poco a poco aún con aquellos dos en plena batalla. Luego de unos calamitosos segundos, me encontré de nuevo frente a la pirámide con la mente hecha trizas.

Estaba turbada, emocionada y tan asombrada. Aquellos detalles del manejo de los androides eran exquisitos, sumamente valiosos. El magistral poder que poseían estas máquinas incluso desde su discreta y elemental forma inicial; el poder disfrazado que contenían como el cuerpo al alma; la capacidad de formar y transmutar casi cualquier objeto: era simplemente eminente, tan excelso que turbaba e impresionaba sobremanera.

3

Curiosidad

৪০৫৪

Después del ver video Jessica pasó un día entero practicando con su
androide. Fue un día largo y complicado, ya que mantener en mente
cada detalle del objeto a transformarse no era cuestión tan sencilla como
ampliar o reducir una mano de tamaño. Pero, para el final del día,
y tras haber revisado varias veces la vívida grabación, logró controlar
bastante bien aquellas mutaciones a cosas grandes. Y a pesar de que no
había logrado camuflar sus placas ni disfrazarse como otras personas,
consiguió equilibrar en gran medida la energía que obtenía del
androide y viceversa, lo que le evitó que se desarmara constantemente.
Esto facilitaría su próximo viaje, el cual esperaba con ansia.

৪০৫৪

Jessica

—Debes apresurarte —urgió la mujer que me arrancó a mis
amigos— debes seguir adelante y continuar con tu desarrollo.

Apareció en mi mente aquella extraña, pero no como la vez
anterior, sino en lo que intuí era una alucinación debida a la falta
de sueño y comida, sumado al constante uso del androide pues,

a pesar de que mantenía con vida al cuerpo, la mente tiene sus propios límites.

—Dime entonces, ¿a dónde debo ir? —le pedí.

La curiosidad me mataba: ¿Qué vería en el siguiente fragmento?

—Lo encontrarás en París, debajo de la Torre Eiffel.

Al parecer iba en serio: debía apresurarme; esta vez no hubo acertijos ni claves. Acompañó su indicación con una sugerencia que más bien sonaba como una orden: "Darle lo que te pida es la única forma".

Viajé de inmediato a París. Con ayuda del magnífico robot al que empezaba a dominar muy bien llegué en cuestión de horas.

París, Francia

La ciudad estaba vacía. Soplaba una suave brisa que se deslizaba suavemente entre mi cabello y barría con suavidad los escombros empolvados de la capital parisina. No tenía idea de qué hora era, pero ya atardecía.

Una extraña sensación me invadió al ver que la gran torre de Francia había sido dañada y estaba doblegada entre el segundo y el tercer nivel de su estructura, de los cuales chorreaban todo tipo de cosas; escurrían como el agua escurre de una superficie lisa. Eso en realidad suponía una señal evidente de que la guerra no iba bien para La Orden.

Corrí entre calles abandonadas con rumbo al centro de París, hasta la Torre Eiffel. Buscando alguna compuerta en el piso, encontré finalmente una compuerta en la base este, cerca de un pequeño lago.

«Darle lo que te pida es la única forma». Las palabras de aquella extraña retumbaban en mi cabeza.

«Pero ¿qué puede pedirme si no tengo nada?» pensé. A excepción de mis placas y mi ropa, no traía nada más conmigo.

Quizá el medallón, aunque no estaba segura de poder intercambiarlo, ni siquiera por aquel conocimiento por el que moría de ganas de ver.

Abrí el portillo y bajé de un salto hacia la oscuridad, sin pensar antes en lo que podría haber ahí dentro. Al parecer había perdido todo miedo y precaución.

Era un corredor corto, y al fondo una vieja puerta de madera cuyos bordes resplandecían resaltados por una titilante luz anaranjada tras ella. Avancé sin cautela, con paso seguro; la puerta estaba entreabierta. Dentro, un departamento ostentoso, de excesiva fastuosidad, anegado con un suave aroma a incienso de sándalo que impregnaba al lugar de un ambiente relajante y armonioso.

—¡Hola! ¿¡Hay alguien aquí!? —pregunté avanzando lentamente mientras miraba aquí y allá.

Entré al departamento, lleno de artefactos de pinta extravagante y lujosa. Quien quiera que viviera ahí tenía un gusto exquisito y muy exigente.

Caminé un poco mas hasta llegar al centro de la sala, cerca de la chimenea que estaba encendida. El crujir de la madera llenaba el lugar de una soledad insondable.

Entonces lo vi. Unos enormes ventanales al fondo daban vista hacia un paisaje montañoso; una cadena calcárea de filosas cumbres nevadas propagadas hacia el horizonte eterno, hasta donde la vista alcanzaba a distinguir. La panorámica perspectiva de ilusoria altitud enorme, enmarcaba, de izquierda a derecha, a las faldas de las perennes cordilleras divididas por un surco tallado en el paisaje por un dócil río de agua cristalina, un acantilado bañado con la cortina de una cascada que rebordeaba y alimentaba un lago en el cual se zambullía desde su extremo oeste, donde un nuevo y agitado río nacía, o daba continuidad al anterior. El canal avanzaba con calma por su cauce hasta desembocar en el mar, extenso como los límites del universo hacia el este. Había animales, aves y peces por todas partes; parecía tan pacífico, tan lleno de vida. Finalmente, una

bancario del mundo en conjunto podría pagarlo. Bueno… quizá a plazos sin intereses.

Miraba con cariño a esas cosas. O eso pensé. De pronto:

—Su aparente valor es tanto que duele y atormenta a la humanidad entera —y tras decir esto, con un fuerte zarpazo arrojó el mueble junto con todo lo que tenía encima contra el otro extremo de la habitación. Voló con imponente fuerza rompiéndose, destrozándose todo al golpear contra una pared cuya superficie se vio de pronto atravesada y herida.

—Ahora ya no vale nada —. Habló de nuevo, yendo y viniendo, mirando al suelo con la mano en su barbilla, como pensando o ideando.

—Y es obvio que vamos a morir en los próximos días. Todo arderá y el caos ascenderá —continuó.

«Qué optimista»

—Siendo así… que no traes nada, ni si quiera para hacer el intento de convencerme…

—¡Puedo conseguirle lo que quiera! —lo interrumpí al ver que la oportunidad de conseguir esa laminita se esfumaba.

—En este mundo material ya no existe nada que pueda interesarme —aseveró con sencillez.

Mis ánimos decayeron, perdiéndose en la inminente incapacidad para conseguir aquello. Mi creciente curiosidad dolía al desvanecerse.

—¿Nada? ¿En serio nada que le interese? —rogué. Debía haber algo.

—Pensándolo bien… puede que haya algo último.

Mi corazón dio un vuelco, animándose ante la posibilidad. Aun no estaba todo perdido.

—Tu eres muy hermosa…

Alarmada y asustada tragué saliva cuando un escalofrío acuciante de alerta recorrió mi espalda; sospeché lo que estaba por pedirme:

—¿Qué? ¿Qué es… qué es lo que quieres? —mi voz había dejado escapar una expresión incontenible, mezcla de ansiedad, ira, miedo y desprecio.

—Lo único que puedes ofrecer: tu cuerpo —se detuvo de golpe. Me miró con mayor intensidad en un alarde de osadía y satisfacción. Su expresión destellaba lujuria, fulgurante como rayo de media noche.

"¡¿Qué?! ¡Imbécil! ¡Desgraciado infeliz! ¡Hijo de p…!»

—El tiempo apremia preciosa —urgió con una sonrisa macabra.

—¡Jamás! ¡Nunca! ¡¿Quién te c…?!

—Perfecto. Puedes irte entonces —enmudeció con gesto de pronto sosegado e indiferencia llana—. Nunca sabrás qué hay aquí —malabareó con la laminita y miró hacia sus ventanales.

No tenía palabras. Y a mi mente solo vino:

«"Darle lo que te pida es la única forma"… *Única*»

Entonces las dudas me invadieron como en un remolino. ¿Por qué le hacía caso a esa mujer? ¿A caso no podría regresar con mis amigos si no conseguía obtener ese conocimiento? ¿Qué tal si era vital aquella información? ¿Qué podría ser tan importante para…?

«¿Qué será? ¿Qué será? ¡¿Qué será?! …» de nuevo la maldita curiosidad refulgía con férrea intensidad en mi interior quemando desde lo más profundo de mi alma.

Sólo había una forma de saberlo y era…

—Ahm… qué…

«¡No! ¡Jamás!» me detuve en una súbita convulsión cerrando los puños y apretando los ojos; estremecida entre la duda, la curiosidad y esa insolente indiferencia que me provocaba en el inconsciente a obtener de nuevo su atención.

Ya no me importaba, el mundo podía irse al diablo. Giré camino a la salida.

—¿Te gustaría saber qué maravillosas enseñanzas; qué increíbles respuestas encontrarás aquí?

«¡Sí! ¡Muero por saber!»

—No, no me importa —me mordí la lengua y evité mirar la lámina que hacía las veces de artilugio diabólico; que inflamaba mi curiosidad a cada latido.

—Bien. Sabes por dónde salir —concluyó sin inmutarse, sentándose en el sofá.

La curiosidad me asfixiaba. No moví un músculo, no podía; ¿por qué? Mi corazón latía desesperado y la batalla entre el *sí* y el *no* se tornaba exasperante. Mi mente lo quería pero mi dignidad y orgullo lo negaban e impedían rotundamente, ¿pero por qué? Si es mi cuerpo un molde, un recipiente, ¿por qué no utilizarlo para obtener lo que deseo? ¿Qué me impedía entregarme a ese atractivo hombre? ¿A caso no es eso lo que todos hacemos, de una u otra forma, en nuestros trabajos diarios, al extremo de sacrificar el descanso del cuerpo e incluso del alma misma? Una gran paradoja del mundo cuya tendencia a materializar la ética y la moral nos impone tabúes. Si cuando niños no nos inmutamos, ¿por qué como adultos, de supuesta conciencia desarrollada, nos reprimimos tanto? Maldita sociedad con usos y costumbres medievales tan arraigados como esclavizantes. Quería esa pieza, la quería más que a nada, la quería en demasía y en algún momento pensé "cueste lo que cueste". ¿Por qué surge entonces la duda en el momento decisivo? Ese hombre, la sociedad, atacaba mis dos debilidades y mis deseos convirtiéndolos en un anatema. Así que tomé el argumento que el pensamiento posmoderno y actual enaltece, aquel que gobierna nuestros actos y dicta nuestros destinos en sociedad, como base sólida de autoconvencimiento para no obtener lo que deseo, pues según parece, no hay parangón entre el valor de mi dignidad y el valor monetario con el que se puede obtener ese conocimiento que implicaría mi propio desarrollo, es decir: no me iba a vender, no como materia prima.

Apocada, derrotada y desconsolada, avancé hacia la salida.

—Espera —me detuvo—. Hagamos de esto algo interesante —ofreció—. En realidad, yo te deseo tanto como tú deseas obtener esto. Pero yo no pierdo nada y probablemente tú… —saboreó su postura victoriosa—, bueno, de todas maneras, creo que no te irás de aquí sin ella.

—Y eso a ti qué te importa —traté de envalentonarme—, no te daré nada, no haré nada… ¡Nada!

—Lo sé. Por eso te ofrezco hacerlo todo por ti.

—¡¿Qué?! ¡¿Te has vuelto loco?! ¡¿No escuchaste?! ¡Dije que no!

—Ey, ey, calma preciosa. No me malinterpretes. Me refiero a que yo te diré uno de los temas que aquí encontraras. Y tú no tendrás que hacer nada más que escucharme con atención.

—Cuál es el truco.

—Ninguno. Yo hablo, tu sólo escuchas. Y si quieres, sólo si tú quieres, saber otro tema, saber más, tendrás que deshacerte de alguna prenda de ropa.

—¡¿Bromeas!? ¡Estás loco!

—En absoluto. Será decisión tuya y podrás irte en el momento en que así lo desees.

Jugueteaba con la laminita entre sus dedos; tentaba mi curiosidad, que bullía en mi pecho como agua hirviente y provocaba un hormigueo por todo mi cuerpo que clamaba fragoroso: ¡hazlo ya!

Saber qué venía en ese disco era inescrutable sin ver el video o escuchar a ese sujeto. Necesitaba saberlo. La expectativa me comía viva; me lo pedía, me lo ordenaba, no importaba que debiera hacer tenía que saber.

«Un poco, sólo un poco… Podría escuchar de qué trata y después me iré sin necesidad de quitarme nada».

—Bien —escapó de mis labios, aunque deseaba matar aquel tipo. Mis manos, hechas un puño de emociones encontradas, temblaban entre la rabia y la duda. Me acerqué a él, temerosa, pero disimulando seguridad y convencimiento.

—Bien entonces. Ven acá preciosa.

«Una y ya… una y ya… una y ya»

Me senté al otro extremo del lujoso sofá, alejada de él.

—Escucha —se acomodó, giró sobre sí e inclinó su torso sobre sus piernas, con el disco entre sus manos, frente a sus ojos—. Si mi oferta hubieras aceptado, lo primero que podrías ver por ti misma aquí es…

—¡Espera! —respiraba agitada y asustada, dudosa y titubeante como jamás en mi vida.

—¿Qué sucede hermosa?

—Nada… nada, continúa… —negué con la cabeza tan ansiosa como inquieta y muy irritada. No entendía cómo un sujeto tan repugnante podía ser tan atractivo.

—Conocerías la verdad sobre los androides preciosa. El por qué, el para qué, el cómo… el todo acerca de ellos.

Estaba atónita. Mis oídos zumbaban. ¡Era lo que tanto deseaba saber! ¡Necesitaba saberlo! La curiosidad brotaba como espuma y todo ardía en llamas en mi cabeza.

Él observaba: "*¿otra?*", se preguntaba en silencio con una sonrisa que consideraría bella si no lo odiara.

«Una más… sólo una más y ya…»

Crucé mis brazos para quitarme el top.

—Espera… —interrumpió.

—¡Qué! ¿¡No es esto lo que querías!? —pregunté furiosa, ruborizada ante lo que estaba a punto de hacer y por verme súbitamente interrumpida. Estaba tan furiosa como apenada.

—Acércate más y hazlo con suavidad, con finura, con toda esa sensualidad que irradias…

—Púdrete —me quité el top de un jalón tosco y repentino.

—Hermoso sujetador sin tirantes preciosa. Me encanta.

Se quedó mirando por un rato. Mi rostro, ruborizado y ardoroso, estaba a punto de estallar por la vergüenza y la incomodidad provocada por su mirar lascivo. Me crucé de brazos y lo urgí con un gesto sin poder decir nada.

—Bien… bien, sí… te imaginarás que eso es lo mejor que verías. Pero viene también información sobre la verdadera cara de la famosa Orden. Podrías conocer integrantes que ni te imaginas; el cómo se fundó y de dónde es que provienen. Verás de dónde obtienen el gran poder que ostentan y te esclarecerá el misterio que la rodea. Quién sabe, quizá ya hasta soñaste con alguno de esos psicópatas...

Y ahí estaba yo de nuevo, sucumbiendo ante el aterrador y tentador poder del conocimiento que tanto deseaba adquirir. Una asquerosa sensación me invadió al instante en que se detuvo. Sentí como si algo dentro de mi mente se apagara.

Me levanté un poco, en un movimiento casi imperceptible, apenas lo suficiente para deslizar sobre mis muslos una prenda más fuera de mi cuerpo. Me deshice así de los ajustados mallones, casi sin pensarlo dos veces. Del mismo modo, sin percatarme siquiera, me había aproximado a él. Sus ojos entonces se clavaron en mí. Me observó con tanto cariño y deseo que no pude evitar sentir una extraña complacencia al recibir esa ardiente mirada que quemaba cada centímetro de mi cuerpo al recorrerlo con tanta impaciencia como impotencia, contagiándome un poco de aquella calidez carnal.

—Amo esas pequeñas bragas tuyas preciosa. Ojalá pudiéramos...

—Cállate. El siguiente tema.

Me restaban solo dos prendas. Ésta era el último tema que escucharía, después recogería mis cosas y me iría.

—Ah... sí, ehm... claro... ha mírame preciosa... primera vez en mi vida que estoy tan nervioso... —lo golpeé con una mirada impasible y gesto despectivo en aras de apresurarlo—. Ok, ok... va... Otra cosa que verías es la simple verdad.

—¿Eso qué significa?

—Esas noches en las que pensando te quedas despierta hasta tarde, preguntándote: ¿Quiénes somos? ¿De dónde venimos? ¿Habrá algo más allá, afuera en el Gran Universo? ¿De qué nos estamos perdiendo confinados a este diminuto planeta? ¿Qué más hay? Preguntas que en la adversidad y desgracia la gente no tiene tiempo de plantearse, y ni ciencia ni religión pueden explicarse con certeza. Conocerías más de lo que alguien normal podría comprender. Pero tú, tan hermosa, tan audaz, tan inteligente, tan compasiva; tú podrías. Es por eso que hasta acá has logrado llegar.

Se deslizó hacia mí con suavidad, al ritmo en que brotaba cada palaba desde sus labios. Su forma tan dócil, serena, seria y seductora de hablar eran hechizantes. Su concupiscente labia me cautivaba y sus ojos me conquistaban a cada instante un poco más. Me castigaba el candor de tan precioso hombre por el que empezaba a perder la cabeza.

—Creo que eso cuenta como dos temas —concedí, absolutamente perdida en sus encantos.

Me aproximé a él y el espacio existente entre ambos desapareció como mi razón inmersa en el torbellino de mis emociones. Me posé sobre él a horcajadas con cuidado de no tocarlo aún, deslizando mi pecho con apenas un suave roce de la tela del brasier sobre su apuesto rostro, descompuesto ante tal persuasión. Mecí mi busto ante sus ojos mientras con sus brazos intentaba abrazarme; me levanté y sentí en mis caderas el toque de sus manos, ardientes como el fuego. Permanecí inclinada sobre él con mis brazos sobre sus hombros, manos cruzadas en su nuca y separando mis piernas en un baile seductor al ritmo de una música silenciosa. Mi respiración se agitaba y aumentó de ritmo poco a poco. Podía verlo en sus ojos, me deseaba tanto; y pudo haberme tomado sin que yo se lo impidiera, pero permaneció en su lugar observándome cordial y afectivo, pero con inmenso anhelo en sus ojos.

—Dios mío… mujer, en realidad eres hermosa, una exquisita mujer agraciada con tan seductora hermosura. ¿Qué mal he hecho yo para merecer la pena de contemplarte sin poder acariciar tu apasionante cuerpo? ¿Qué debo hacer para eludir semejante martirio? Dispuesto me tienes a pagar cualquier imposición, cualquier castigo, hasta la más temible de las torturas si tan solo me haces tuyo por un instante, preciosa…

No pude evitar sentirme complacida, adulada, provocada. En mi espalda sentía el suave fervor de la leña que me inducía más y más.

Una mirada perdida me llevó a su entrepierna: su pene crecía y se endurecía. Él notó que lo admiraba. Sus embelesantes palabras y su arrobada mirada me encantaban, pero aquella reacción instintiva de su miembro me extasiaba:

—Calla.

Fue lo único que pude decir entre el manojo de encandilados nervios. Ya no había nada que pudiera hacer; había entrado en su juego y había perdido. En su gesto se leía la desesperada ansia de saborear aquello que le ofrecía, largamente contenido.

—Así sea —accedí finalmente. Una indescriptible cara de satisfacción terció su rostro. Ya no había nada qué pensar, estaba fuera de mí.

Cerré mis ojos y respiré profundo; muy profundo. Me acerqué reclinándome un poco sobre él, rozándolo, invitándolo, seduciéndolo con la calidez de mi cuerpo, provocándolo a tocarme. Sentí su respiración al besar mi pecho agitarse en ansia como hacía la mía al saturarme su perfume.

Tomé sus manos y levanté su fornido cuerpo del sofá. Me acerqué a él, sonriéndole taimada, mientras posaba mi mano sobre su miembro, enorme y duro que sobresalía como una montaña en su pantalón y comenzaba a frotarlo. Con la otra mano lo tomé por la cintura y me arrimé despacio a su cuerpo, estremecido por la excitación, con la cabeza levantada para aproximarme a esos labios que prometían intensos deleites; poco a poco hasta tocar sus labios con candor, besándolo con ternura primero, con intensa locura en seguida. Le quité el saco de un tirón y me abrazó aumentando de intensidad el beso que conquistó mejillas y cuello entre incipientes jadeos. Desesperada desaboroné su camisa mientras sentía sus manos acariciando con firmeza todo mi cuerpo, seduciéndome, excitándome. Quitó mi sujetador, liberó mis pechos con evocadores rebotes en el aire que detuvo al instante con caricias de perfecta suavidad y firmeza; continuó después con su boca lo que sus manos habían iniciado en mis pezones.

Luego deslizó con ternura su mano por mis genitales, muslos adentro hasta llegar a donde mi braga permeaba la humedad

Tal comentario, que me llevaba a un recuerdo indecoroso, fue como un gancho al hígado. Contuve mi agitación más allá de mis propios límites.

—Lo siento —fue lo único que escapó de mis temblorosos labios.

—No deberías. Estuviste más que maravillosa anoche, tanto que ni parecía que fuera tu primera vez. Aquí tienes... —dejó la laminita en la mesita, frente a mí—. Ahora podría morir contento. Gracias princesa.

Besó mi mejilla y desapareció. Otra lágrima venció mis inútiles intentos por contener el llanto y, arrepentida y abatida, romí en sollozos incontenibles. Mi mente viajó hacia una sola persona: Diego. Lo necesitaba en ese momento, ahora más que nunca. Lo extrañaba tanto.

Tomé mis cosas y salí de ahí con la maldita lamina entre mis dedos.

Me había zambullido en las heladas aguas del río y escalado luego hasta lo más alto de la dañada Torre Eiffel con el viento frío acariciando mi cara en un intento vano por consolarme, no tenía ni ganas de ver el video. Me sentía tan sucia. Y la extraña mujer del sueño, la que había provocado esto, no tardaría en contactarme de nuevo; la odiaba.

Por mi mente cruzaban las imágenes de la noche anterior. Era incontrolable y no podía creerlo todavía; esa no era yo, era como si me hubieran poseído y obligado, yo... yo todavía podía sentirlo dentro de mí. Asfixiada por la pena me encogí tanto como pude, abrazando mis rodillas, al borde del precipicio. Necesitaba distraerme con lo que fuera y evitar pensar más en ello; tomé la laminita morada y activé el video:

El mismo ritual del anterior creó un nuevo escenario a mitad del aire, pero no había paredes ni nada, sólo una persona estaba ahí de pie, frente a mí:

*—Este metraje no es cualquier cinta de video. Lo aquí
explicado podría subvertir tu actual realidad y dependerá
de ti y sólo de ti lo que entiendas o no; lo que aceptes,
lo que creas.*

La mujer que hablaba resultaba conocida, pero no hice más
caso a eso. Estaba muy intrigada; quizá hasta había valido la
pena:

*—Empezaremos por contestar la probable pregunta inmediata que te
plantearías: ¿Quién soy yo? Mi nombre es Aria Von Unger*—apareció
tras ella la imagen del emblema de La Orden. *—Soy parte de una
organización internacional conocida comúnmente como "La Orden".
Una especie de religión o movimiento filosófico con únicamente tres
funciones: encubrir una verdad, encontrar a los capaces de comprenderla,
y eliminar al resto.*

Hizo una corta pausa como para dejar que sus palabras
calaran y continuó:

*—La verdad: de que dos universos han convivido perpetuamente
en este planeta desde sus orígenes. Dos universos conformados por dos
diferentes especies: nosotros, la raza humana, y ellos, a quienes nos
referiremos como la "raza de An", con quienes hemos avenido por el
bien de ambas.*

Mientras hablaba, a su lado aparecieron dos personas más.
Eran el guapo hombre y la joven mujer que habían aparecido
en el video anterior.

—Los An, para resumir, son una especie de "antiguos humanoides".

Estos sonrieron condescendientes.

*—Están involucrados en los orígenes, progresos y retrocesos del
hombre; han permanecido siempre cerca, siempre entre nosotros, siempre
encubiertos, pues por siempre estaremos vinculados y comprometidos por
una vetusta historia y hemos avanzado y retrocedido bajo su guardia a
lo largo de los milenios; y ahora estamos condenados y amenazados por
fuerzas, por ellos provocadas... ¡Ouch!...* —la hermosa joven An le
dio un súbito y fuerte golpe en el brazo —*... fuerzas que requieren
del actuar conjunto entre ambas razas para lograr contenerlas.*

Ellas eran graciosas y emitían un gran carisma. Me hacían sentir reconfortada. Me agradaban.

—*No obstante, no todo ser humano está presto ni podrá estarlo. Este cometido requerirá que el hombre despierte de un prolongado letargo al que fue, es y será inducido y ensimismado desde su nacimiento. El pasado, el presente y el futuro se cernirán sin clemencia alguna sobre nosotros y sólo aquel que esté preparado podrá tener la oportunidad de hacerle frente. Aquí entra la segunda función de La Orden: encontrar a quienes sean capaces. ¿Cómo? Todo humano posee dentro de sí la capacidad; algunos la sienten, otros quizá la expresan, pero solamente unos pocos la pondremos en práctica. Estos son a los que La Orden y los An buscamos incansablemente, a aquellos que poseamos la aptitud para ejercer lo que muy dentro de nosotros yace: el hecho de que el hombre está hecho a imagen y semejanza de Dios.*

La manera de hablar era tan entretenida e interesante. Me tenían maravillada y mi mente se había despejado. Después de todo, había valido la pena.

—*Hablemos un poco más de La Orden: fue fundada años atrás cuando la raza humana perdía control sobre sí misma al ser guiada por gente corrupta y subyugada por un grupo beligerante de los An. ¿Recuerdas? Las fuerzas que liberaron, de las que hablé antes —*señaló con gesto gracioso con la cabeza a la bella joven quien sólo sonrió con gran ternura inclinándose un poco—. *En aquel entonces, durante el apogeo del denominado "Efecto Dominó", algunos de los humanos, personajes con cierto poder, fueron escogidos por otro grupo de An, uno menos caótico.*

Los otros dos saludaron con simpatía.

—*Ellos fueron los verdaderos pacificadores de aquel y muchos otros tiempos turbios. Son los reales fundadores de dicha organización, de la cuál después se alimentarían para sus futuros fines. Gracias a esto, el poder de los An y La Orden proliferó en la Tierra y se propagó.*

Eso lo entendía, traía la prueba pegada en mi cabeza. Pero no entendía aún… ¿Quiénes son en realidad y cómo consiguen hacer estas máquinas?

—*Ahora, sobre aquellos objetos que llevas en la frente… estas "máquinas", funcionarán correcta y exclusivamente en aquellos quienes consigan el autoconocimiento y la armonía interna.*

Recordé con nostalgia las clases de CDM. La maestra constantemente hablaba sobre ese conocimiento de sí mismo, del autocontrol y la armonía. Yo adoraba a esa maestra y sus clases a pesar de que a nadie más en la escuela, ni siquiera a Diego, le agradaran.

«De haberla escuchado, habrían salido vivos»

Imágenes de ese día volvían a mi mente. Eso de mantener el control me había sacado sana y salva de aquella torre justo antes de que cayera.

—*Bueno, pues, "máquinas" podrían parecerte, pero son aquello que unifica el cuerpo, la mente y el espíritu de quien lo usa en la forma de lo que nosotros llamamos…*

De pronto un lejano y fuerte estruendo interrumpió el video. Exaltada me levanté como un resorte. Un batallón de helicópteros atravesaba el cielo como una acelerada parvada de aves para aglomerarse a unos kilómetros de ahí.

—*Resolviste el código… debes ir al siguiente lugar y detener el ataque. Esta vez será a las siete en punto… Tus amigos ya han sido capturados.*

El video continuó y la mujer hablaba directamente conmigo. Entonces la reconocí: Aria era la mujer del sueño, quien me había separado de mis amigos y enviado por las láminas.

—*Debes darte prisa… apresúrate… debes…* —urgió Aria.

—Cállate —agarré la lámina y el video se detuvo.

Mi mente se hizo nudos con todo esto, algo no iba bien. Unos minutos después, una gran nube de polvo se levantó bajo las naves reunidas en el horizonte.

No estaba segura de haber entendido lo que el video decía y no tenía cabeza para ello en este momento. Debía hacer algo. Para Aria no bastaba que hubiera vendido mi alma a una vieja prejuiciosa y entregado mi cuerpo a un completo imbécil

que provocó una importante pérdida de horas valiosas. Pero al despertar a la madrugada siguiente se sintió mucho mejor y se limitó a aceptar los hechos sin refutar sus factores, aunque éstos se presentaran dispersos, incompletos e incluso paradójicos:

೦೦೮ಐ

Jessica

Los androides son una gran fuente de fuerza y poder, pero dependientes por completo del controlador. Aria formaba parte de La Orden, la cual tenía guardado un gigantesco secreto desde hacía mucho tiempo, el cual se había inflado como un globo y pronto estallaría. Para este momento Diego y los demás ya habían sido capturados y yo tenía que salvar Londres, sola y en menos de tres horas. Todavía no sabía cómo es que Aria supo de su captura antes de que ésta sucediera. No importaba ya, debía apresurarme.

«Y ahora lo único que sé es que no tengo nada que perder, ya todo me lo han arrebatado».

Noviembre 7. Londres, Inglaterra
6:30am

೦೦೮ಐ

"Sobre el viejo amorfo e indomable emerge; atravesada por la renovación constante se erige prominente por encima de sus súbditos dominados; donde el pasado, el presente y el futuro se funden"

೦೦೮ಐ

Jessica

Llegué a Londres, ciudad sobre una isla atravesada por un río. Frente a mí se erigía el antiguo Palacio de Westminster, donde se instituye el sistema de gobierno del Reino Unido. Y el Big Ben, la torre con la campana del reloj más famoso del mundo, estaba detenido con todas las manecillas apuntadas hacia el cielo, justo hacia las doce. Era donde el pasado, el presente y el futuro se fundían.

∛∛

En el pasado, cuando aquella época de fuertes desastres azotó la Tierra, el palacio, y sobre todo la torre, habían sufrido graves daños en un gran incendio.
El reloj se detuvo, jamás pudo ser reparado y la torre fue remodelada por dentro.
Hacía muchos años que ello había ocurrido; pero se decía que incluso ahora el armónico «tic-tac» del viejo reloj se seguía escuchando, reverberando como un péndulo sobre sus muros.

∛∛

Como había sucedido en las ocasiones anteriores, la ciudad parecía abandonada. La gente se guarecía, escondía o huía adonde fuera, no había mendigos ni delincuentes, ni siquiera había perros en las calles. Las luces apagadas y ningún ojo vigilante. El amanecer se aproximaba en el horizonte violáceo, cansino, casi exánime, y en el cielo relucía una gigantesca luna llena. Fue sencillo brincar las rejas del palacio y colarme en sus instalaciones.

El interior de la torre, hueca tras el incendio, se encontraba iluminado por una límpida luz blanquecina que flotaba en el aire a mitad del edificio cúbico. Me detuve debajo de ella justo en el centro de la sala y observé con atención en busca de pistas. Alguna de esas frasecitas relucientes debía aparecer. Las paredes de piedra estaban talladas con relieves y bajorrelieves de gran finura, decoraciones que parecían no tener más sentido que el evidente a simple vista.

Hacia arriba no había nada hasta lo alto donde se encontraba la antigua maquinaria que en algún momento había hecho funcionar el reloj. Era cierto, aún se percibía el eco del engranaje funcionando, un suave tic-tac retumbaba en el aire silencioso.

El piso estaba trabajado con una gran espiral cincelada con forma de un grueso tubo bicolor blanco y negro. Ésta empezaba en el centro y terminaba bajo los muros en la periferia, de esa forma daba la apariencia de no tener fin. Justo donde se originaba, en el centro del lugar, había un pequeño pedazo de suelo distinto al resto. Era liso, circular, de mármol negro en dos tonalidades, que daba continuidad a la espiral de piedra hacia su centro, hasta el infinito; es decir, parecía no tener inicio. «Increíble: ni principio ni fin… *Iniefin*» pensé.

En su centro se marcó la esperada frase:

"Sólo los dignos podrán ver el camino"

Me arrodillé sobre el mensaje en busca de alguna señal que me guiara al dichoso camino. Toqué las letras, el piso, el relieve tubular y miré por todos lados.

""Solo los dignos podrán ver el camino…"»

Repasé la frase en la roca. Miré con mayor minuciosidad y noté que el círculo de piedra estaba dividido en dos partes: una central donde estaba marcado el mensaje y una periférica que bordeaba la otra a modo de anillo.

""…ver el camino…""

Me agaché más, casi a ras del piso, y volteé hacia la izquierda, hacia atrás entre mis piernas, hacia arriba y por último hacia el lado derecho. Nada, ningún camino. Pero pude distinguir unos agujeros que corrían bajo el relieve de la espiral. Siete de ellos a lo largo y a través de ella formaban una cruz desde el centro hasta las paredes, y uno de ellos, el primero de arriba, estaba ocupado por el mismo color negruzco de la piedrita central.

Giré el anillo en sentido de las manecillas del reloj y observé de nuevo a través de los agujeritos. No había surtido ningún cambio. Intenté girarlo en sentido contrario y entonces funcionó: el primero de la izquierda se rellenó. Giré de nuevo el anillo y se ocupo el de atrás. De nuevo y el de la derecha. Lo giré seis veces más hasta completar todos. Éstos habían sufrido algunos cambios: tenían un reluciente color grisáceo perfecto y la tonalidad de la espiral clareaba conforme se acercaba hacia el centro, cuyo punto de origen se teñía de un intenso color blanco.

El anillo no giró más. Revisé de nuevo todos los agujeritos, pero nada indicaba el camino.

«Y ahora qué» suspiré arrodillada mirando la luz que resplandecía sobre las espirales.

—Por favor... déjame ver el camino... por favor —susurré.

Pasaron momentos silenciosos en los que sólo el suave *tic-tac* reverberaba en el aire; su eco impasible apremiaba y me contabilizaba el tiempo.

—Ya sé, ya sé... —contesté al invisible juez, supremo regulador de nuestros actos.

De pronto distinguí un haz de luz atenuado cruzar frente a mis ojos.

Los agujeritos a mi derecha empezaron a iluminarse con mayor intensidad. Reflejaron la luz hacia lo alto de la pared izquierda en los que chocaba dentro de huecos pequeños con forma de triángulo invertido cuyo resplandor en conjunto dibujaba una flecha: "el camino".

Emocionada, me puse de pie como un rayo. El primero de los agujeritos, el de hasta arriba, tenía un pequeño prisma incrustado que luego de unos segundos irradió su luminiscencia hacia ambos lados en diagonal descendente, donde otros espejos diminutos absorbieron y redirigieron la luz hacia abajo. Ahí ortos prismas recibieron y transmitieron la luz de forma oblicua hacia un disco central que se llenó de esa refulgencia y del cual se emitieron más y más rayos de luz que ascendían por los canales tallados en la pared e iban iluminando con artística rapidez otras ruedas y muchas líneas que las interconectaban. Jamás habría podido ver aquella figura sumida entre los relieves de la pared sin saber el punto exacto dónde apuntar la luz.

«Soy digna» sonreí orgullosa.

Observé maravillada aquella magnifica escultura de luz que daba vida a una tremebunda silueta, una figura que reconocía porque la habíamos visto en alguna ocasión en la clase de Conocimiento y Desarrollo Mental... quién lo diría: era el Árbol de la Vida de la cábala con sus diez sefirot resplandecientes; elegancia y misticismo irradiaban de aquella mágica figura.

Caminé decidida hacia ella. Mientras me acercaba otra de las frases, la más extraña de todas, pues aparecía en letras oscuras trazadas sobre la luz, se dibujó:

"Tu espíritu redime"

Leído esto, una compuerta se abrió de pronto bajo mis pies y caí en una rampa, rodé cuesta abajo unos metros y al final con un golpe seco me detuve en suelo firme. Casi como en Washington.

«Quienes quiera que sean, a estos tipos les gusta hacernos caer y sufrir...»

Adolorida, me incorporé con la vista alzada. El lugar era increíble, tan grandioso como hermoso: un pasillo ancho con ambas paredes de cantera rojiza labrada y divididas en seis partes cada una por blancas columnas de mármol. Cada sección tenía labrada un signo zodiacal y finos relieves tribales, similares a las figuras de Meci, que adornaban el contorno de cada símbolo.

El pasillo se abría al final para dar apertura a una sala muy amplia, de forma circular, dividida de la misma forma que el corredor pero en trece partes; las primeras doce de ellas, labradas e incrustadas en perfecta armonía con miles y miles de piedras y metales preciosos, representaban en conjunto a doce planetas, entre ellos el Sol, la Luna y uno que no reconocía.

En el techo relucían los cuatro elementos y en el piso, que parecía de vidrio, resplandecían millones y millones de lucecitas de tantos colores e intensidades que simulaban un universo inconmensurable.

En la treceava parte, la central en el fondo, cóncava y la más angosta de todas, estaba escoltada por unas magníficas columnas adornadas con serpientes adosadas a ellas cuyos giros les proveían de una vida estática en ascendencia sobre las mismas. Estas columnas se alzaban y se perfilaban a los costados de una luz única cuya potencia cegadora, proveniente desde lo alto del techo, divergía a lo largo de su caída para iluminar como una diáfana cortina los adornos en la pared: diez sofisticadas estatuas de obsidiana de enormes figuras incrustadas al muro; un león, una sirena, un dragón, un guerrero, un cisne, un fénix, un cordero, un lobo, un búho y un águila. Todas montaban guardia alrededor de un antiguo pedestal, justo en el centro de la concavidad, sobre el que la luz pegaba perpendicularmente.

Me acerqué a la peana. Dos figuras sobresalían de él: una representaba a un ángel y la otra a un demonio. Desde la boca y ojos del ángel surgía vapor cálido color plateado mientras que de los del demonio exhalaban humo frío de tonalidad dorada. Sus hálitos, sin alcanzar a entremezclarse, se aproximaban y ascendían serpenteantes unos centímetros formando una espiral maravillosa antes de desvanecerse en el aire. Por debajo de donde iniciaba la espiral bicolor apareció otro enunciado:

"Ahora tus miedos te encaran"

Razoné por un momento la frase.

—Estoy lista —aseguré para mí misma en voz baja.

La base del pedestal giró sobre sí para abrir una escalera de caracol que descendía hacia las tinieblas. Bajé unos metros en medio de la absoluta oscuridad, en medio de aquel inframundo, y al final de las escaleras encontré un cuarto pequeño, sin salida. Me detuve y aguardé en silencio. Luego una voz llegó a mis oídos…

e incontenible parálisis que ascendía desde lo más profundo de mis entrañas; la odiaba.

Sentí una punzada en el pecho que me privó del poco aire que me quedaba. No soportaría mucho más; me volvía loca a pasos agigantados. Todo lo que más despreciaba y temía se concentró en aquel lugar para nublar mis sentidos, para asfixiar mi mente... para acabar conmigo: esa cosa terrosa lo provocaba.

—Déjalo fluir —escuché apenas lo que decía su voz lejana y distorsionada.

Sin saber si tenía los ojos abiertos o cerrados, apareció frente a mí aquel recuerdo que largo tiempo reprimí hasta olvidarlo y arrumbarlo en el subconsciente:

Una niña. Era yo. Contaba apenas con siete años. El lugar a mi alrededor parecía un jardín. Mi padre a la distancia hablaba con otro hombre, mi madre se ocupaba del asador y dos niñas al otro lado de la alberca correteaban alegres.

Yo, sola, permanecí de pie junto a la piscina con la mirada puesta en el agua, una mirada llena de recelo e incertidumbre que indagaba las profundidades de aquel cuerpo acuoso. "No seas tonta niña, deja eso en paz", exclamó mi madre volteando hacia mí. Su gesto radiaba desprecio, repulsión; me sentí tan miserable y humillada.

Miré de nuevo la piscina. El agua estaba clara y serena. Me senté en el borde y metí mis pies con exhaustiva cautela. El agua cálida humeaba; era agradable después de todo. Me sentí cómoda mientras miraba mis pies bajo el agua, flotando en lo que parecía un abismo sin fondo, y pensé: «¿Habrá fondo?... no sé.»

El tono de unas risitas lejanas y burlonas aumentó. Las niñas se aproximaban de nueva cuenta corriendo a toda velocidad desde el otro extremo de la alberca. Katla, la primera de ellas, pasó de largo; en sus manos cargaba unos extraños cilindros. Tara, la segunda, perseguía a la pequeña alemana; parecía intentar quitarle los curiosos frascos.

Ella, la princesa de la nación, trastabilló al pasar cerca de mí y entonces resbaló, cayó y se deslizó fuera de control a lo largo de un par de metros. Su trayecto desbocado la llevó hasta mí y con gran fuerza me empujó. *Ella se detuvo, pero yo caí a la piscina. La tibieza del agua cubrió mi cuerpo con gran rapidez y mi ropa se adhirió a mi piel. Intenté agitar mis brazos, mover mis pies, pero no respondieron. Sentí un malestar, una sensación desagradable, una fuerte punzada acompañada de calor que nacía justo en la parte trasera de mi cabeza: me había golpeado contra el borde.*

La extrañeza de mi entorno, como una intensa somnolencia, invadía la lucidez de mis sentidos con la serenidad con la que un niño cede ante el sueño profundo. Mi universo se invirtió. Observé la trasformación del fondo en la superficie y de la superficie en el fondo, un fondo que brillaba como una gran estrella luminosa en lo profundo del firmamento. Los rayos de luz se colaban distorsionados entre las ondas de agua que empezaban a enturbiarse, pintadas de un color vino muy opaco; la oscuridad se cernía bajo aquel sol radiante. La vista se tornó más borrosa, pero distinguí le resplandor de una sombra caer desde aquel abismo refulgente que se apagaba lentamente; la sombra entonaba la forma de una mujer joven, pequeña.

Poco después perdí la vista y entré en las insondables tinieblas del silencio. El color vino oscureció mi luz. Todo se perdió en la bruma y largo tiempo permanecí fuera de mí. El temor al agua arraigó en mi interior y la opinión de las demás personas sobre mí se enraizó, erigida con sobresaliente imponencia; no quería volver a tocar el agua ni que pensaran que fuera una tonta.

Lo siguiente que sucedió fue que abrí los ojos. Estaba en una habitación de hospital, recostada sobre una suave cama y con un tubito metido en la piel de mi mano me que picaba y ardía. Escuchaba un infernal pitido cuyo origen no pude determinar. Me sentía tan débil; parpadeé y miré por todas partes en un intento por reconocer algo, o a alguien.

Había algunas personas ahí, pero sólo una de ellas hablaba: era mi madre. Despotricaba con ferocidad pero no lograba distinguir bien las palabras, las percibía como gruñidos lejanos, palabras dispersas que se iban aclarando poco a poco. La primera frase que logré discernir para gran tribulación mía fue: "... niña tonta". Las demás ahí dentro eran mi padre, Víctor, Aria y Katla. Nadie notó que había despertado.

Estaba tan asustada, y esas primeras palabras me atemorizaron aún más. El miedo crecía y se expandía; el miedo se potenció por lo que intuía era el latente desprecio de mi madre hacia su única hija y el miedo se volvió parte integral de mi existencia.

Volví en mí, recostada sobre la tierra.

—Reviví —susurré poniéndome de pie lentamente. Ella, la figura humanoide de tierra, estaba frente a mí sonriendo con sus singulares labios rocosos. Satisfecha, asintió.

«Una roca sonriente… qué extraño.»

—El miedo: a pesar de su naturaleza, es una de las emociones más puras y agresivas que un ser humano puede experimentar; y la conciencia del vertiginoso aumento del terror sirve para acelerar el desarrollo del mismo[2], como también para enfrentarlo, vencerlo y aprovecharlo a favor de uno mismo.

El lugar, con forma de media esfera, retumbó con fuerza y comenzó a girar sobre su eje. Ese mismo movimiento pareció ejercer un efecto corrosivo en mi ropa, la cual se desgastó un poco más y los pequeños agujeros se ensancharon.

Escuché a lo lejos el correr de agua aproximándose. La mujer de tierra se transformó en un poderoso torbellino que giraba rápidamente y nubló mi vista por unos momentos mientras inundaba mis oídos con un viento ensordecedor. El piso se esfumó y lo siguiente que vi fue un hermoso paisaje compuesto por lagunas, árboles, riscos y cordilleras entre las cuales se formaban decenas de ríos que desembocaban en cascadas que se abrían paso a través de huecos cavernosos y bordes rocosos al filo de numerosos barrancos para continuar su flujo, siempre constante, perpetuo.

Frente a mí, un extraño cuerpo de agua tomó forma al tiempo que todo flujo de agua se apagó; los ríos, las lagunas y los árboles se secaron. El entorno se humedeció y mis pies comenzaron a flotar. Poco después, ambos, aquel cuerpo extraño de agua y yo, estábamos suspendidos en agua.

---

[2]   Edgar Allan Poe. La Caída de la Casa Usher

No me molestaba el agua, ya no más, pues podía sentir el tibio líquido fluyendo por todo mi cuerpo; mis movimientos eran pesados y dificultosos y mi cabello flotaba ondulando libre como en aquella piscina tras el accidente. Sin embargo, aún podía respirar.

—Así que ¿a quién tenemos aquí? —preguntó aquel cuerpo de agua con una voz clara, acuosa y fornida.

Me disponía a presentarme, pero apenas abrí la boca habló de nuevo:

—Continuemos.

—¿Continuar? —pregunté confundida por su premura. Aquella figura me miró un momento sin tomar en cuenta mi pregunta.

—Corazón puro, empero... una maraña de culpa, de confusión, de arrepentimiento e intriga lo acompaña a cada latido. Tus vicios te dominan.

Unos segundos silenciosos avinieron. Miré a aquel hombre de agua sin cara, cuyas depresiones y montículos conformaban sus rasgos faciales y que emitía sonidos sin gesticular. En lugar de pies tenía un remolino de aguas agitadas.

Aunque estábamos sumergidos en el vital líquido, todo se secaba alrededor; se degeneraba, se deformaba y se tornaba denso, perdía color y brillo. El hombre de agua también se opacaba. De pronto, con una fuerte sacudida, se transformó...

«¿Eso es papel...?»

Era el pedazo de hoja que le había dejado a Andrés aquella mañana que me separé del grupo.

—Me manipularon... —mascullé con un gemido en un intento por justificar el súbito sentimiento de culpa que inspiró aquel recuerdo: los engañé y abandoné a su suerte, en dos ocasiones. La mañana de la nota falsa y la mañana en Francia cuando luchaban; me alejé ambas veces.

«Debí ayudarlos... hubiera actuado, intervenido; hubiera dicho lo que sé... es mi culpa que los lastimaran, que los atraparan, que estén... donde quiera que estén.»

Por mi mente especulativa pasaron imágenes en las que mis amigos eran torturados y luego asesinados. Mi alma se desvaneció en miles de pequeños fragmentos, pequeñas astillas de ira, culpa y tristeza que se encajaban y sangraban mi alma.

—Actos pasados determinan cuán grande tu culpa y tu dolor son en el ahora. Sin embargo, en lo profundo intuyes que has hecho lo apropiado para el futuro —habló.

«Eso espero», pensé con el espíritu apocado.

—Este sendero proveyó: sabia eres ahora y gran poder en ti has despertado; llevas contigo grandes esperanzas para otros —recordé las láminas—, y te ha colocado en el rumbo que debes recorrer para tu objetivo alcanzar.

«Evitar la invasión.»

Él tenía razón. De haberlos seguido o ayudado sería un rehén, o quizás estaría muerta.

«Aun así no debí dejarlos.» Pensaba en plural, pero claro, en mi mente resaltaba la imagen de Diego por encima de los demás; él era quien más me dolería perder, indudablemente.

—Él te espera —afirmó—, dispuesto a perdonarte.

«Lo sé, siempre ha sido tan comprensivo conmigo… sé que me perdonará.»

—¿Y tú, te perdonarás a ti misma?

Respiré profundo y reflexioné un instante.

Después un rato el agua recobró vida y volvió a correr. Las cascadas brotaron, los ríos rezumaron y los árboles enverdecieron. La figura humanoide de agua evaneció ante mí y dijo:

—El placer y el amor han inundado tu corazón; fluyen como el agua por estos ríos. Permanece dispuesta, con la mente abierta, pues por delante duras pruebas aún te esperan.

El oscuro lugar reapareció. Giró y descendió de nuevo haciéndose cada vez más pequeño y produciendo un fino rugido al roce entre las rocas. Mi ropa volvió a rasgarse y grandes agujeros se formaron en ella. Uno de los tirantes voló en trozos y desapareció. Casi la mitad de las lycras se había deshecho y dejaban al descubierto gran parte de mis muslos.

Millones de burbujas surgieron desde el suelo y ahogaron mis oídos de nuevo mientras ascendían cosquilleando en mi piel. El agua se calentó a gran velocidad, se evaporó, se esparció por la techumbre abovedada y empezó a girar rápidamente formando un gran remolino que pronto transformó el vapor en nubes cobrizas. De ellas empezaron a llover pequeñas gotas perladas con forma de flama colores anaranjado-rojizos y otras moradas-azuladas.

La lluvia ígnea roció el lugar cuyo tamaño se había encogido bastante. Las nubes se acabaron y el remolino volvió a formarse. Su fuerza levantó del suelo las gotitas de fuego y las acumuló para formar muchos pilares que se elevaban girando y formando espirales a mí alrededor. Luego, en un súbito movimiento, se unieron unos pilares con otros para crear un hermoso dosel, una especie de portal incandescente. Éste se pintaba de varios colores que cambiaban y emitían un delicioso calor; manaba de él un pacífico y relajante sonido flameante.

De la puerta de fuego emergió otro ser. De complexión humanoide idéntica a los anteriores; brotaban llamas azuladas, moradas y plateadas por todo su cuerpo, esbelto y fornido. Tenía por ojos unos agujeros negros y de vez en cuando salpicaba pequeñas llamaradas que caían de nuevo sobre sí mismo.

—¡Increíble! —susurré para mí, maravillada al verlo, a él y a su espectacular ritual. Esperé un momento a que hablara, pero permaneció inmóvil, con la mirada fija en mí.

—¿Qué sucede? —le pregunté intimidada.

—Humano —rugió con un increíble estruendo por voz, tan genial, tan poderoso y elegante que no podría describir.

—Yo… yo soy…

—Lo sé.

—D… de acuerdo… ¿seguimos? —tartamudeé.

Despacio, el hombre de fuego se acercó y puso su enorme mano llameante sobre mi abdomen y pecho, sin tocarme, pero sentía su inmenso ardor y su candor por todo mi cuerpo.

—Curioso —sonó la extraordinaria voz, apenas a unos centímetros de mí.

o, mejor dicho, descubrir el monstruo que siempre había sido, me devoraban por dentro, me destruía lentamente.

«¡Yo sólo quería ser útil...! Ayudar... ¿fallé?»

Algo en mi interior se reducía. La chispa que hacía latir mi corazón perdía fuerza y pronto se apagaría por completo.

—Debes deshacerte de ese sentir, o lo hará él de ti.

La vergüenza pesaba más y más, la culpa crecía incontrolable.

—Reflexiona. Tu razón debes descubrir.

Su voz se extinguía, su calor se apagaba; estaba perdida.

—Libera tu voluntad y encuentra la verdad...

Velados mis impulsos por el frío intenso, me sentía sofocada y sumergida en una intensa angustia que acuciaba a cada respiración, que ralentizaba y disminuía mi ánimo poco a poco. Tan fútil y despreciable, tan afligida y banal me sentí de mí misma. Todo se opacaba. Mis músculos se asfixiaron y mi corazón se encogió.

De pronto vinieron a mí algunas memorias: del día de la invasión a México, en la escuela, cuando todos, presas del pánico, huyeron hacia los pasillos atestados de gente y murieron en medio del caótico ambiente de pánico mientras que yo me mantuve serena y escapé ilesa; la noche en Palenque cuando Diego me besó, esa sensación en mis labios que me llenaron de vida y fuerza, que me hicieron sentir infinita, poderosa e impulsada para después enfrentar a los gigantes; luego imágenes fugaces de todo lo que había hecho por volverme alguien mejor, por superarme a mí misma.

Funcionó como un hechizo; la sensación de fortaleza creció y se expandió como un imperioso fuego en mi abdomen explotando con tal furia que desperté con un agitado respingo y respiración entrecortada.

—¡Cof... cof... cof!

Apoyada en el suelo, con dificultad para meter aire, me sentí liberada.

— No ha salido eso muy bien ¿eh? —se burló.

—¡No… cof… te burles… cof, cof… que casi… me muero… cof!

—Es grandiosa esa voluntad que posees.

—Ya sé, ya lo dijiste antes… cof, cof

—Luces bien —dijo.

—Cof, gracias… supongo.

—Eres una niña maravillosa… —afirmó. Alcé los ojos hacia su cabeza en llamas —, no me decepciones; no te decepciones a ti misma.

»Posees un inmenso tesoro de fuerzas recónditas cuya existencia ignoras, fuerzas considerables e invencibles que, escondidas en ti, superan a las del cuerpo: aprende a utilizarlas, a hacer que obedezcan tu voluntad, a ser su dueño absoluto.

»Este poder sólo se te puede conferir por una lenta y laboriosa cultura de las fuerzas psíquicas que existen en ti en estado latente. Es preciso que te abstraigas en la vida superior exaltando poderosamente tu voluntad…

Cerré mis ojos y me concentré en mi respiración. La tranquilidad y el sosiego hicieron presa de mí.

Mientras me ponía en pie, mi ropa volvió a rasgarse. Casi había desaparecido. Quedaban tan solo colgajos que apenas cubrían pequeñas zonas de mi cuerpo. La sala esférica giraba de nuevo.

Abrí los ojos. Oscuridad, nada más que una oscuridad profunda y perenne, como si mis párpados no se hubiesen separado. Confundida pestañeé varias veces, siempre con el mismo resultado. Luego de unos instantes ya no diferenciaba si los tenía abiertos o cerrados.

—Con esos ojos nunca podrás ver —escuché una voz que sonó en todos lados; una voz ronca y sombría que penetraba en lo más profundo de mis oídos.

—¿Cómo entonces? —pregunté.

—Esos son engañosos y traicioneros. Necesitas abrir "el ojo".

—Muéstrame cómo.

—Libera tu mente, abre tu pensamiento.

Me tranquilicé y respiré profundo, dejando mi mente en blanco; me concentré en el suave sonido del aire fluyendo dentro y fuera de mis pulmones en medio de la oscuridad. Estaba lista para lo que viniera.

—El discernimiento es tu mejor herramienta. Preguntante: ¿por qué estás aquí?

—Para liberarme, para defender lo que amo, para…

—El amor jamás será suficiente… —atajó con firmeza, sorprendiéndome un poco su reacción, pero mantuve la concentración. Ella insistió —… distingue entre lo que es y lo que no es.

—¿Lo que es y no es? ¿A qué te refieres?

—Mucho has visto, mucho has logrado, mucho has vivido… mucho has cambiado, y en tus creencias ahora desconfías.

—Eso no es verdad, yo… —repliqué por instinto.

—La negación aquí es inane.

—De acuerdo… quizá esté un poco confundida.

—¿Confundida? —arrastró la pregunta— ¿Qué te confunde?

—No lo sé… yo creo que… no sé… Todo.

—¡Ahh! ¡*Todo*! —aquella voz retumbante como trueno parecía burlarse de mí.

—¡Sí! ¡El tiempo corre y tú no me ayudas en nada! —protesté.

—¡*Nada*! ¡¿Eres, niña, en realidad consciente de lo que hablas!?

—Supongo que no, por cómo me lo preguntas.

—Esta conversación *es* entretenida.

—Claro que no, no lo es —reproché molesta.

—*No lo es*… —repitió realzando las palabras.

«"Lo que es y lo que no es".»

—Vaya forma tuya de explicarte —le dije al comprender: la misma discusión era placentera para *él*, pero no para *mí*; entonces ¿es o no es entretenida?

Probablemente él buscaba hacerme consciente de que debía poder formarme un juicio, poder afirmar o negar con firme convicción un hecho o una idea a base de pensamientos, raciocinios y criterios, ya fuesen propios o comunitarios. Lo cual nos lleva a otra paradoja: ¿Cuáles son más válidos o mejores, los juicios propios o los manejados por la sociedad? Ningunos, o ambos.

Los propios hacen y modifican a los sociales y viceversa. Ambos tienen su propia importancia e influyen al ejercer su fuerza sobre los otros; sin embargo, en cada uno de nosotros, tal vez, unos tengan mayor empuje dependiendo de la capacidad de discernimiento sumada a la del entendimiento de cada quién.

Pero ¿acaso no somos ya todos unos *jueces expertos*? Pasamos nuestras vidas enteras juzgando y criticando absolutamente todo lo que nos rodea: programas de televisión, a la comida, al vecino, al perro del vecino, al político, al famoso, al ser amado; mas, sin embargo, pocas veces nos lo hacemos a nosotros mismos. El mundo gira en torno al juicio: empleos, gobiernos, normas, leyes, expresiones, artes, filosofías, ideales y hasta religiones; pues todos conocemos el afamado "Juicio Final", por decir un ejemplo. Además, como buenos seres humanos, siempre percibiremos antes y en mayor medida a los defectos que a las virtudes. Para el hombre, absolutamente todo está sujeto a juicio, hasta Dios.

Pensé entonces que el sombrío lugar giraría de nuevo, pero permaneció inmóvil.

—¡Oh vamos! ¿¡Qué ocurre!? —rezongué desesperada. El tiempo apremiaba.

—*Nada...* aparentemente —volvió a burlarse.

—¡Hay por Dios! ¡Ya basta!

—Dios... ¿Qué, o Quién, es Dios? —enterneció un poco el tono.

—Pues... —anteriormente habría contestado de inmediato, pero, después de haber visto lo que había visto y conocer lo que ahora sabía, estaba confundida y dudosa en cuando a aquel término —Algo omnipotente y omnipresente, dicen —contesté.

—*Dicen…* Así es. Resumido podríamos decir que *lo es Todo* —el acento burlón había desaparecido.

—¿Y qué es *Todo*? —pregunté casi instintivamente. La voz no respondió de inmediato.

—Esa, mi querida niña, es la pregunta correcta —afirmó con cierto júbilo. Hizo una corta pausa y continuó:

—Difícil es de describir con palabras. Sin embargo, puedes ya deducir tú qué *es Todo* —razoné a prisa sus palabras buscando alguna explicación. Pero sin entender lo que significaba resultaba inútil, jamás daría con la respuesta. Así que me remonté a las viejas clases de CDM que hasta ahora me habían funcionado. Pero la maestra jamás había mencionado la palabra "Dios". Sin embargo, sí hablaba sobre:

«¿Energía?»

La fina voz habló de nuevo:

— Todo conlleva energía; pero la energía es un flujo que ni lleva ni lo es todo.

«¿Vida?»

—Sólo un concepto.

—¿Concepto de qué? —pregunté intentando no perder la concentración que tambaleó de pronto ante una naciente e inexplicable curiosidad.

—De la mente.

Su respuesta no era lo que esperaba, pero sí lo que necesitaba. Encendió entonces una idea que creció rápidamente en mi cabeza: me recordó que las placas, es decir el androide, se conectaban a la mente, y mediante el control de ésta el androide transmutaba según las necesidades, las ideas y conceptos de cada quién, y si la vida es un concepto de la mente entonces… ¿Es el androide poseedor y dador de vida como lo es la mente? O aún más intrigante: ¿Será posible "crear" vida con las placas?

«Entonces Dios, Todo, es una esencia, es espíritu, es mente… una mente-espíritu infinitos, y todos somos parte de ella.»

Al momento en que escuché mis propios pensamientos, pude al fin distinguir frente a mí una silueta dibujándose en medio de la oscuridad cuya presencia era la combinación de sombra y un resplandor de luz que contorneaba los rasgos físicos de una mujer que flotaba como el anterior hombre de fuego.

—Siempre que tu mente sea libre y tu espíritu puro; serás parte consciente de esa esencia —dijo su penetrante voz, y un elegante resplandor dibujó una sonrisa en su oscuro rostro.

Una sensación única de júbilo y orgullo me invadió. Me sentí extraña, diferente al reconocer verdadero aquello que me afirmaba que todo era sencillo, posible, luz y vida; energía maleable a merced de la mente y del espíritu. Pero toda verdad conlleva falsedad, toda lógica, ilógica, y todo hecho, paradoja. Ello me llevó a formular otra cuestión:

—Significa eso que... ¿todo lo que *es* en el mundo, lo que nos une a él y a otras personas, es irreal?

—Tu mente lo hace y lo siente real. Y aún si algo ignoras, si algo escapa de tu mente, no significa que sea irreal —me concentré más haciendo un gran esfuerzo por entenderla.

Tras pensar y razonar un momento, concluí:

—Entonces Todo es real, pero cada uno percibe de *él* lo que su mente y espíritu es capaz, para lo que está preparado, creando así una infinidad de realidades. Y significa que todo lo que nos une a este mundo y a otras personas son simples lazos terrenales, pues... ya somos todos parte de una misma esencia.

Me inundaba un sentimiento de tristeza al escucharme, era como dejar de lado todo lo que había sabido, deseado, creído, necesitado.

—En cierta forma sí, esos lazos debilitan, ya sea a la mente o al espíritu. Nunca alcanzarán el equilibrio, así como en el amor que ciega al enamorado o en el conocimiento que envicia al erudito —aseguró. Por supuesto, Diego apareció en mi mente.

Un remolino de razonamientos y sensaciones me nubló la cabeza. Pensé en lo que el hombre era capaz de hacer por amor:

redimirse o condenarse, purificarse o corromperse, asesinar o morir. Probablemente ella tenía razón.

—El amor jamás será suficiente —repitió ella. Esta vez con voz apaciguada y compasiva, como si intentara consolarme. Alzando la mirada, me opuse:

—Esta vez, tendrá que serlo.

Ella, su resplandor, se esfumó como humo en el aire. Tras perder el último jirón de mi vestido, me sentí completa y satisfecha, pura y libre como el fuego. El lugar giró y descendió encogiéndose aún más, mientras una piedra como en la pirámide subterránea de Washington ascendía en un movimiento espiralado desde el suelo. Terminó su fino ritual en el que las piedras se colocaban en forma de abanico y, con la piedra a unos tres pasos frente a mí, observé que estaba envuelta por una cortina de diminutos cristales que flotaban y resplandecían a la luz que ahora iluminaba lúgubre, cayendo como una cascada desde el techo. Avancé hacia ella y, al atravesarla, pude ver sobre las rocas ropa nueva, mis placas y el amuleto que se habían perdido durante el descenso a través de los vestíbulos.

Una reluciente frase rezaba flotante en el aire:

"Para nuestro augurio final"

6

Noviembre 7. Londres, Inglaterra
7:00 am

৪৩৪৩

El progreso realizado por Jessica significaría un
desafío para los An. Éstos reaccionarían de inmediato,
algo que Jessica no entendería hasta que....

৪৩৪৩

Comienza

Jessica

Londres se encontraba velada bajo una hermosa penumbra: oscurecida por el eclipse y recubierta por un suave manto de nubes, atravesado por lánguidos rayos de Luna que la alumbraban con diáfana sutileza.

El cielo estaba moteado por las oleadas de los misiles, mortíferos destructores que, ya sin vida, comenzaron a explotar en el aire sin hacer contacto alguno. Los bunkers habían detenido su ascenso y volvían a tierra.

Se había formado un gran montículo de tierra con la torre del Big Ben en la cima, lo que provocó que el río se partiera por la mitad e inundara buena parte de la ciudad hacia el este. Alrededor se encontraban el palacio, el puente y los demás edificios arruinados y envueltos por enormes lenguas de fuego,

—Existe aún piedad para el hombre por sus pecados —profirió.

Su ronca y gruesa voz enmudeció a todos. El anciano inició un aplauso, lento y pausado, que pronto se contagió y multiplicó como un virus entre la multitud; un instante después un diluvio de palmas resonaba en el aire.

—No… por favor… —una sensación única me inundó el cuerpo y el alma, una infinita pero abrumadora emoción, profundamente halagada e inspirada. Entre gestos y movimientos torpes pedí que se detuvieran. Luego mi vista se encontró con la de una niña que me recordaba a mí de pequeña, tenía los mismos gestos y rasgos físicos que los míos. Ella se acercó con lágrimas en los ojos y me envolvió en un cariñoso y profundo abrazo con infantil torpeza.

Respiré profundo y tragué saliva sintiendo las lágrimas anegar mis ojos. No lograría contener el llanto mucho más, pero de pronto la tierra comenzó a vibrar.

El terremoto estremeció a todos. La gente se detuvo de inmediato, pero no se alejó. Un conocido crujido emergía desde las profundidades de la tierra.

—¡Corran! —grité.

Tenía que alejarlos lo más que pudiera del Big Ben, de la ciudad. La tierra iba a estallar como lo había hecho en Washington.

Marché a toda velocidad montaña abajo entre la multitud que gritaba desesperada alejándose de la torre. Unos segundos después el montículo se partió con un crujido en medio de una poderosa serie de explosiones que emitieron violentas ondas expansivas en cadena. Del centro emergió un robusto rayo de luz amarilla con halos rojizos a lo largo, con relámpagos serpenteando a su alrededor y nubes de humo y polvo que se elevaban a su alrededor, confiriéndole un aspecto aterrador.

El Big Ben había sido devorado completamente.

A su paso, las ondas expansivas levantaban los enormes escombros desperdigados que salían disparados como proyectiles en todas direcciones; algunos alcanzaban a las personas en plena huida, otros golpeaban estructuras con potentes estrépitos que cimbraban el suelo y otros arrastraban consigo a la gente a mi alrededor. Me detuve y giré.

—¡Todos atrás! —armé el androide y lo anclé a la tierra.

Con ambos brazos formé turbinas con las que absorbí aire, lo comprimí y luego lo liberé con dirección contraria a la de las ondas que se propagaban con terrorífica intransigencia.

Las olas colisionaron en medio de un estrepitoso estallido que liberó infinidad de destellos eléctricos y se formó una enorme cuña que desvió las ondas y la inercia de las ruinas arrastradas de la gente que huía en desbandada. Luego de que el peligro pasara y las oleadas se detuvieran, desarmé al androide y corrí. Largos instantes permaneció el ambiente inmerso en el silencio.

Jadeante, avancé unos pasos. Tras la momentánea tranquilidad que duró apenas unos segundos, la resonancia proveniente del monte se reavivó y emitió un rugido estridente y ensordecedor que acalló todo sonido.

Víctor

Un intenso y amargo sonido inundó nuestros oídos.

—Así es como comienza… los An descienden de nuevo.

Katla

La nave se agitó nuevamente.

De pronto, apareció en el hueco una figura monstruosa, de cuerpo extraño cuyos rasgos ensombrecidos eran apenas apreciables en cada destello proveniente de las explosiones en el exterior. El monstruo de algún modo se aferró a la nave y emitió agudos chirridos que se acompasaban con las detonaciones de las bombas, cada vez más próximas y más ensordecedoras.

La nave vibraba con furia.

Los oídos ensordecidos y la visión distorsionada, noté apenas que el ser introducía una enorme mano. Sin titubear la dirigió hacia a Andrés y Tara quienes se encontraban sujetos a un cable eléctrico que chispeaba en su extremo roto a través de una parte seccionada del muro. Paralizados por cuanto sucedía alrededor, poco pudieron hacer para eludirla y los capturó; sujetados con firmeza, gritaron sin poder liberarse. De inmediato los extrajo de la cabina y desaparecieron tras las llamas que bordeaban el agujero.

La nave caía cada vez más rápido.

Un par de segundos después, la gigantesca zarpa volvió a introducirse. Con firme determinación se aproximaba hacia nosotros cuando la nave fue alcanzada por otro misil, lo cual derribó al extraño ser y amplió más la abertura de la nave; dentro sólo quedábamos tres personas.

Tras el estallido, la devastada aeronave fue sacudida nuevamente y empujada hacia un lado en un repentino cambio de trayectoria; la fuerza de la misma provocó que se desestabilizara y comenzara a dar volteretas en el aire.

Caíamos fuera control, cada vez más próximos a la impávida tierra firme que aguardaba con ansias el impacto definitivo. Mareada y aturdida, miré a un lado hacia donde se encontraba Xia, aferrada a una pieza deforme y rota en una esquina, con cara más pálida que la de un muerto.

—¡Tenemos que saltar! —escuché el grito desfigurado por el fragor del viento que se acumulaba en mis oídos. Diego, que estaba a mi lado, señalaba hacia el agujero incendiado.

—¿¡Estás loco!?

—¡Es agua!

No tuve tiempo para verificar si era verdad. Me tomó de la mano, me levantó y, girando en nuestro avance hacia el hoyo, caímos, rodamos, saltamos y rebotamos por toda la cámara conforme la nave daba vueltas sobre sí. Nos impulsamos y avanzamos lo más rápido posible a lo largo de la cabina que pareció infinita. Finalmente llegamos al borde y sin pensarlo dos veces saltamos a través de las llamas, hacia el vacío.

Jessica

Convertido en la mayor fuente luminosa en el cielo ennegrecido bajo el eclipse, franqueado por las explosiones de los desactivados misiles cuyos estallidos resonaban en ecos lejanos, el portentoso rayo iluminaba los congestionados nubarrones que se conglomeraban sobre Londres.

En el cielo, alrededor del rayo, aparecieron varias esferas que atravesaron las nubes. Cayeron en el cráter que se había creado en la cima del monte y segundos después, de la columna luminosa emergieron figuras enormes azotando el suelo con manos y pies, abrían y cerraban los puños e inclinaban la cabeza de lado a lado, agitaban su cuerpo en agresivas convulsiones como si se alistaran y se adaptaran al medio, preparándose para una batalla.

Sus figuras, ensombrecidas bajo el resplandor de los relámpagos, delineaban un par de tenebrosos destellos rojizos en su cabeza a modo de ojos que flameaban con ira, perceptible a la distancia. Gigantes fornidos, agresivos, impetuosos y aterradores: los An descendían una vez más a la Tierra.

Los colosos bajaban del montículo a paso firme, coronados con aquellos tétricos turbantes agitados por el viento. Alzaban finas nubes de polvo a su paso y emitían robustos y secos golpes que, acompañados por el eco del haz luminoso tras ellos, me provocaban escalofríos: el miedo erizó mi piel.

En un intento por recobrar la calma, me concentré en lo aprendido y respiré profundo. Comencé a caminar de vuelta hacia ellos, armando mi androide. La gente abría paso y se alejaba.

Luego de acortar la distancia hasta el montículo, me detuve en la base y alcé la mirada. Los An esperaban a unos pasos delante de mí, cuesta arriba: tres de ellos, tres poderosos y espeluznantes demonios dispuestos a todo para acabar conmigo. Espeluznantes golpeteos, deslices, zumbidos y roces metalizados y magnetizados resonaron en el aire; estaban listos, tenían sus armas preparadas y entonces fijaron un único objetivo: yo.

Un segundo después, sin miramientos ni titubeos, se abalanzaron sobre mí.

Diego

La nave giraba y aceleraba en medio de un desenfreno agobiador.

Nos levantamos, corrimos hacia el agujero sorteando los obstáculos, al compás de las piruetas que daba la nave. Finalmente llegamos y saltamos por el hueco dejando atrás a Xia, aterrada e inmersa en su arruinada reputación.

La ciudad estaba envuelta por explosiones bajo la eclipsada ciudad mientras caíamos a toda velocidad. A través de ella, en su centro, distinguí el montículo del que brotaba un grandioso rayo; a sus alrededores, cuatro enormes androides combatían con gran ímpetu; destellos, rocas y fuego eran manejados con maravillosa destreza, proyectados y expulsados desde la cúspide con vigor. Ensordecidos por el viento que ahogaba nuestros oídos, tomé la mano de Katla.

—¡Tendrás que hacer un clavado perfecto! —bromeé tratando de animarla. Ella sólo esbozó una espontánea y angustiada sonrisa para en seguida mirar abajo de nuevo. Apretó mi mano, cerró los ojos y nos preparamos para la zambullida.

La entrada no estuvo tan mal, pero el agua estaba tan helada que quemaba.

Las burbujas me recorrieron todo el cuerpo y salí a la superficie lo más rápido posible, ella salió un poco después. Más allá, no muy lejos, la nave de Xia se estrelló en el agua provocando una gran explosión que arrojó cientos de pedazos en llamas.

Nadamos hacia la orilla lo más rápido que nuestros entumecidos cuerpos nos permitían, antes de morir congelados y ahogados. Salimos a rastras, tosíamos y temblábamos de pies a cabeza. Katla se abrazaba a sí misma y estaba pálida, tan blanca como la nieve, con los labios morados y temblorosos cuyos dientes castañeaban y a través de los cuales emitía bucles de vapor con cada respiración agitada; toda ella tiritaba vigorosamente.

—V...ven, ven acá... —la rodeé con mis brazos y sentí el frío contagio de su cuerpo. Presurosa, se pegó a mí con sus manos pegadas al pecho, acurrucándose, mientras frotaba su espalda para generar más calor.

Estallidos a la distancia y el ígneo sonido del fuego en el agua retumbaban en el ambiente. Sin prestar atención a los alrededores, permanecimos abrazados un largo rato.

Sobre nosotros pasaron decenas de naves con dirección hacia el sureste de la ciudad.

Katla poco a poco temblaba menos y recuperaba su color y calor, pero el cariñoso abrazo continuaba.

—Necesitaran esto... tortolos.

La potente y penetrante voz de un androide nos exaltó y arruinó el momento. Volteamos con recelo hacia lo alto. Un tipo extendía su mano en la que tenía un par de placas: nuestros androides. Quién era y cómo las había conseguido no lo sabíamos. Nos pusimos las placas y armamos la máquina al instante.

La vista de la ciudad había cambiado. La cubrían gruesos mantos de nubarrones cenizos y la columna luminosa, acompañada de halos bermejos a lo largo, con rayos que zigzagueaban a su alrededor, levantaba densas nubes de humo que hacía resaltar la oscuridad del lugar; propiciaban un aspecto impresionante a la ciudad, iluminada con destellos tristes y lóbregos. Por ningún lado logré detectar a aquellos seres que combatían en el montículo, pero relucientes destellos brotaban de entre los edificios a la distancia y estallidos retumbaban en mis oídos, como si la batalla continuara y estuviera en pleno auge.

—¿Qué está pasando allá? —preguntó Katla, todavía con voz renqueante, al extraño, quien miraba hacia el cielo en dirección al centro de la metrópoli.

—Una lucha por la esperanza —dijo en tono filosófico-melancólico.

Dio un paso hacia nosotros tocando nuestras frentes y, como un interruptor que apaga la luz, perdimos el conocimiento.

Andrés

El androide que había aparecido de la nada nos agarró a Tara y a mí; con un jalón nos sacó de la nave y nos aventó al aire. Se sintió muy bien volar por un momento, pero el impulso se acabó al poco tiempo.

Un misil iba directo hacia la nave. Explotó justo a un lado de ella y arrancó al robot de la cubierta. El destrozado vehículo, girando como loco, salió disparado hacia un lado. Me aproximé a Tara, tiré de ella y la cubrí con mi cuerpo al instante en que la misma fuerza de la explosión, a unos metros de nosotros, nos alcanzaba y levantaba de nuevo en pleno aire para darnos nuevo impulso durante unos momentos. Después, caída libre otra vez.

Tara y yo íbamos directo hacia el suelo. Ensordecido por la explosión y el helado viento, veía que Tara decía algo, pero no logré entender nada. El piso estaba muy cerca, íbamos a morir.

7

Noviembre 7. Londres, Inglaterra

7:00pm

Efecto

<u>Doce horas después</u>

Sofía

Un poderoso trueno me despertó y al mirar por la ventanilla un escalofrío corrió por mi cuerpo: la lluvia en el exterior, que caía parsimoniosa en el lúgubre atardecer, no era de gotas de agua, sino pequeños cristales color rojo que rebotaban en el avión y resplandecían cuando relámpagos rugían a la distancia, lo cual creaba un maravilloso paisaje bermejo y brillante. La tranquilidad con que flotaban daba de pronto la impresión de que éstos subían en lugar de bajar. Parecía que mis ojos me engañaban, pues, tanto hacia arriba como hacia abajo, no se podía ver absolutamente nada, ni cielo, ni tierra, ni mar. Estábamos entre dos gruesas capas de nubes. Me levanté de inmediato y me dirigí hacia la cabina del piloto.

—"Aterrizaremos en el aeropuerto de Londres en unos minutos, favor de tomar sus asientos y abrochar su cinturón de seguridad" —anunció la aeromoza con voz calma, en un vano intento por disimular su nerviosismo; al momento, una fuerte turbulencia sacudió el avión.

recuerdos vergonzosos que juraría había dominado, inundó mi mente, aturdida, medio aletargada. Sin embargo, reconocí, velada por frases atropelladas y un rancio aliento alcohólico, aquella forma de entonar la palabra «preciosa» y los nervios se me pusieron de punta:

—Eh, ¿pensabas que te habías librado de mí, preciosa? —. Era el tipo de la Torre Eiffel.

No contesté.

—Queda una pequeña lección más por enseñarte, y no ha sido fácil convencerme a mí mismo de que viniera a buscarte sólo para mostrarte el último camino.

Unos soldados hablaron por lo bajo y uno de ellos gritó:

—Sí, ¡es ella!

—¡Es uno de ellos! —gritó otro.

—¿De qué hablas? —tirité—. Conseguiste lo que buscabas, ¿por qué no me dejas en paz?

—Ohhh, claro que conseguí lo que buscaba —gimió—. Eres tú la que aún tiene miedo.

—¿Miedo? No tengo miedo, ya he…

—¡Calla! —interrumpió furioso, avanzando hacia atrás y presionando mi cuello con furia incrementada a cada paso que dábamos—. Debes entender que esas plaquitas tuyas no son nada si te limitas a copiar un absurdo video, a imitar la superficialidad del entorno. Esas cosas se alimentan de un poder inimaginable, de una fuerza inquebrantable capaz de formar y transformar el universo. Son el boleto para un gran viaje hacia un lugar que recelas, porque es donde conoces a quienes temes.

—Déjame, déjame ir, por favor.

La gente alrededor comenzó a murmurar. La sala de espera se vio invadida por el barullo intenso creado por el gentío al aproximarse; apuntaban con el dedo, gesticulaban y asentían, y entonces sucedió lo que más temía:

—¡Es ella, es ella!

Los soldados tardaron un segundo en confirmar mi identidad:

—Mátala, no importa, es una traidora —profirió con frialdad el más cercano y bajó su arma. Otros dictaban órdenes ininteligibles por sus radios.

Las lágrimas rodaron por mis mejillas.

El hombre dio un paso hacia atrás.

—Estás loco, ¡déjame, déjame! —gimoteé, desesperada.

—Sí, sí, ¡sí! Y tú también lo estás, preciosa. La única diferencia es que para ti estar loco no significa nada... no todavía.

Acto seguido, apuntó su arma hacia el ventanal, disparó en cinco estridentes ocasiones y luego saltó hacia atrás sujetado a mi cuello. El ventanal se rompió al contacto con su cuerpo y caíamos hacia la pista. El hombre me liberó de pronto y giré mientras caía. Recubrí mis manos y piernas con el androide y me impulsé para caer más aprisa. Recuperando el equilibrio, toqué tierra con un golpe brusco, con ambas manos y arrodillada, con tal fuerza que el concreto de la pista crujió bajo el peso del androide a medio armar. De inmediato me deslicé hacia un costado. El cuerpo del lunático cayó en medio de un silencio decadente a unos pasos de mí, cuyo impacto emitió un espeluznante crepitar de huesos quebrados.

Levanté la mirada. Los soldados se asomaron y me apuntaron; sin pensarlo dos veces abrieron fuego. Cubrí mi cabeza con mis manos robóticas que repiqueteaban bajo la lluvia de disparos. Me levanté y corrí hacia la pared bajo el ventanal.

Las tormentosas volutas de vapor evidenciaban la intensa agitación con la que mis pulmones luchaban por mantenerse al ritmo de mi corazón desbocado, presa del miedo y el terror, calcinado por la fría llama del lóbrego caos que se había desatado de forma tan frenética. Escuché un portazo a la distancia: un equipo de soldados se aproximaba. Corrí pista adentro mientras los soldados descargaban aquellas incandescentes ráfagas de luz y muerte que fallaban de su objetivo apenas por unos centímetros.

El cielo rugió con potencia bajo los inconfundibles motores de las naves militares que surcaban a toda prisa el terreno del aeropuerto, cuyos estertores se confundían con los truenos y los bramidos de algunos vuelos que al despegar arriesgaban todo por alejarse de este infierno glacial.

La tormenta empeoró de pronto y la ventisca agitó el entorno. Ensordecida por los vendavales golpeando mis oídos, continué corriendo azotada por las veleidades del tiempo, adentrándome más en la blanca penumbra. No veía nada alrededor salvo una poderosa luz a la distancia que se desplazaba de un lado a otro, buscándome cual prisionero nocturno fugado. Me estaba congelando, apenas podía respirar y sentía mis lágrimas tibias rodando por mi piel. Lo intentaba con todas mis fuerzas, me visualizaba escapando en medio de la tempestad con ayuda del androide, pero no podía armarlo; entré en pánico, un estrepito sacudió mis entrañas al captar con mi corazón súbitamente apocado: las placas no respondían.

—¡Por favor ayúdenme…! ¡Diego! ¡Alguien! —grité en un murmullo, desesperada.

Escuché a los soldados aproximarse; las naves sobrevolaron la zona.

—¡Fuego! —vociferaron a lo lejos.

En seguida una ráfaga de disparos y explosiones estalló a mi alrededor. Me encontraba en medio de una fulminante lluvia de misiles y proyectiles.

De pronto el ardor súbito que emerge tras la violenta ruptura del tejido estrujó con ardiente furor mi brazo izquierdo, como un intenso pellizco: una bala me había atravesado de lado a lado y la sangre brotó como un río oscuro. Caí al suelo y, con el grito constriñendo mi garganta, observé la infinita ráfaga de balas hendir la nieve apenas por un costado, tan cercana que podía escuchar el espeluznante zumbido que generaban al incendiar el viento; las explosiones cercanas ensordecieron el entorno, cimbraron el suelo, retumbaron e iluminaron con viveza mortuoria el campo alrededor y desprendía miles de fragmentos calcinados del suelo.

Agarré un poco de nieve y la unté en la herida; la punzada laceró mi piel con un ardor gélido. Avancé pecho tierra con agitados movimientos que poco impulsaban mi lastimado cuerpo a lo largo del oscuro y níveo infierno en que me había introducido. Ya no sentía mis piernas ni mis manos, amoratadas y anestesiadas por el frío. Si no hacía algo pronto moriría congelada.

El ataque cesó y los soldados comenzaron a lanzar bengalas a lo largo y ancho de la pista. Nada había que pudiera hacer: estaba herida, empapada, al borde de la congelación y con el androide paralizado.

Los aviones sobrevolaban expectantes, decenas de militares me rodeaban atentos; miles de personas, ignorantes del objetivo tempestuoso que me motivaba y codiciosas de un insulso objeto material, me deseaban la muerte lenta y glacial por razones irascibles, razones elaboradas por titiriteros advenedizos aún más codiciosos que los ignorantes e ilusos. Aterrada, sola y con el ingenuo desprecio de la humanidad pesando sobre mis hombros, con el dolor aquejando cada rincón de mi insostenible bondad y con el corazón ardiente de justicia, de pronto un fulgor resplandeció desde mi pecho y en un arrebato de ímpetu me puse de pie en un movimiento; enardecida y enfurecida por una explosión de energía que fluyó frenética por todo mi cuerpo:

«¡Basta!»

El androide respondió al instante. Cientos de balas rebotaron en un chispazo contra la poderosa armadura que me recubrió, las explosiones en las cercanías incineraban mi entorno sin causarme daño alguno. Transformé mi brazo ileso en una enorme ametralladora y disparé a los soldados.

Las naves volaban lo suficientemente bajo para derribarlas; una se acercaba. Retransformé mi brazo a la normalidad mientras saltaba con los propulsores para ganar suficiente altura y la sujeté del fuselaje. Me arrastró con ella largos metros sobre la pista. Levanté mi brazo herido, sujeté el avión por la punta y tiré de ella con fuerza. El androide me estabilizaba y me facilitaba las cosas; el frío y el dolor amainaban dentro del mismo. La nave perdió el control, cayó dando giros y se estrelló en medio de un gran estrépito para detonar al instante en una potente explosión que creó una lluvia de piezas incandescentes.

Animada y excitada por mi victoria sobre la nave, giré hacia el aeropuerto: mis ánimos se vinieron al suelo. Los soldados se habían multiplicado y cinco aviones en formación se aproximaban. Éstos dejaron caer una docena de bombas. Esta vez dieron justo en el blanco.

Estallaron en mi cabeza y pecho. La fuerza produjo en mí sensaciones de agitación, compresión y de impulso casi simultáneas y salí ferozmente proyectada por el aire, a través de la interminable pista, para estrellarme como una roca en varios puntos y rodar por todo el asfalto congelado. Me recuperé rápidamente del impacto y miré de nuevo hacia la luz del aeropuerto. Los insistentes soldados se acercaban montados en vehículos disparando sin cautela, sin piedad; una nueva oleada de misiles se precipitó sobre mí. Los proyectiles estallaron a mi alrededor, uno tras otro, con tal potencia y crueldad que incluso dentro del androide podía sentir los fuertes embates. Aturdida, traté de levantarme, pero la tormenta de bombas encrudeció; las explosiones torturaban mi cuerpo y debilitaban mi mente con el miedo y el dolor creciendo como espuma. Con mi esperanza apagada y mis fuerzas consumidas, comencé a llorar.

Luego, en un repentino golpe de desgracia, un par de bombas estallaron directo en mi cabeza, golpeada con gran contundencia como una pera de boxeo, atizada como por una estampida de toros. Destellos de muerte y oscuridad atravesaban mi visor.

Traté de alejarme del lugar a gatas, huir de inmediato con las fuerzas que me quedaban; resultó imposible, cada intento de movilizarme se convertía en múltiples ataques de brutalidad y crueldad características de la humanidad. Debía seguir, mantenerme en movimiento o…

Una más, un último intento, me dije. Probé aventar mi cuerpo hacia adelante en un ininteligible espasmo, más lastimero que fútil, más doliente que efímero. No cayeron más misiles y logré ponerme de pie, lenta y tambaleante con movimientos abotagados; exhausta y débil busqué una forma de escapar.

El visor fallaba, ya nada se visualizaba en él. Y no era necesario, pues dejaba ver lo único que necesitaba ver, lo último que veía: los soldados me tenían rodeada, amedrentada con toda clase de armamento. Una helada sensación de muerte me invadió. Sentí el frío del exterior, el dolor acuciaba en cada rincón de mi diezmado cuerpo, estaba aterrada, malherida, extenuada y acorralada; no había nada más que pudiera hacer. Me apuntaron directo:

—¡Fuego!

Pude ver la ráfaga de proyectiles aproximarse vertiginosamente hacia mí por todos lados y después, todo blanco. El lugar se ahogaba por el constante eco de los estrepitosos estallidos y detonaciones. La ráfaga concentrada aumentaba de intensidad a cada instante, al ritmo que mi fuerza mermaba y me hacía tambalear a merced de los impactos que aleatoriamente golpeaban por todas partes el castigado cuerpo del androide. Pequeños relámpagos, indicativos de la falla sistémica del aparato, surgieron del androide. Corrían de pies a cabeza y podía verlos a través del visor. Tanto el androide como yo estábamos ya muy dañados. Los beligerantes soldados se detuvieron por un momento. Mi cuerpo oscilaba y vacilaba en el aire evitando a toda costa caer al suelo. Prepararon otra descarga y de nuevo dispararon al unísono.

El daño penetró. Me retorcí agonizante. Mis rodillas estoicamente se negaban a doblegarse, pero, demolidas, finalmente cedieron ante tal mutilación. No podía más: exhausta, malherida, demacrada. Unos segundos después, el androide se desactivó.

ෲ෬

Abatida, escuché por último a la distancia las
turbinas de una nave aproximándose.

ෲ෬

Londres, Inglaterra
7:14pm

Sofía

El avión caía imparable a toda velocidad. Sin más opción armé el androide.

«Lo lamento por esos soldados… y los demás pasajeros»

A través del parabrisas distinguí un montón de soldados aglomerados sobre los que caeríamos. Frente a ellos había alguien tirado en el piso. De pronto se atravesó una nave, impactamos contra ella atravesándola por completo. El golpe estremeció apenas un poco el avión. El entorno se incendió en medio de la oscuridad. El suelo se acercaba. El final llegó. Todo se sacudió y el crujir del concreto, la tierra y el metal reemplazaron el agudo zumbido del viento, se alzó una potente llamarada de fuego que atravesó de cabo a rabo el avión y luego, un segundo después, silencio total. Dentro del droide y sujetada a cuanta cosa tenía alrededor, prácticamente no sentí el golpe. Desarmé el androide y me moví con rapidez.

ෲ෬

El recuento de los daños: había sobrevivido al choque y
podría llevar al señor Haro con Víctor. Sin embargo, las
cosas se habían salido de control, pues me había descuidado
durante la caída: el padre de Jessica estaba muerto.

ෲ෬

Salí del avión que había quedado hecho trizas, con la parte delantera prensada e incrustada en el piso hasta la mitad, las alas quebradas en pedazos regados alrededor y la cola doblada en un arco espeluznante que casi tocaba el suelo. No había señales de la nave que se había atravesado, quizás quedó bajo tierra, o sus restos se esparcieron más allá de lo que la vista dejaba ver. Sin fijarme en mis alrededores, extraje el cuerpo inmóvil del señor Haro y lo tendí sobre la nieve. Lo miré largo rato y pensé:

«Ya que. De todas maneras se lo llevaré a Víctor... espero que todavía sirva de algo»

Levanté la mirada y giré la cabeza en busca de una ruta de escape, pero vaya sorpresa que me llevé: Jessica estaba tirada y ensangrentada a un costado del avión y estábamos rodeadas por cadáveres de decenas de soldados y de civiles, por tanques en llamas y por unos cuantos soldados sobrevivientes que miraban la impresionante escena. Se acercaron temerosos, apuntándome mientras otras naves sobrevolaban el área.

—Emm... disculpen la interrupción... yo... yo... tomaré a este hombre y me iré... —giré hacia el señor Haro con intensión de salir de ahí lo más rápido posible.

—¡Quieta, las manos donde pueda verlas! —gritó uno de los soldados. Giré de nuevo hacia ellos.

—Oigan... de verdad... no quiero tener problemas —levanté un poco las manos hacia los lados lista para armar el androide en cualquier momento. Unos soldados aparecieron por atrás tomándome por sorpresa y me sujetaron las manos.

—¡Silencio, al suelo!

—Está bien, está bien... qué genio el suyo—. Con empujones me colocaron contra lo que restaba del avión. Luego, increíblemente, aunque traía solo el top y los mallones, la ropa más ajustada del mundo, el militar a cargo comenzó a catearme cada rincón de pies a cabeza. —¡Oiga! ¡Oiga imbécil...! ¡Disculpe...! ¡¿Le gusta lo que siente?! ¡Voy a matarlo hijo de...!

—¡Cállate!

—Cuando termine de toquetearme avíseme porque será lo último que sus manos sentirán… —sin embargo, encontraron lo que buscaban: las placas camufladas. Presionaron mis sienes, aparecieron y me las quitaron.

«¡Maldición!»

Estaba perdida, sin el androide no podría hacer nada. Pero por suerte, otra vez, escuché algo familiar a un lado de mí: Jessica cobró vida, armó su androide súbitamente y golpeó a los soldados por todos lados como muñecas de trapo, entre ellos al que traía mis placas que cayeron a unos metros de distancia. Pero algo no andaba bien. Miré a Jessica, su androide soltaba relámpagos y me miraba con ira, perceptible a través de las facciones inexpresivas de la máquina. Me lancé por mis placas justo antes de que Jessica soltara otro puñetazo y golpeara el piso y el avión, apenas sobre mi cabeza. Seguro me habría golpeado de no haberme quitado. Las tomé y me las coloqué rodando por la nieve esquivando sus continuos golpes. Sin pensarlo dos veces armé de inmediato mi androide.

—¡¿Oye qué te pasa?! ¡Casi me matas!

—La próxima no fallaré —afirmó con gran furia en su voz. Ella se había ido, había desaparecido, no podía saber nada en absoluto. Escucharla así me confundió.

—¿Disculpa…?

Tras ella vi más soldados acercándose.

«¡Diablos! ¿¡Pues cuántos soldados más van a venir!?»

Alterno

Una gran cantidad de soldados y artillería pesada se acercó. Sofía, distraída por ello, descuidó a Jessica por un momento quien, tras ver a su padre muerto, había caído en un ataque de ira y perdido el control. Sujetó a Sofía por el cuello con gran fuerza, la estranguló y con sólidos movimientos la estampó varias ocasiones en lo que quedaba del arruinado avión y en la pista.

—¡Oye…! ¡¿Qué estás haciendo…?! —exclamó Sofía con voz entrecortada, asustada, mientras trataba de quitarse a Jessica de encima. De pronto visualizó a un costado el cuerpo del señor Haro y comprendió; tal vez Jessica no estuviera del todo enterada del oscuro historial de Sofía, pero era demasiado tarde para dar explicaciones sobre la muerte del piloto.

El brazo de Jessica se transformó en un colosal cañón. Apuntó directo a la cabeza de Sofía. Un instante después miles de proyectiles estallaron y destellaron iluminando lúgubremente el lugar con un tono azulado que se reflejaba en la nieve alrededor. Del deteriorado y relampagueante androide de Jessica salió otro brazo que convirtió en otra enorme arma a la altura del pecho de Sofía y en seguida otro a nivel del abdomen. Descargó los tres potentes cañones sobre la exasperada y amedrentada adolescente.

El castigado androide de Sofía forcejeaba disparatadamente mientras era enterrada en el concreto y se formaba un cráter que crecía y crecía. Sofía, envuelta y sometida por aquella poderosa ráfaga de misiles, se iba enervando; pronto quedó inmóvil. Jessica se detuvo, la pequeña perdió la formación del androide y quedó inconsciente, abatida en la mano de su verdugo, quién la dejó caer con desprecio. Sofía se deslizó inerte y se precipitó al suelo. Cayó de bruces con un robusto golpe seco, boca abajo; imposible determinar si aún respiraba.

Vinieron entonces a la mente de Jessica las palabras de Aria: "A toda acción corresponde una reacción y entre la adversidad en plena catástrofe; para tu desgracia… eres la única con posibilidad de darle un giro a la prosperidad de esta triste actualidad". ¿Habrá cumplido?

Jessica, agotada, fue alcanzada por otra violenta ráfaga de proyectiles que los militares lanzaron sin piedad. Otra, y otra más. Herida, exhausta y moribunda, cayó rendida.

8

Causa

Horas antes

Víctor

—Hiciste lo que tenías que hacer linda —afirmé al ver que la pequeña pelirroja comenzaba a sollozar luego mirar la noticia. Los otros fueron capturados. Con un gesto suave me acerqué y coloqué mi mano en su hombro con la intensión de consolarla.

—No se supone que pasara eso —gimió con voz entrecortada.

—Se supone que no pasaran muchas cosas… —me hinqué frente a ella—… no es culpa tuya ¿de acuerdo? Todo estará bien —la pequeña se abalanzó sobre mí y rompió en llanto. Me estrujó entre sus brazos. La abracé también, sintiéndome un poco extraño. No podía perder más tiempo.

—Necesito que hagas algo más por mí, si es que quieres…

—¡Si quiero! —atajó; me liberó y retrocedió un poco limpiándose las lágrimas— pero antes… tenga—. La pequeña se sacó del pecho cuatro pares de placas.

—Gracias— la inteligencia y magnifico corazón de aquella niña me sorprendía cada vez más. Sin embargo, solo pude devolverle una sonrisa suave y espontánea.

—Necesito que traigas aquí a mi piloto.

—¿Quién es y cómo lo encuentro?

—Su nombre es Daniel Haro. Viene de México y aterrizará en el aeropuerto de Londres poco después de las siete de la tarde.

—¿Haro?... ¿es el padre de Jessica?

—Así es. Y necesito que lo traigas, pues tiene algo importante —me levanté.

—¿Y qué es?

—Lo sabrás cuando lo traigas.

—Muy bien. Lo traeré —la pequeña se levantó limpiándose las lágrimas y salió de la oficina.

—¡Ve con cuidado! —exclamé antes de que saliera por la puerta. La niña no era curiosa, lo que la convertía en la más indicada.

∞

Noviembre 7. Ciudad de México, México
8:00am

Sofía

ෝ ෞ
Presentía que no estaba lista para aquella misión, pero
nada me detendría; la rabia que sentía por haber sido
engañada, timada y usada por Xia me nublaba todo juicio
y sólo podía pensar en redimirme, en corregir mi error.
ෝ ෞ

Algunos de los sobrevivientes de la invasión a México serían llevados a Berlín. Lo sabía de primera fuente, pues había escuchado a Víctor hablando con Hahn unos días atrás. Esa tarde llegarían los últimos dos aviones, uno de ellos piloteado por el señor Haro. Pero, en lugar de esperarlo en Londres decidí ir a México, buscarlo y viajar como parte de su tripulación con intención de cuidarlo y con la firme creencia, por intuición, de que él no tendría un androide.

El viaje fue extraño. Al llegar a México, el día apenas había avanzado unas cuantas horas por la diferencia de horario, fue como si el tiempo hubiera avanzado más lento. De la ciudad… digamos que lo único que quedaba eran vestigios de que alguna vez había existido una metrópoli en ese lugar. Sin luz, viento, plantas ni arboles; sin vida. Esqueletos desnudos recubiertos por grumos opacos de muerte y destrucción se erguían con penosa serenidad a lo largo del valle, oscuro, destruido, abandonado. Bañado por la constante lluvia, revestido por una gruesa capa de ceniza que todavía no lograba secarse. Sólo en el aeropuerto quedaban indicios de vida; lo habían limpiado y reconstruido a medias por secciones, las necesarias para sacar a los pocos sobrevivientes supuse. Había movimiento y luces que fueron apagadas en cuanto docenas de personas marcharon hacia la pista para abordar los últimos dos aviones. Al acercarme vi que muchos eran solo niños y ninguno llevaba más de una mochila; algunos iban con manos frías y temblorosas. Así que corrí y me colé en la multitud. Nadie dijo nada, parecieron no haberme notado y subí al avión como un pasajero más.

El avión era viejo y feo, aunque no tanto, y el vuelo tardaría unas cinco horas, así que aterrizaría "poco después de las siete" de Londres, tal como había dicho Víctor.

—¡Por fin! ¡Un poco de suerte! —exclamé al ver que un hombre con rasgos similares a Jessica entraba al avión vestido de piloto. Todos me voltearon a ver.

— Ahm… es que… mi cabello no se esponjó.

No sólo había reconocido al señor Haro por su parecido con Jessica, sino porque lo había visto antes.

⃛ ⃛

Un par de meses atrás, cuando la ciudad fue destruida, ese hombre había piloteado un helicóptero en el que se me había llevado a Roma, el día en que me encontré con mi hermano en el edificio de La Orden.

Ser el piloto de Víctor es una garantía de seguridad. ¿O no?
Varias horas de vuelo después cruzaría caminos con Jessica y el
avión se estrellaría contra la multitud de soldados en el aeropuerto
londinense. Mi historia entonces daría un vuelco atroz.

ᏲᏗ

∞

Noviembre 7. Berlín, Alemania
10:00am

Diego

Desperté en una oscurecida oficina, tendido sobre la alfombra. Katla estaba dormida junto a mí, en el sofá de terciopelo rojo en medio de aquel lugar. Del techo colgaba un reluciente y enorme candil rústico que brillaba con el gentil titilar de la flama proveniente del extremo de las velas. Tallándome un ojo traté de enfocar en busca de algo, lo que fuera que me diera indicios de dónde me encontraba. Me puse de pie, mareado y con un agudo dolor de cabeza. Giré mirando todos lados pero no podía ver muy lejos, la luz de las velas alumbraba tenue y a corta distancia y parecía que estaba en un punto rodeado por la oscuridad.

—Bienvenido —dijo alguien entre las penumbras. Miré con ojos entrecerrados intentando enfocar mejor hacia el lugar de donde provenía aquella voz que me resultaba familiar. De pronto un hombre evaneció dentro del espacio luminoso: Víctor, apacible, tomado de las manos por la espalda y con su cordial sonrisa en el rostro.

—Qué gusto verte de nuevo —dijo Katla despertando, sentándose en el sofá con ojos adormilados y una mano en la cabeza.

—Gracias, también me da gusto verlos con bien —contestó Víctor con una leve reverencia.

—¿Dónde estamos? —pregunté sin importarme la cordialidad y el hecho de que estuviera vivo.

—Berlín, hijo. Son alrededor de las diez de la mañana del siete de noviembre. Están a salvo ahora.

—¿Dónde están los otros, Víctor? —preguntó Katla poniéndose de pie, tambaleó y cayó de nuevo en el sofá.

—Igualmente a salvo —afirmó— en la cabaña de Hahn.

—¿Fue usted quien los sacó de la nave? —pregunté.

—No, fue… fue alguien más. Los verán pronto, no se preocupen. Por ahora deben descansar —no terminó de hablar cuando tras él apareció una mujer.

—Qué hacen estos aquí —descalificó ésta con voz aguda, áspera y molesta.

—Son ahora nuestros huéspedes, así como uno de nosotros —le respondió Víctor—. Les presento a mi esposa: Hela.

—No deberían estar aquí, no deberían haberlos aceptado… por qué no dejas que los maten y ya. Ya te han causado muchos problemas… ¿o crees que fingir tu muerte, la de La Orden y una guerra no es suficiente problema? —recalcó con tal desprecio que hasta Víctor pareció ofenderse. Al escuchar sus palabras caí en la cuenta: aquella mujer de mal carácter era la misma que había entrado en el despacho de Víctor en Italia el día que llegamos, era ella la que había estresado a Tara, y con toda razón.

—Hela, por favor… —la voz de Víctor cambió, dejó notar la inquietante pena que le causaba el comportamiento de su mujer. Hela se acercó un poco con el ceño fruncido y me observó un momento. Después, mirándome a los ojos, susurró con menosprecio:

—¿Qué ve mi hija en ti? ¿Qué podría provocarle de ti semejante atracción?… No eres nada especial ¡Nada! Un simple mocoso con suerte quizás; mucha, mucha suerte.

—Nunca he dicho ser especial y…

—No importa. Cuerpos frágiles, mentes dudosas y almas tímidas serán condenadas por las altas deidades —musitó con frialdad, dio media vuelta y desapareció en la penumbra.

—Disculpen… —Víctor fue tras su esposa.

Por un momento Katla y yo nos quedamos solos en aquel extraño lugar. Luego un hombre apareció.

—"En nuestros locos intentos, renunciamos a lo que somos por lo que esperamos ser[3]… Atrapado en tu propia mente, sin plan de huida, aturdido por la duda y con tus obsesiones como única guía, la realidad da paso a la ansiedad, cambiando de forma más de prisa que un contorsionista de circo[4]… La ausencia reduce las pasiones pequeñas e intensifica las grandes, así como el viento apaga una vela y aviva el fuego[5]"— la voz magna, profunda, ronca, penetrante y autoritaria de aquel hombre brotó desde detrás de nosotros. Paso a paso se acercó con dramática lentitud. Alto, de piel oscura, nariz ancha, cabello y barba canosa, marcadas arrugas en la frente, con pecas en los pómulos y con las manos enganchadas en la espalda, el sujeto vestía con gran elegancia. Una fina capa blanquecina cubría su mirada; aun así, era como si nos mirara directo a los ojos.

Katla y yo intercambiamos gestos perplejos. El hombre volvió a hablar:

—"Cautelosa, como quien cruza un arroyo helado; Tímida, como temiendo de todo lo cercano; Cortés, como un invitado; Claudicante, como un río congelado a punto de derretirse; Sólida, como un bloque sin tallar; Disponible, como un valle; Turbulenta; como agua turbia[6]."

—Lo sentimos señor, nosotros no… —dijo Katla cuando el hombre interrumpió:

—Eso es… lo que la voluntad del hombre es, pero la verdadera belleza de la voluntad radica en que, como una ley, es susceptible a ser modificable, mejorable, persuasible, controlable.

---

[3] Shakespiere (1564-1616) dramaturgo, poeta y actor inglés.

[4] Anónimo.

[5] François de La Rochefoucauld (1613-1680) escritor, aristócrata y militar francés.

[6] Tao Tê Jing, capítulo XV.

Y sólo "Hay una fuerza motriz más poderosa que el vapor, la electricidad y la energía atómica: la voluntad[7]" —el hombre dio media vuelta y se alejó.

Katla miró al suelo, pensativa; trataba de comprender las palabras de aquel misterioso hombre.

—Lamento que tuvieran que escuchar a mi esposa, a veces es… —volvió Víctor— ¿Que sucede?

—Nada… es solo que un extraño hombre vino y… —traté de explicar.

—¿Un hombre? —indagó Víctor. Asentimos— ¿Y hablaron con él al mismo tiempo?

—¿Sí, por qué?

—Cada quién lo interpreta de un modo distinto.

—Y eso qué —pregunté con tono brusco. Él, sin ofenderse, se limitó a sonreír de manera extraña, como quien sospecha o intuye algo.

—¿Quién o qué es? —preguntó Katla.

∞

Italia
La Cabaña
10:00am

Andrés

Un rato después llegamos a la cabaña. Estaba en pie, tal y como la habíamos dejado el día anterior.

—¿Y ahora qué? —pregunté, un tanto confundido. Tara parecía estar igual.

---

[7] Albert Einstein (1879-1955), físico alemán de origen judío, nacionalizado después suizo y estadounidense. Es considerado como el científico más importante del siglo XX.

—¿Por qué venimos?... ¿y los demás?... ¿por qué demonios corrimos? —se preguntaba dolorida, sujetándose la cabeza entre las manos.

—A mí también me duele —me quejé.

—Debemos volver —dijo con ánimo firme y mirada hacia las montañas, hacia donde estaban los otros. Aunque todo me daba vueltas, estaba de acuerdo, no podíamos dejarlos atrás.

—Yo no haría eso si fuera ustedes —una voz ronca y áspera interrumpió. Parado en la entrada había un hombre: era Hahn, con ambas manos puestas sobre su viejo bastón.

∞

Tara

Había caído rendida sobre la cama, exhausta. Me quedé dormida casi al instante en que mi cuerpo tocó la cama. Ese mismo día, ya por la tarde, desperté agitada.

—Está bien linda, está bien... tranquila —me serenó una mujer de voz cálida que se acercó —fue un mal sueño, es todo —con el rostro bisecado por la luz proveniente de la mesilla noté que dibujaba una sonrisa suave; se sentó junto a mí. No sabía cómo, pero, al instante, su presencia y su voz me contagiaron de una gran serenidad. Era muy bella y parecía joven.

—Me llamo Aria —se presentó con afabilidad. Gesticulé pero su calidez me dejaba sin palabras —¿Ya estas mejor?

—Sí, sí gracias —logré decir.

—Oye, aquel chico con el que llegaste es atractivo eh... ¿A caso ustedes son novios? ¿Lo amas? —preguntó sin rodeos, enarcó las cejas y me codeó en las costillas con entusiasmo jocoso.

Un mar de emociones me golpeó de pronto. Sentí un ardor recorrer mi cuerpo al recordar lo que había sucedido con Andrés. El sentimiento invadió cada parte de mi cuerpo y me arrastró a un estado de trance, con la mirada perdida, conquistada por aquella marea de emociones.

—Sí… —mi palabra, como un balde de agua helada, me despertó de aquella tormenta.

—No… ¿eh?… no… claro que no… nosotros sólo… no —respondí, apenada, desviando la mirada. Confundida y mareada, con un fuerte dolor punzante en la cabeza, intenté bloquear memorias de aquellos momentos sentimentales y pensamientos que había tenido por Andrés. Sí, estaba enamorada, pero no de Andrés.

—El daría su vida por ti —afirmó, más seria, pero sin borrar su cálida sonrisa.

Miré alrededor. Estábamos en el segundo piso de la cabaña, cuyo caos permanecía como tal y como cuando nos fuimos.

—No se encuentra muy bien, así que sé amable con él ¿quieres? —dijo.

—¿Qué hacemos aquí?

—Nos reunimos, aprendemos, improvisamos… quién sabe —contestó impasible y encogió sus hombros.

—¿Quiénes? ¿Qué aprendemos? ¿De qué está hablando?

—Descuida, pronto las cosas cambiarán.

9

Noviembre 7. Berlín, Alemania

4:00am

∞

Noviembre 7. Berlín, Alemania
6:55pm

ಌೞ

Katla despertó con la mente confusa luego de aquella súbita sucesión de eventos. Se encontró a sí misma con una fuerte depresión que la afectaba sin razón aparente. Diego parecía estar igual, distante e indiferente. Poco a poco, durante el transcurso del día, fue disminuyendo esa sensación. En su mente, Katla confesó para sí que pasar tiempo con Diego la ayudó a recuperarse más rápido.

Rara vez se separaron aquel día. Ella se sentía cómoda y segura junto a él, la reconfortaba. Pero pronto él empezó a exagerar, se ponía gruñón si ella lo dejaba y no dejaba de abrazarla ni acariciarla a cada oportunidad, lo que a Katla le gustaba y le incomodaba a la vez; lo quería cerca, pero no tanto. La chica comenzó a preguntarse si él se estaba enamorando de ella. Terminó por siempre negarlo: «Es tan sólo un gran amigo, nada más», pensó. Ella lo quería, y lo quería

mucho, pero no estaba segura de quererlo como algo más.
¿Habrá lugar para el amor en estos tiempos aciagos?

No volvieron a encontrarse con aquel señor canoso
al cual en adelantese refirieron como "El Hombre",
Hombre que se aparece esporádicamente.

Conocerían en el transcurso a tres sujetos: Azael, Anane y Enki.
Azael y Anane, individuos de extraños modos; no hablaban mucho,
permanecían impertérritos en todo momento yapenas gesticulaban al
hablar. Sin embargo, hacían sentir incómodo a alguno de los chicos
cada que se encontraban con ellos. Azael se insinuaba a Katla, lo
que fastidiaba a Diego, y Anane, ruda y altanera con la germana,
restregaba su cuerpo contra el de Diego, incitante, lo que molestaba
a Katla. Enki, un sujeto apuesto, de alta estatura, fornido, facciones
finas y bien definidas, ojos color zafiro y cabello oscuro emitía una
esencia de misterio y misticismo; merodeaba por el lugar y se limitaba
a lanzar miradas alegres a los jóvenes. Nunca iba solo y todavía
no habían tenido la oportunidad de entablar conversación con él.

୫୦ CଓଷB

Katla

Atardecía.

—¿Qué crees que signifique lo que El Hombre nos dijo?— preguntó Diego desde el otro lado de nuestra habitación, mirando a través de la ventana.

—Aún no lo sé. ¿También estuviste pensando en eso? — contesté mientras me vestía unos mallones color blanco.

—Sí… creo que quiere que *cambiemos* algo.

—Te preocupa lo que dijo Hela, ¿verdad?…Ya puedes voltear —le di permiso, poniéndome un top blanco y limpio. Parecía haber estado inquieto todo el día por aquello que Hela le había dicho. Volteó cabizbajo recargado en la pared.

—Sí.

—Hay por favor… ¿me vas a decir que en verdad crees que tienes un alma tímida, que tu mente duda y que tu cuerpo es débil? —le pregunté de forma sarcástica aproximándome a él mientras me hacía una cola de caballo en el pelo y me ponía las placas. Un suspiro resignado fue su respuesta.

Diego

«Si tan solo supieras…»

Katla

—No creo que tengas un cuerpo débil —afirmé y, con cariño, puse mi mano sobre su hombro. No reaccionó.

—¡Para cuerpo débil el mío!—bromeé.

Soltó una carcajada.

—¡Ah, crees que soy débil!

—¡No, no, claro que no!—se incorporó y bloqueó mis golpecitos amistosos con las manos. Entre broma y broma empezó un jugueteo de manoteos y empujones acompañados de risas.

—¿¡Con que eso crees, eh!?… Te voy a enseñar quién es débil…

—¡Sólo bromeaba!

—Ven acá te voy a… ¡Ahh! —tropecé y me abalancé sobre él, por instinto lo sujeté. Ambos caímos con mi espalda al suelo y él encima de mí. Frente a frente, sus ojos miraban profundo en los míos. El silencio suave y eterno llenó la habitación. La piel se me erizó en la nuca y un escalofrío recorrió mi espalda. Mi corazón desbocado iba a estallar. La sangre se me subió a la cabeza, un delicioso calor travesó mi pecho y se extendió hasta mi estómago, que enloquecido vibró de emoción. Mis ojos rebeldes fueron atraídos irremediablemente por sus labios, los ojeaban con intermitente deseo e incertidumbre. De pronto, en un movimiento lento, se cercó, despacio, con inexplicable suavidad. Podía sentir el calor de su cuerpo contra el mío. Se detuvo. Levanté mis brazos, posé mis manos en su cintura y lo animé. Con el dorso de su mano acarició mi mejilla y continuó a lo largo de mi cuello, hasta llegar a mi nuca. Mi respiración se detuvo, sofocada, ansiosa; cerró sus ojos y yo los míos. Me entregué a la eterna e incitante expectativa el roce de sus labios.

¡*Toctoc!*

Nos levantamos precipitadamente, haciendo más ruido del que hubiéramos deseado y miramos hacia lados opuestos. La puerta se abrió y Víctor entró.

—Vengan, es momento de que conozcan a alguien —dijo —los espero en el estudio.

—Ya vamos —contestó Diego.

Víctor desapareció tras la puerta.

—¿Crees que nos haya visto?—le pregunté avergonzada, con el corazón agitado.

—No lo sé.

Tras intercambiar unas risitas penosas salimos de la habitación y alcanzamos a Víctor.

Entramos al estudio en el cual había dos personas, el gobernante mexicano y Enki; aquel hombre hiso una cortés reverencia sin decir una palabra.

—Adelante, tomen asiento por favor —señaló Víctor un par de elegantes sillas. Diego y yo entramos. Enki nos miraba con profundidad, una mirada fuerte e intensa que parecía escudriñar nuestro interior.

—Bien… creo que ya se sienten cómodos en este lugar — habló mientras sacaba una carpeta y la ponía la sobre la mesa. Diego y yo nos miramos de reojo.

Ninguno de los dosdijimos nada.

—Bueno, les prometí que sabrían quién fue el que los sacó de la nave… —alzó la mirada hacia nosotros—. Así que… sin más: él fue —señaló a Enki. Aquel permaneció de pie y un incomodo silencio se apoderó de la escena.

—Ya saben quién fue así que… pueden retirarse —ordenó Víctor. Su voz era tranquila y calmada, pero escondía cierto desprecio, como si el habernos visto a Diego y a mi tan juntos le hubiera molestado. Avanzamos hacia la puerta cuando Víctor agregó:

—Por cierto, saldremos de aquí mañana en la mañana.

∞

Italia
La Cabaña
7:55pm

Tara

El día en la cabaña había sido aburrido. Lo había pasado inquieta pensando una y otra vez en aquello que Aria había afirmado sobre Andrés; lo que había sentido y lo que había reflexionado, lo que convirtió mi mente en una turbulenta maraña de ideas y fantasías. Y claro, también pensaba en Diego: dónde estaría, si también pensaba en mí, si estaría bien.

«Claro que está bien» supuse.

La enorme luna asomaba entre las montañas, acompañada de algunas nubes que se acumulaban en el horizonte.

«Siempre está bien»

Sentada en el borde del muelle con los pies sumergidos en el frío lago, cruzó por mi mente la terrible idea, que más que una idea, intuía era una verdad.

«Está con Katla»

Sentí el odio surgir en mi interior, la envidia, el rencor; despreciaba a Katla por haberme quitado la oportunidad, por habérmelo quitado y besado justo donde ahora estaba yo sentada. Entonces, sumida en el resentimiento, una pregunta cruzó por mi mente:

«¿Cómo me sentía antes de conocerlo?»

Recordé aquellos días en la escuela y en retrospectiva hasta el inicio de la secundaria. A todos los chicos que había rechazado desde entonces por enfocarme en Diego, un idiota, uno muy lindo, que no podía ni hablarme. Tal vez era mi culpa. Seguí recordando y finalmente di en el punto en que su imagen aún no había aparecido en mi vida:

«... vacía, infeliz, incompleta... pero liberada»

A veces deseaba no sentirme atada, ni a él ni a nadie más, pero ya no podía evitarlo; de alguna manera en él encontraba lo que me hacía falta, lo que yo necesitaba.

—Quisiera volver a sentirme tan libre como el viento— susurré para mí y eché la espalda para atrás, recargada con mis manos sobre las viejas maderas del muelle. Miré el cielo crepuscular con la brisa acariciando mi cara y cabello.

—Aún estas a tiempo si eso es lo que en realidad deseas — aseguró una voz detrás. Aria se aproximó. Se sentó a mi lado y sumergió los pies en el agua helada.

—La verdadera cuestión seria: si pudieras elegir de nuevo... ¿entonces qué harías?

—Realmente lo quiero... a Diego.

—Yo me refería a la situación en general. Pero supongo que tienes razón, si te olvidas de Diego, te sentirías libre —dejó pasar unos segundos—, o también si lo enamoras.

—¡¿Pero cómo?!

—No entiendo tu pregunta.

—Por alguna extraña razón que ni yo comprendo lo quiero mucho, y eso era lo único de lo que estoy completamente segura. Lo que quiero son consejos para reconquistarlo o algo así. No me vendría nada mal un poco de ayuda, pues ¿enamorarlo? ¿Cómo? Hasta el momento no me ha ido muy bien —pensé un momento en lo que acababa de decir y, arrepentida por confesarle esas cosas, sólo acerté en continuar—. No puedo... mejor olvídalo.

Ahora venía la pregunta obligada:

—¿Por qué?

Aria

La pequeña Tara seguía un poco deprimida y tan confusa que casi me hacia arrepentir de haberle metido a Andrés en la cabeza, pero por el contrario, era muy buena señal, pues ella se había resistido. La mayoría caen de lleno ante tal manipulación, como la otra chica, Jessica. Tara era voluble, sumisa e insegura, pero contradictoramente a ello no era manipulable, y su amor por Diego era total, puro; virtud que logran los auténticos apasionados capaces de distinguir el amor del deseo, de la necesidad, de la obsesión y de la locura desenfrenada. El amor verdadero es tan sencillo y simple que a veces resulta imposible.

—Porque están tu hija... y Jessica... mejor me olvido de él —contestó con timidez y con un sollozo amagado. Las lágrimas asomaron a sus ojos. Permanecí callada a la espera de que continuara— ¿Cómo podría competir contra ellas? Tan bellas, inteligentes, valientes, superiores, tan... perfectas.

En su voz se colaron lamentos que mezclaban resignación y tristeza.

—Mírate —giré su cabeza hacia mí —eres la niña más maravillosa que jamás haya conocido.

—¿Y tu hija? ¿Katla? Ella es la encarnación de la perfección.

—Ella no... ella nunca ha sabido qué es lo que quiere. Es incapaz de diferenciar entre necesidad y deseo, entre querer y amar.

—Pero ¿y eso qué? es perfecta —espetó.

—Tal vez, pero ella rechazó a Diego cuando él le mostró interés.

Tara

Recordé aquella mañana cuando los vi: sentados justo donde yo estaba, juntos, muy juntos, y Diego la acariciaba; se aproximó a ella, a ella, quien no ofreció resistencia ni tampoco hizo nada por evitarlo o alejarlo.

A caso… ¿podría ser verdad?

—¿No pasó nada? ¿Lo rechazó? —pregunté, esperanzada, sin poder creerlo y con la sensación de que un gran peso se me quitaba de encima. Ella asintió, convencida y convincente. Eso eliminaba a Katla pero…

—¿Y Jessica? Estoy segura de que la quiere a ella, no a mí. Llevan ya tantos años de conocerse que yo sólo soy una piedrita en su camino.

—Ella, ella no está por aquí. ¿O sí? —contestó con gentileza. No pude evitar sentirme aliviada, a pesar de que no sabíamos nada de ella desde hacía casi una semana.

—Tal vez si vencieras esos miedos y vergüenzas tuyas, y confiaras en ti misma… —agregó.

Apenada, me asomé por el borde del muelle, mirando mi reflejo en el agua.

—¿A qué te refieres? —murmuré apesadumbrada.

El lago empezó a brillar. De pronto se formaron ondas que hacían distorsionar la imagen en el fondo. Las ondulaciones aumentaron en frecuencia, cada vez más. Luego mi mente quedo en blanco; hipnotizada por la armonía de las vibraciones perdí conciencia de mi realidad, incliné mi cuerpo hacia adelante, más y más, hasta caer en el agua.

∞

7:50pm

Andrés

Permanecí tumbado en la cama. Atardecía y los molestos rayos del sol pegaban en la pared frente a mí.

—Hey… qué tal ¿cuál es tu nombre? —preguntó una mujer desde las escaleras, una con increíble voz femenina, tan hermosa, la más sensual que jamás había escuchado.

—Lárgate.

—Qué nombre tan horrible—se sentó atrás de mí en la cama que se sumió.

—Dije que te largues.

—No deberías de ser rudo conmigo.

—Déjame en paz idiota —se levantó de la cama.

—Quería solamente disculparme.

—¿Estas sorda? ¡Largo!

—¿Puedes perdonarme?

—Déjame solo.

—Mírame, querido.

—¿¡Eres idiota!? ¿¡No entiendes que te largues!?

—Yo solo…

—¡Que me dejes! ¡Aléjate, maldita sea!

Abajo alguien azotó las puertas.

—Luego hablaremos —dijo y desapareció.

¿Quién era ella?

10

Puentes

Alterno

—¿Está bien? —preguntó Andrés con preocupación al mirar a Tara tendida sobre la cama, con mal aspecto, como si estuviese teniendo un mal sueño; apenas respiraba.

—Estará bien… —le contestó Aria desde el otro lado de la habitación —, espero —susurró para sí.

Mientras Aria hacía como que trabajaba con el extraño telescopio, Andrés deambulaba un por la habitación; por su mente rondaba aquella mujer que le había hablado la tarde anterior. Repiqueteaba en su interior la dulzura de su voz, sensual y de acento exótico. Quería saber quién era y, esta vez, sería él quien pediría disculpas.

—Aria… ayer hablé con… —el afligido muchacho se aproximó a Aria, quien ya lo esperaba.

—… con una chica, a la cual no tuviste ni siquiera la decencia de mirar a los ojos mientras la insultabas y tratabas como basura —lo interrumpió con tono pasivo.

—Ahmm… si… no… es que… yo quisiera…

—Vamos —Aria se levantó de su silla, y le tomó de la mano con amabilidad.

—¿A dónde?

—A que por fin la conozcas —exclamó aprosa con entusiasmo.

Atravesaron la habitación y bajaron hasta la mitad de la escalera, donde se detuvo Aria. Algo la detuvo de pronto. En el piso de abajo estaba Hahn, sentado en el sofá, reflexivo como siempre, quien al verlos, sin más, se levantó y salió de la cabaña. Más allá, cerca de la cocineta, una joven mujer ataviada con una inmensa túnica escarlata miraba por la ventana hacia el lago. Aria y Andrés terminaron de bajar la escalinata y se aproximaron.

—Bien… — Aria carraspeó—. Ella es Inanna.

La chica vestía una elegante estola romana; su cabello dorado cobrizo, recogido y peinado hacia su derecha, cuyos risos caían con sensualidad sobre su hombro desnudo, remataba un par de mechones que flanqueaban sus finas facciones, hermosas como las de un ángel. Llevaba puestos un par de sujetadores para cabello de color azul plata adornados con gran exuberancia con todo tipo de piedrecillas y aros de oro. La muchacha giró lentamente con gesto seductor. El pecho realzado por el top bajo la toga, tomada de las manos por enfrente, abdomen torneado y cintura curveada, miró al chico, quien cautivado quedó paralizado bajo el hechizo de Inanna.

—Es toda tuya —le susurró Aria con en tono grácil. Él no se inmutó.

—¿Ahora sí me perdonarás? —preguntó aquella con serenidad.

—Eh… yo… yo lo… lo siento

—Lo sé. Descuida —aceptó la disculpa. Andrés percibió cierto resplandor que emanaba la chica; le infundo tranquilidad y alivio en su interior.

—Me llamo Andrés —se presentó. Ella se acercó. Su aroma era muy fresco y grato, una fragancia única que fascinaba y

debilitaba las temblorosas piernas de Andrés quien ya caía preso
en las redes de la inusitada sensualidad que la chica irradiaba.
Inanna permaneció de pie, inmóvil, exquisitamente hermosa.
Esperó a que el joven dijera algo más.

Andrés buscaba con desesperación algo que decir mientras
la chica examinaba la sala con la mirada, pero nada venía a su
mente.

—Espero estés listo para partir en la mañana —rompió ella
el engorroso momento.

—¿A dónde iremos?

—A encontrarnos con los otros.

—Yo estoy listo, pero ¿y Tara?

—Se encuentra bien —Inanna desvió la vista hacia la parte
superior de la escalera —seguro ya despertó.

Andrés, intrigado por la afirmación, miró hacia la escalera
y hacia la chica quien permanecía estática, jovial y sonriente.
Él echó a andar hacia la escalera y justo cuando pisó el primer
escalón Inanna le dijo:

—Sé cuidadoso y precavido; ella ya no es la misma.

∞

Noviembre 9

ঔ৩

A la mañana siguiente Katla y Diego viajaron hacia el sureste
de Berlín. Al amanecer llegaron a un lugar cuya grandiosidad y
magnificencia mística se resumía en una palabra: sobrehumano.
Nacientes desde las altas cimas de las cadenas montañosas, numerosos
ríos bajaban serpenteantes, a través del valle, hasta confluir en el centro
de la planicie, donde formaban un hermoso lago de aguas cristalinas.
La llanura, de extensión considerable, se encontraba en medio de
una inmensa cordillera, que la bordeaba cual muralla natural; un
camino empedrado y zigzagueante se abría paso entre los montes
que funcionaba como única vía de acceso al lugar. Justo en el centro,

en la confluencia de los ríos, emergía del agua un pequeño islote
arenoso que parecía funcionar como único elemento de cimiento para
una estructura masiva, colosal, que se erigía sobre la misteriosa isla.

ഇൻൽ

Katla

—Bienvenidos —nos recibió Tom, mismo que nos recibiera
en Italia.

El lugar era monumental. Ya lo conocía. Era el centro, el
origen, la capital de La Orden. Lugar donde esta gran organización
vio su nacimiento y echó sus raíces, cuando el edificio no
completaba ni la mitad de su estructura. El edificio, llamado
"Lotus", era la construcción más formidable y asombrosa del
planeta. Una estructura que, vista desde lejos, asemejaba la
imagen de una flor, como su nombre lo dice, de la flor de loto.
Siete gigantescos pétalos mayores, gruesos y robustos, dispuestos
como anillo externo y cinco pétalos menores, espigados y
delgados, como anillo interno. Se intercomunicaban los diez
pétalos al centro, donde un par de corolas esbeltas sobresalían
serpenteando alrededor de la estilizada gran torre céntrica
cilíndrica que alcanzaba el kilómetro de altura. La estructura
entera flotaba en el aire doce metros sobre el nivel del agua y la
tierra, sostenida a esa altura por los más potentes electroimanes,
colocados con perfección ingenieril bajo la superficie. Aquel
lugar era místico en varios sentidos.

Había centenares de bases aéreas ubicados tanto en la azotea
como en la parte interna de todos los pétalos, donde decenas
de vehículos aéreos aterrizaban y despegaban constantemente.
En la parte más alta de la torre, había una magnífica y gran
estructura simétrica construida con cantera: una serie de
bellos arcos y pilares colocados en forma de media luna, los
más grandes al centro y los más chicos hacia los extremos;
erigidos sobre bloques y losas acanaladas de las que, como una
fuente, brotaba un constante chorro de agua que discurría a

lo largo de la estructura, con el melodioso sonido del flujo dimanando por doquier, entre los pilares más altos, a través de estos y a lo largo del suelo hacia el centro de la azotea; un sutil toque artístico hacía su labor con adornos florales, con plantas y pequeños árboles de todo tipo, con relieves y labrados esculpidos con elegante finura. Debajo de algunos de los arcos pendían preciosas campanas que articulaban un armonioso carillón, cuyo eco al repiquetear anunciaba cada cambio de hora y resonaba a lo largo y ancho del valle. Esta fuente se encontraba construida al borde de un gran hueco circular, justo en el centro de la torre, a la que atravesaba de la base a la cúspide. El agua seguía un flujo espiral hasta llegar al islote bajo el gran edificio. Enki llamaba a ese gran túnel "El Nuevo Duranki" (enlace cielo-tierra).

El edificio por sí sólo constituía una ciudad pequeña.

Estaba dividido en zonas: la civil y la militar. La civil correspondía, en su mayoría, a la torre central, conformada por un sin fin de habitaciones sencillas para un gran número de habitantes, grandes salones multiusos, salas de conferencias, almacenes, restaurantes, gimnasios, supermercados, grandes plazas, zonas deportivas y hasta parques, todo tipo de componentes para un sistema urbano edificado en una única estructura. La militar se extendía por los doce pétalos de la construcción. Cuarteles, bases militares, oficinas, plataformas, cámaras, y muchas zonas que no conocía.

Todo se encontraba intercomunicado por un elegante sistema de decenas de veloces ascensores, escaleras, rampas y deslizadores mecánicos que se movían a lo largo y ancho del Lotus, que funcionaba como la red de transporte subterráneo en la ciudad, pero dentro del edificio.

Con rocambolescos interiores de arquitectura semejante a la grecorromana, decorados con magníficos mármoles de todos colores, lapislázuli, plata, oro e infinidad de gemas preciosas en exacta armonía que emperifollaban los hermosos jardines, fuentes y riachuelos artificiales con agua fluyendo todo el tiempo por pasillos y zonas públicas que, en conjunto, conformaban mágicos decorados que tenían la capacidad de desvanecer los rasgos internos propios de un edificio. Resultaba fácil sentirse al aire libre dentro del edificio. Éste se encontraba recubierto por fuera por una fachada de grandes paneles cuyas funciones semejaban las capacidades del androide, lo que hacía de esta obra arquitectónica, además de la más grande y portentosa, también la más poderosa del planeta.

El valle, en el que se había fundado la hermosa ciudad llamada Erek, era un lugar de ensueño con numerosos jardines, ríos y cascadas que reanimaban al espíritu, donde el Lotus se erigía impasible entre la vegetación multicolor y contrastaba por su preponderante color plateado.

Apenas Diego y yo llegamos a nuestra nueva habitación, apareció Enki en la puerta.

—Jóvenes... —saludó con jovialidad, haciendo una reverencia.

Diego

Katla reaccionó de inmediato.

—¡Enki! —exclamó ella, se levantó como un resorte y corrió hacia él con la típica sonrisa boba de una chiquilla enamorada.

Lo odiaba por querer quitarme a Katla. Desde que lo conocimos se había portado completamente indiferente conmigo y me hacía a un lado mientras seducía a Katla frente a mí. No soportaba verlo, así que, con el ceño fruncido, miré hacia otro lado. Se abrazaron.

—¡Qué bueno que has venido...! —dijo Katla con voz apretujada por el abrazo —... y esta vez vienes solo... —decía mientras examinaba si nadie más venía con él—. ¿A qué se debe? —preguntó.

—He venido a verte a ti.

Pude imaginarme la cara de adulación de Enki y la cara de emoción y complacencia de Katla, con un ego que seguro se había disparado hasta las nubes.

—¿Ah sí? Y… ¿por qué?

—Hay algo que debo mostrarte. Sólo a ti. Llevarte a un lugar único donde no seremos molestados. Quiero que hagamos algo, algo muy personal y provechoso.

Miles de cosas atravesaron mi mente a toda velocidad. Aturdido y exaltado por aquellas palabras, las ideas más morbosas y descabelladas dominaron mi mente. Quería matarlo.

—Está bien, pero lo que sea que tengas que mostrarme, también se lo mostrarás a Diego.

«¡¿Qué!?»

—No creo que…

«¡No, por supuesto que no!»

—Entonces olvídalo —interrumpió Katla con firmeza. Intrigado volteé para ver la cara de Enki. Esperaba que fuera de ira, enojo o mínimo de molestia o decepción, pero no. Tenía en la cara un semblante que más bien denotaba satisfacción.

—Síganme —asintió con cortesía.

De mala gana accedí, temeroso. Llegamos a donde estaban los siete elevadores cilíndricos en forma de medio anillo, alrededor del gran agujero que aparentaba no tener principio ni fin: el Duranki, que semejaba un largo túnel vertical. De pronto, con total sigilo, uno de los elevadores campaneó al abrir sus puertas. Enki nos invitó a pasar y subimos.

—¿Qué es lo que nos mostrarás? —preguntó Katla al cerrarse las puertas.

—"Viaje por el tiempo" —contestó con tranquilidad.

—¡Guau…! —suspiró Katla alzando las cejas.

—¿Viajar en el tiempo? —reaccioné, olvidando el enojo —¿es posible?

—En cierta forma. Ya verán —respondió con la mirada puesta en Katla. Ella gesticulaba sin decir palabra alguna.

—Pero… ¿Cuándo…? ¿Cómo…? —logró decir entre gestos tan desorientados como ella misma.

—Ahora

—¿Se puede?

—Claro… es fácil si sabes cómo —afirmó Enki con semblante serio.

—¿Y para qué quiero yo viajar en el tiempo? —protesté sintiendo mi enojo regresar.

—Tú no. Ella —aseveró.

—A dónde la enviarás —pregunté entre dientes, colérico; pero la inmensa curiosidad me asfixiaba.

—No tenemos mucho tiempo. Explicaré lo que ella necesita saber —tomó aire y explicó—.

Hay tres cosas que se necesitan para viajar por el tiempo: un destino, un medio, y un mediador.

»El destino únicamente tú lo sabrás y es, evidentemente, hacia dónde irás, ya sea hacia adelante o hacia atrás en la línea temporal.

»El "medio" es lo que ustedes llamarían una «maquina», por supuesto, el medio que utilizarás no es una máquina en el sentido estricto de la palabra, es una simple forma de doblegar al tiempo y al espacio a la vez.

»El "mediador" es lo que evitará que quedes perdida o atorada en otro tiempo. Es decir, lo que evitará que pierdas *tu* tiempo— mientras hablaba le tendía a Katla lo que parecía ser un reloj antiguo, uno de esos de bolsillo que habían desaparecido hace mucho tiempo. Ella, al notar mi curiosidad, me lo mostró. Era, en efecto, un reloj de bolsillo, muy delgado y liviano, burilado con bajorelieves elegantes en la tapa. Me llevé una sorpresa al abrirlo, ya que no tenía manecillas; no marcaba ninguna hora. Tenía una serie de círculos anillados superpuestos que se hacían más grandes y profundos hacia la periferia, como una pirámide o un cono.

—Hay sólo dos momentos durante el día en que podrás entrar en el tiempo y cruzarlo hacia otro espacio —continuó

Enki la explicación—. Al medio día y a la media noche, únicos instantes en que toda magnitud de tiempo entra en comunión, lo cual genera un puente por el cual atravesarás el umbral y entrarás en una atemporalidad.

—Esto es grandioso… pero… ¿Qué es el tiempo? ¿Cómo es que se viaja, qué hay con las leyes físicas y todo eso? —cuestionó Katla con entusiasmo.

—El tiempo no sabe de física, es una magnitud paradójica que trasciende todo universo y toda ley. El tiempo no mide, no pesa, no cuantifica, no se ve, no se escucha, no se huele, no se toca, no se percibe ni se siente, pero sabemos que está ahí porque nunca se detiene y a todos mantiene bajo un estricto orden y control. Es dócil y permite que viajemos a través de él, pero no sin cobrar cuotas al viajero. Un tanto mañoso, pues en el futuro correrá más rápido y en el pasado más lento. Para cuando te des cuenta, en *tu* tiempo habrán pasado quizá cientos de años. Nunca recuperarás ese tiempo.

—Y para mí, para mi cuerpo… ¿qué le hará el tiempo? ¿Envejeceré a la esa misma velocidad?… ¡Cuando vuelva seré increíblemente vieja y…!

—No envejecerás —la cara de Katla cambió y en ella se dibujó una mueca que mezclaba asombro y codicia. No envejecer es uno de los mayores deseos del ser humano quien, influenciado por la vanidad y la estética, entró en conflicto con su irrevocable mortalidad desde el principio de sus tiempos. Con esto que Enki ofrecía se podría vivir siempre joven. Él notó el gesto de Katla.

—Recuerda, el tiempo es engañoso y no es confiable. Podrías perderte.

—¿Y qué sucede entonces? ¿Qué me pasaría?

—Quién lo sabe… caes en el olvido, cesas de ser… como entrar a un limbo o un bucle eterno del que no saldrás jamás.

—¿Qué pasa si el mediador se descompone o se me pierde? —Enki le lanzó una mirada inquisitiva—… digo… si por accidente sucede —completó ella risueña.

—Es preferible que eso no suceda.

—Bien... entonces... ¿dónde está el medio? —preguntó Katla al tiempo que el elevador llegaba a algún piso y abrió sus puertas. En éste lo único que había era una caja de carga pequeña, cuadrada, común y corriente como todas.

—Ahí está —la mostró Enki.

—¿Eso? —cuestionó ella decepcionada. Él caminó hacia la caja, en silencio, abrió una de sus paredes y la invitó a entrar. Nos acercamos e inspeccionamos el interior asomando la cabeza. Dentro, la caja estaba tapizada con espejos.

—Esta es la puerta a corredores subterráneos, viejos túneles de antaño. Funcionan como un puente Einstein-Rosen, un agujero de gusano.

—Bueno y... ¿ahora qué? —preguntó Katla con expresión nerviosa.

—Entra.

Ella así lo hizo, y preguntó:

—¿Y después?

Katla y yo compartimos una última mirada. Enki cerraba la puerta. Miedo, incertidumbre, congoja, un afligido "adiós" y un nostálgico "te quiero" resplandeció en nuestras miradas.

11

Noviembre 9. El Lotus

11:57am

Desorientación

Diego

—Debemos hablar tu y yo, muchacho.

La voz atenuada con que Enki habló de alguna manera hizo desaparecer mi coraje en su contra. Se transformó en una sensación de ligereza y cierta tranquilidad.

—¿De qué? —pregunté desconcertado por el repentino cambio de mi estado anímico.

—En aquello que domina tus pensamientos desde ayer: Katla, Tara y Jessica; en los androides; en este lugar; en la situación en la que te encuentras; en Hela y sus aseveraciones; en ti mismo… podría continuar todo el día.

No entendía cómo podía saber en qué pensaba, en qué había estado pensando. ¿Cómo debía sentirme ante la posibilidad de que alguien supiera lo que cruzaba por mi mente? ¿Aterrado por el simple hecho? ¿Aliviado porque podría ayudarme? ¿Acongojado por saber que mi propia mente ya no era soberana en sí misma?

—¿Cómo lo sabes? —me atreví a preguntar.

—Descuida, llegaremos a eso… algún día. Lo importante ahora es que te has venido abajo.

—¿Cómo abajo?

—Sabes a lo que me refiero —así era, pero quería ganar tiempo para entender un poco mejor todo ese lío del tiempo, de la aparente telepatía y de la omnisciencia de este sujeto. Me limité a asentir.

—Dime entonces, ¿qué harás? —continuó.

«No sé, no tengo ni la más mínima idea...»

—¿Tú ya lo sabes? —pregunté.

— Si tú aún no lo sabes. ¿Cómo podría saberlo yo?

—No sé.

—Descuida...— dijo con suma condescendencia y colocó una de sus enormes manos en mi hombro —... concéntrate, comienza desde el principio y entonces lo sabrás.

Mi mente repasaba sus palabras buscando la respuesta al "qué debía hacer".

Seguí su consejo y traté de concentrarme en el comienzo. Es desde ahí por donde uno debe aprender a empezar. Solemos buscar respuestas donde no las hay, intentamos llegar, colocarnos y empezar en el punto máximo sin antes haber recorrido el camino, que es en realidad el que nos enseña cómo se llega. Tendríamos que aprender que en la vida no hay atajos.

—¿Quién soy? —preguntó Enki al aire.

No logré comprender si la pregunta fue para mí o sobre sí. Mi respuesta fue la reacción más simple para eludir la respuesta: encogerme de hombros.

—Tus líos, la mayoría por ti mismo provocados, se derivan por la confusión de no saber quién eres. Puedes vivir toda tu vida en la negación de la verdad, con falsos intentos por avanzar, esbozando interminables falsedades, en eterna ficción de ideas, pretendiendo ser quien se te ha enseñado a ser, o incluso pasarla desapercibido y no tener aparente conflicto alguno; pero para tu paradójica fortuna eso que traes en la cabeza te mostrará sin recato la efigie de quien eres. Verás de qué estás hecho, escucharás quién eres, percibirás a tu verdadero ser, pero, si no estás listo, es probable que critiques y desprecies lo que el espejo te muestre.

Tus fuerzas cederán bajo el delirio de tus pensamientos y ante tu ofuscada mente perderás el supuesto autocontrol que con tanto orgullo ostentas; buscarás desesperadamente retomarlo, rogarás por ayuda, sospecharás de tus emociones, reprobarás tus sentimientos, indagarás en los conocimientos más profundos y arcaicos y te enterarás de que, desde el inicio, siempre fuiste víctima de tu propia inteligencia… —hizo una pequeña pausa— … ya una vez te falló esa máquina.

Recordé cuando Xia nos emboscó en París.

Me dio un segundo para reparar en sus palabras, en lo que parecía ser una sutil humillación y, sin más, cambió de tema:

—Mi intensión no es seducir a Katla frente a ti, no es arrebatártela, hacerte enfurecer o entristecer.

—¿Entonces cuál es?

—El que adviertas el origen de tu problema.

Agitando la cabeza pensaba y buscaba ese "origen" del problema. Pero casi ningún hombre advierte sus propios errores y defectos y, si alguna vez logra visualizarlos, el atolladero consiste entonces en reconocerlos.

—¿Por qué no me dices cuál es y ya? —pregunté, irritado.

—Porque sería demasiado fácil. Y nada que sea obtenido de esa manera es realmente apreciado, o valorado, por ningún ser humano.

—Obtuve estas placas de manera muy sencilla… —protesté a regañadientes, indignado y molesto —… yo jamás las pedí ni las deseé y sin embargo aquí están. Conocí a Tara, a su padre, a Katla, a mucha gente poderosa, al amor y al desamor, todo sin mover un solo músculo y sin embargo heme aquí… hablando con un sujeto que cree conocerme, un tipo que se cree superior, que cree que lo sabe todo.

—Eso es lo que tú crees.

Esas palabras fueron como un muro de concreto en el que me estrellé de lleno. Estaba hablándole a la pared, y estamparme con ella me aturdió lacónica pero tenazmente para luego sentirme envuelto por una turba confusión que me provocó nauseas.

—De qué hablas… ¿a qué te refieres? —la intriga de su firme aseveración me devoró.

—Decírtelo sería demasiado fácil… —reutilizó esa respuesta con cierto regocijo.

Entrecerré los ojos y busqué la respuesta en su mirada. Él, al darse cuenta de ello, soltó una risita sin alterarse en absoluto.

—Al parecer tienes ya tarea. Para que no te aburras mientras Katla no está —dio media vuelta y regresó al elevador.

—¡Espera! —se detuvo y pregunté—¿Cuánto durará su viaje?

—Eso, amigo mío, nadie puede saberlo. Puede que ni siquiera regrese —afirmó con gran indiferencia; pero yo, inquieto, enfurecí al instante.

—¿Por qué? —pregunté tratando de mantenerme calmado.

—En un viaje de esos uno se pierde fácilmente. Especialmente un humano. Resulta difícil volver, pues ahí uno ve cosas que muchas veces desearía no haber visto —en silencio, lo incité a seguir con su explicación—. El viajar libremente hacia el pasado o hacia el futuro es un poder que los humanos no están listos para comprender, mucho menos para manipular. Por eso siguen siendo conceptos abstractos en su mente. Puedes caer en el arrepentimiento, la angustia, la locura, la decepción, la adicción, la ambición, el deseo… muchas cosas que te hacen perder la razón, quedando prisionero de tus propias ideas. Como cuando empiezas a ver una buena serie de televisión —hizo una breve pausa esperando a que las palabras se asentaran. Después continuó:

—El tiempo nos permite manipularlo, pero no le gusta ser perdido o desperdiciado y, como ya he mencionado, juega sucio y cobra caro.

—¡Ella es humana! Lo que sea que eso signifique para ti. ¡Además, no estaba en condiciones de ir! ¡Quedará atrapada…! ¿¡Por qué la mandaste!? —pregunté temeroso y molesto.

—Ella tuvo opción de negarse; no lo hizo. Eso es algo que depende de ella. Ambos sabemos que Katla no es una simple humana. Y debes saber que la Katla que regrese, si regresa, no será la misma.

Las respuestas de ese hombre tenían ese desgarrador efecto de generar más preguntas, cuyas respuestas seguramente serían más complejas e intrincadas. ¿Cómo que Katla no era una simple humana?

«Bueno... ahora "ambos lo sabemos"».

—En fin —dijo ya dentro del ascensor—, búscame cuando encuentres tus respuestas.

—¿Podrías cuando menos darme una pista?

—Deja de lidiar con tu propia conducta cuando deberías de comulgar con la misma.

Luego, desapareció tras las puertas.

∞

Katla

La puerta se cerró atrás de mí. La luz se atenuó dejando apenas visibles mis infinitos reflejos replicados en todas direcciones. Suspiré y esperé un momento. Miré el reloj en el que aparecieron rayitos de luz en la periferia, a modo de manecillas, en cada uno de los diferentes círculos. La mayoría aparecían apuntadas hacia arriba, cerca de las doce. Se mantenían estáticos salvo el último, el del círculo más grande, que se movía a modo de un segundero avanzando inmutable hacia las doce.

Tres... dos... uno... todas las manecillas inmóviles anunciaron las doce. Mis reflejos en los espejos empezaron a desaparecer uno a uno desde lo más lejano y tras desvanecerse los últimos cuatro a mis lados, las manecillas luminosas desaparecieron.

A mi alrededor un calmado, grueso e inmenso torbellino de un material que parecía líquido, una especie de plasma de colores combinados entre morado, rosado y negro, giraba con apacibilidad que emitía una armonía que me debilitaba. El remolino desprendía una singular y sensual aura de misterio y excitación.

¿A dónde iría primero?

«¿Pasado o futuro?»

Nerviosa, tragué saliva intentando deshacer el nudo en mi garganta. Suspiré de nuevo para tranquilizarme y concentrarme.

«Cuál será más peligroso... ¿el pasado o el futuro?... el presente», reí en mi interior.

«¿Quién corría más rápido?... ¡Demonios! ¡Ya no me acuerdo!»

Repasé lo que Enki había dicho, pero todo era borroso y opaco. Tenía solo algunos pedazos del rompecabezas.

Las manos me temblaban y me sudaban. No estaba tan segura de querer hacerlo, pero...

«Qué más da...».

El torbellino empezó a girar más y más rápido, hasta que se volvió blanco y en seguida el entorno se dibujaba con ritmo melodioso, generándose con retumbantes rugidos: el suelo, el cielo, las montañas, algunos pocos edificios viejos ya destruidos y envueltos en una gruesa capa de tierra y arena que se desvanecía al compás del sutil soplo de la brisa.

Estaba ahora en medio de aquel desolador paisaje que pintaba un cielo ennegrecido, desprovisto de nubes, que dificultaba el respirar y con un sol cuyo brillo refulgía más de lo normal. El suelo, hasta donde alcanzaba a ver, estaba seco, desértico, provisto de detalles parcos consistentes en una que otra roca y contados árboles desnudos desecados a punto de perecer.

Frente a mí vi una serpiente de color pardo que zigzagueaba en la árida tierra, tan bien camuflada que apenas lograba distinguirla. De pronto se detuvo, lo que la hizo casi invisible. A mi lado un pajarillo enteco de plumas ralas se acercó y aterrizó. Tenía un gusano en el pico. El pajarillo, al que parecía no importarle mi presencia, comenzó a brincotear por ahí. Se acercó más a mí y a la serpiente, que permanecía tan estática

silbidos provenientes de los ascensores al pasar a toda velocidad, había decidido quedarme ahí a pesar de que podía irme a algún lugar más acogedor.

Mi mente se distraía con todo tipo de pensamientos.

De pronto, uno de los ascensores se detuvo; con un cascabeleo se abrió de par en par y tras las puertas apareció Tara. Me levanté como un resorte en lo que ella salía del ascensor y caminaba a paso decidido hacia mí. Avanzó con la mirada fija sin siquiera parpadear, deslizó su mano por mi cuello hasta mi nuca, me jaló con suavidad y me besó.

Impulsados hacia atrás por la fuerza de su gesto nos estrellamos contra la caja de carga. Nos fundimos en un apasionado beso que aumentaba de tono e intensidad conforme tocaba y acariciaba cada parte de mi cuerpo. Su tacto me incitaba más y más. Seducido por el masaje respondí de la misma forma y comencé un toqueteo torpe y entusiasta con mis manos sobre sus poderosas piernas y sus caderas. Ella buscó el borde final de mi playera, la subió un poco, alcé los brazos y de un tirón la desprendió. Giramos sumidos en un candente intercambio de besos y caricias. Caímos al piso, donde se deshizo de la parte inferior de su ropa. Se irguió y se sentó con las piernas abiertas sobre mi pelvis. Tomó mis manos entre las suyas y las guió a través sus piernas descubiertas, por sus nalgas, rozando cada una de las curvaturas de su fantástico cuerpo por debajo de su playera hasta alcanzar sus provocadores pechos, donde me liberó para luego deshacerse del resto de su ropa con infinita sensualidad.

Completamente desnudos, con la respiración acelerada y el corazón extasiado, hubo un corto momento de calma que aproveché para cerrar los ojos, dejándome llevar por la concupiscencia, por el calor de su increíble y seductora esencia. Al abrir los ojos, sobre mí estaba Jessica.

Confundido, parpadeé y agité la cabeza: esta vez era Katla quien yacía conmigo. Aturdido me levanté de súbito, apoyado sobre mis codos. Abrumado y desconcertado miré por todas partes. El cuarto estaba vacío.

De pronto, el elevador por el que antes había desaparecido Enki regresó, campaneó, se abrió y apareció Víctor.

—¿Pensabas quedarte aquí para siempre? —se burló al verme tirado en el suelo.

—Sólo lo suficiente, supongo.

—Vamos.

Entré con él y las puertas se cerraron.

∞

Katla

—Bienvenida —me dijo aquella mujer.

El impacto de hablar con quien parecía ser yo misma me había sobresaltado. No contesté.

—Se que esto es nuevo y probablemente adverso para ti. Y sé lo que pasa por tu mente: sí, yo soy tú.

Una vez confirmada mi turbadora teoría, la conmoción de verme frente a mí misma me consternó y por mi mente pasaban mil cosas.

—Y… y… y… —balbucí.

—Tranquila, no es fácil la primera vez, ya sabes… también me pasó… —la mujer bromeó. Claro, si ella era yo entonces también le había pasado esto en el pasado —respira, tomate tu tiempo.

—Qué extraño —logré decir al fin.

—No lo es tanto. Piénsalo de este modo: es como si te vieras al espejo —su ejemplo era tan extraño y obvio a la vez.

—Pero el espejo *normalmente* no me habla…—dejó escapar una risita—. Pensé que un encuentro conmigo misma traería alguna especie de "problema" con eso del espacio-tiempo.

—Mucha gente se ve a sí misma en una fantasía, una ilusión o alucinación, un *deja vú* o un sueño en donde habla consigo misma y cuando despierta nada ha cambiado.

—¿Esto es como un sueño?

Miré alrededor, observando el tétrico panorama.

—Una pesadilla diría yo. Pero esta es mi realidad, una realidad alterna a la tuya. Aquí, lo que ves es lo que queda, lo que se formo y se deformó por las decisiones que se tomaron en mi pasado… o, dicho de otra forma, en tu presente.

—¿Pero cómo? No queda nada. ¿Acaso dejaron… dejamos morir todo? —me asombré y decepcioné de ver lo que alcanzaría a ver en un futuro: una aberrante desolación.

—En el pasado rehuimos a las decisiones y negamos las verdades. Nos condenamos. Y cuando el momento determinante nos alcanzó, el tiempo en sus aras nos ahorcó —suspiró—. Lo que ves es lo que queda.

—¿Y por qué no vuelves al pasado y haces lo correcto? —pregunté elevando el tono de voz.

—El pasado es frágil, delicado y muy estricto. Ya está escrito y no hay mano que pueda borrarlo. Es mejor aceptar el ayer y vivir el hoy sin obcecarse por el mañana. Alterar el orden no es opción, pues puede llevarte a consecuencias aún peores. Por ejemplo, si yo lo hiciera, puede que no estuviera aquí para encontrarme contigo y eso modificaría también tu realidad, y la tuya a otra y así sucesivamente, generando un caótico colapso cósmico-universal; es ahí donde un encuentro con uno mismo alteraría el espacio-tiempo. Con él no se juega —atajó serena y convincente.

No pude evitar sentirme culpable y frustrada al ver que aquella realidad tan lúgubre y decadente podría ser, en parte, por causa mía.

—Entonces, dicho de otra forma, es más fácil que el pasado se encuentre con su futuro que el futuro con su pasado —pregunté tratando de entender.

—Ahmm… es una forma de decirlo, sí. Intentar simplificar esto podría llevarte una eternidad, así que es mejor que te olvides de ello. Además, no estás aquí para enmendar el pasado o tratar de hacer del futuro una utopía. Estarás perdida y caerás en el olvido antes de siquiera lograr un mínimo cambio.

—¿De qué sirve que esté aquí entonces?

—Bueno... pues, como dijiste, es diferente encontrarte con tu pasado que el que tu pasado te encuentre. Es difícil de explicar, así que velo de la siguiente manera: En una película, si al inicio el personaje principal se encuentra con el final antes de tiempo, podrá volver a la parte media, actuar diferente y lograr un final distinto.

—¿Pero no borraría eso el final anterior, el que ya se tenía?

—Quizá en la película, pero en la realidad ¿quién dice que el futuro ya está escrito? —sonrió perspicaz.

Sin saber que contestarle pasaron unos momentos en silencio mientras trataba de asimilar la información, que me daba vueltas en la cabeza. Podría ir más al futuro y encontrar una mayor desolación y decepcionarme todavía más de mí misma. O ir al pasado, pero ¿con qué fin?, además era más riesgoso.

—Mejor aprovechemos tu tiempo aquí, ¿qué te parece? Puedo enseñarte algunas cosas sobre tu androide —sugirió.

—¿Tú tienes uno? —pregunté incrédula; no veía que trajera las placas.

—Claro, y esa es tu primera lección: el camuflaje —decía al momento que las placas en sus sienes aparecían y desaparecían de nuevo—; más que un camuflaje, es como un traje de protección a la medida. En esta etapa de la formación eres aún capaz de resistir y modificar cuantiosos aspectos, como el impacto de proyectiles o el aumentar tu fuerza y agilidad física. Es como si tu piel fuera de acero, pues es tan solo una fina capa la que te recubre, pero tan resistente como el diamante. El núcleo del verdadero poder de estas placas está en las mismas placas. Mientras ese núcleo viva, todo es posible...

El tiempo continuó su flujo y mi otro yo me enseñó algunos aspectos de suma importancia para mejorar el funcionamiento del androide. Aprendí sobre su origen, sobre ese núcleo que le concede la fuerza, el alma, al individuo y la forma en que uno puede crecer en uno mismo para contrarrestar los efectos adversos que la máquina puede ocasionar.

∞

—Deja de ser tan superficial y de negarte a ti misma. Cuando regreses, ocúpate de lo importante —dijo al final de nuestra larga práctica.

No supe si era una orden, un consejo o empezaba a desvariar mi yo viejo. Comencé a sentirme mareada. La falta de oxigeno en el aire, agudizado por el uso intensivo del androide, hacia mella sobre mí.

—Por cierto, tu presencia despistó al pajarillo, pero también a la serpiente, cuyo objetivo real era el más indefenso… salvaste la vida del polluelo —explicó.

Aquella afirmación me alegró el alma. Miré de nuevo al árbol, la serpiente seguía enroscada pero ahora tenía la cabeza alzada, mirando con ojos ensangrentados hacia el cielo, como si fuera a trepar el árbol.

—Debes volver y conocer el pasado —me aconsejó—, yo te guiaré —agregó mientras se cubría con una gran capa y me pasaba otra a mí.

—Espero que estés lista para esto.

—Yo también.

Me cubrí con la túnica y el torbellino se formó de nuevo. Giró a gran velocidad y con un rugido hizo lo mismo que había hecho antes para formar el entorno, pero esta vez el paisaje en que aparecimos estaba lleno de vida.

12

Discernimiento

Túneles de Kundalini

Katla

Rodeadas por un precioso lugar lleno de árboles, plantas de todos colores, animales, aves, pequeñas cascadas, riachuelos y grandes estanques llenos de peces, sentí de inmediato mis pulmones llenarse de aire, agradecidos por la nueva atmósfera de paz y tranquilidad.

—Puesto que viajamos al pasado para conocer el principio, basémonos en el más común: El génesis de la Biblia —guardó silencio un momento y continuó—: *"La serpiente era la más astuta de todos los animales, [...]la cual dijo a la mujer: ¿Con que Dios os ha dicho: No comáis de ningún árbol del jardín? La mujer respondió: podemos comer de los frutos del jardín, menos del que está en medio, pues Dios nos ha dicho: No coman de él ni lo toquen siquiera, porque si lo hacen morirán. La serpiente replicó: de ninguna manera morirán. Es que Dios sabe muy bien que el día que coman de él, se les abrirán los ojos y serán como dioses y conocerán el bien y el mal."* Libro del Génesis tres, versículos uno a cinco —profirió casi de memoria.

—¿Y eso que tiene que ver? —pregunté.

—No lo sé… —hizo una breve pausa, se encogió de hombros y desvió la mirada, tal y como lo haría yo, ironizando—: quizá todo, quizás nada. Te has preguntado… ¿qué o quién es la

alimentar la manipulación, la tozudez para alimentar el desdén e indiferencia, el uso de armas para infundir el miedo, la individualidad para generar la animosidad, la conformidad para aliviar la decadencia, el error para desmoralizar y el acierto para confortar, la riqueza para beneficiar a pocos y tonificar el deseo de muchos, la jarana para avivar el ánimo, la esperanza para influenciar el anhelo, la creencia religiosa para fomentar el misterio, el amor para nutrir la inspiración y el empleo de la inteligencia para impulsar la incertidumbre y la confusión. Es decir, le ofrece leña podrida para alimentar el fuego apocado. Todo en un perfecto y administrado sistema que balancea entre opulencia y miseria en cantidad y calidad exacta para conservar al hombre bajo su yugo, originando así una impecable hegemonía.

—Vaya...

Empapada bajo una tupida lluvia de pensamientos quedé enmudecida.

—En pocas palabras: es nuevamente inconsciente.

—¿De nuevo? ¿Pero cómo? ¿Cómo es que volvimos a caer en lo mismo?

—Tropezar dos veces con la misma piedra resulta muy fácil cuando de la equivocación se entiende sólo lo que se quiere entender, y no lo que se requiere aprender.

—¿Y cómo se relaciona esto con los androides y las invasiones?

—En realidad, ambos árboles son uno mismo y representan la Unidad, la interconexión y el equilibrio que existe en todo: bien y mal, luz y oscuridad, calor y frío, vida y muerte, hombre y mujer, los cuatro elementos, Ying y Yang... todo lo que te imagines, pues este equilibrio existe incluso en un mismo hombre, más allá del masculino o femenino, cada uno tenemos nuestro *alter ego*.

—Aja...

—Pues recordarás lo que te enseñaron sobre estas maquinas: capaces de transmutar tal y como lo hace una idea en la mente. Transforma con base en tus pensamientos, que son el origen y fundamento de tus ideas; a tu imaginación que es la diversidad y el límite de ellas; las emociones su fuerza, y la voluntad la solidez con las que serán creadas y llevadas a cabo. Pero todo esto estará condicionado al estado mental y emocional de quien la manipula, cuyo adecuado balance promete un óptimo desempeño en la transformación física de este gran instrumento, del que, como sabes, su manejo no resulta ser tan sencillo ni para todos posible; y sólo la armonía contigo misma te impulsará a controlar su magnífica y descomunal capacidad.

Me regaló unos momentos para poner mi cabeza en orden. Después, continué preguntando:

—¿Y cómo? ¿Cómo podría alcanzar tal estado de conciencia y perfección que me permita su correcto manejo?

—Es ahí donde entra la parte de "conocerán el bien y el mal". Éstos no son más que preceptos paradójicos en distintos grados de una misma escala. O sea, es como decir bonito o feo, delgado o grueso...

—Rápido o lento.

—... así es, depende de la vara con que se mida. Y tú has entendido esto ya a tal grado que has reconocido el mal al saberte y aceptarte "envenenada". Pues para nuestro caso esta frase se refiere a la diferenciación entre la enigmática y artificial realidad creada por la serpiente —el mal— y la nítida y natural verdad de que somos parte de Dios —el bien—, que nos devuelve la Gloria y permite aquella parte de Él volver a fluir dentro de nosotros.

—Lo cual significa que necesito eliminar el veneno... —convine, comprendiendo al fin hacia donde iba con todo esto.

—Reactivar esa parte de Dios que hay en ti —asintió.

—Recuperar ese balance y comunión entre los árboles...

—Para *jugar* a Ser-como-Dios.

Dejó espacio para un suntuoso silencio en el que las ideas se hilaban y las verdades se aceptaban. Después continuó:

—El hombre puede lograr esto por sí mismo; o pueden también ser instruidos y guiados para sobreponerse al veneno.

Hombres desde el inicio de las eras advirtieron esto, desde que fueron desterrados del Edén y se preguntaban si había alguna forma de derrocar a la serpiente para volver a ser quienes en realidad eran. Entonces se generaron infinitas historias, leyendas, mitologías y religiones fundamentadas en este mismo principio originario alrededor del planeta en las que el ser humano era guiado y encausado por los Dioses. No se puede decir más al respecto salvo que es todo el mismo hecho, visto bajo diferentes interpretaciones y perspectivas que dan origen a aquello que, en teoría, nos acerca a Dios, como serían los rezos, las oraciones, los sacrificios, las ofrendas, los ayunos, la autoflagelación, etcétera. Y es así como empieza la búsqueda del Árbol de la Vida, de lo cual hay registro a lo largo de la historia de la humanidad. Pero por supuesto: no cualquier hombre es capaz de lograr recuperar ese equilibrio, incluso si es guiado, para entrar nuevamente al templo e "ir al cielo cuando mueran", como dicen; menos aún podrán lograrlo en vida.

—¿En vida? ¿Qué registros? ¿Quiénes pueden? ¿Cómo encontrar ese árbol si se supone que está en el jardín del Edén y… bueno, no se sabe de él?

—Vamos, piénsalo, el árbol es sólo un símbolo; no está en ningún jardín. La búsqueda es individual e interna y el paraíso no es precisamente el lugar a donde van los buenos a su muerte, sino la autorrealización que logran los aptos en vida. Y de esto, a lo largo de la historia humana, encontramos muchas representaciones diversas de éste árbol en las diferentes culturas y religiones: la Acacia en el Antiguo Egipto; el Yggdrasil en la cultura Nórdica; el Ónfalo en la Antigua Grecia; el Fénix y el Dragón en la cultura China; el *Axis mundi* reconocido en antiguas culturas alrededor del planeta; y quizá más reconocido sería el Misticismo de diversas religiones como el Cristianismo, el Judaísmo, el Hinduismo, entre muchas otras, que buscan ejercitar al espíritu para alcanzar la perfección, el equilibrio, durante la vida. ¿Quiénes lo logran? Desde los comienzos, desde que se tiene conocimiento, tenemos múltiples personajes ejemplares, como los sacerdotes en Mesopotamia, Egipto, Mesoamérica y muchas otras regiones de culturas antiguas; todos "elegidos" por los Dioses y quienes eran los "guardianes del conocimiento", conferido y enseñado por los mismísimos Dioses y de quienes se decía poseían poderes mágicos; o los filósofos griegos y generales romanos; los caballeros, monjes, clérigos y viajeros medievales; obispos y reyes; Papas, profetas, videntes, iluminados y toda clase de líderes a lo largo del tiempo... en fin. Todo aquel que obtenga el conocimiento y sea capaz de interiorizarlo para luego aplicarlo—. Hizo una larga pausa para que se asentaran sus palabras.

—Con todo esto tengo la sensación de que me pides que pierda la fe en Dios —acusé.

—Te pido que primero tengas fe en alguien más tangible: en ti misma. Porque aún no hablamos de quién o qué es Dios y la serpiente, pues lo que dijiste es... una representación muy pintoresca —dijo, condescendiente, advirtiéndome que, a pesar de que la cabeza ya me daba vueltas, yo aún no sabía nada.

—Supongo que ahora lo más sensato sería volver y buscar cómo haré para conseguir "Ser como una Diosa" —suspiré con un dejo humor.

—Por supuesto que sí. Y así lo harás... pero podemos aprovechar que ya estás aquí. Sé que te encantaría verlo con tus propios ojos.

—¡Seguro! —exclamé emocionada y ansiosa.

Tras un momento de calma e incertidumbre, el torbellino multicolor volvió y giró de nuevo. Esta vez duró un poco más que la primera vez y después nuestro alrededor se pintaba con el mismo rugido rítmico que antes.

—Templo Blanco de Uruk. Mesopotamia, 3500 a.C. —anunció con vehemencia—. Quizás esta sea la mejor opción para comenzar. Presta atención, concéntrate y fíjate en todo detalle —aconsejó.

La incertidumbre me invadió y el misterio crecía a cada momento:

Nos encontrábamos de pie a la entrada de una habitación cuya iluminación se limitaba a unas cuantas antorchas cuyo fuego titilante hacía danzar las sombras de columnas y otros objetos de roca y metal sobre el piso y las paredes. Al fondo de esa sala había dos personas. Uno de ellos era gigantesco, medía tal vez unos tres metros. El otro era muy bajo, por mucho alcanzaba un metro y medio de altura.

El gigante, apoyado sobre un portentoso báculo que sostenía con una mano, cubierto por una hermosa túnica color púrpura, llevaba lo que parecía una corona grandiosa que sobresalía de la capucha. En medio de esta corona, compuesta de una maravillosa mezcla de metales y piedras preciosas, a la altura de la frente, se alzaba una serpiente de oro que refulgía bajo la luz interna del templo. Aquellos hombres hablaban en un lenguaje extraño que no lograba reconocer.

Sumergidos en aquella intensa discusión, el gigante de pronto extendió la mano sujetando una preciosa figurilla de forma cilíndrica y regordeta. Se la entregó al hombre de baja estatura, cuyas vestimentas parecían ser las propias de un sumo sacerdote. Éste la tomó haciendo una vehemente reverencia y la abrió con precaución. En su gesto se advertía la intensidad producida por una larga emoción contenida. La figurilla se movió y se deformó. Al deslizarse la tapa nació una rendija que al abrirse por completo liberó un cúmulo de tierra acompañado de un soplido agudo seguido de un intenso destello color rojo que perforó la oscuridad prevaleciente en los alrededores. Nunca logré ver el rostro del gigante, pero poseía una gran presencia, una luz interna que calmaba con paz y estimulaba con alegría los sentidos, infundiendo una deliciosa y cálida sensación a mi alma.

El remolino volvió de pronto, girando a gran velocidad.

—¡Espera, quiero ver más! —exclamé agitando los brazos.

Una mirada despectiva bastó para extinguir mi intriga y recordarme las palabras de Enki. El torbellino arrasó el lugar y dibujó un nuevo escenario con sus rítmicos y resonantes rugidos.

—Templo de Hathor. Dendera, Antiguo Egipto, 1500 a.C.

La escena se repetía: un gigante, bajo su imponente túnica, estaba acompañado de una persona que parecía sacerdote. Mantenían una conversación dentro de una sala similar a la anterior. En las paredes resaltaban relieves con figuras que parecían ser unas lámparas; algunos hombres se perfilaban junto a ellas. A través de las enormes puertas podía verse al fondo el cielo resplandeciente; el amanecer se cernía lentamente sobre el templo.

El enorme gigante cargaba el mismo cilindro pero éste estaba revestido con otra figurilla de la que, mediante el mismo ritual del anterior contenedor, brotó agua y un chispazo de color anaranjado.

Volvió el remolino y tras aparecer el siguiente escenario, cuya edificación era de obvios rasgos griegos, similar a un Partenón en pequeño, mi otro yo indicó dónde estábamos:

—Templo de Poseidón. Cabo Sounión, Grecia, 440 a.C.

Esta vez el gigante parecía ser una mujer. Hermosos cabellos dorados nacían de entre los repliegues de la holgada túnica y había dos hombres con ella.

A lo lejos, engalanado con un hermoso horizonte rojizo al atardecer, resonaba el armónico y feroz azote de las olas contra el acantilado. La gigante entregó dos de las figuras a los hombres, barbudos y canosos, vestidos con una toga blanca. De su interior surgió una pequeña pero poderosa llamarada que emitió un gran resplandor amarillento.

El remolino giró otra vez y apareció a nuestro alrededor:

—El Templo de la Concordia. Forum Romano, Italia 7 d.C.

A mitad de la noche, con la Luna llena resplandeciente alumbrando el lugar con su fría radiación mortecina, el gigante concedía dos de las figuras a unos hombres. Al abrirlas éstas resoplaron y centellearon una fosforescencia verdosa.

—Estoy empezando a marearme —indiqué al sentir de pronto unas acuciantes nauseas. Mi entorno comenzó a dar vueltas lentamente. El remolino, cuyos rugidos destrozaban mi adolorida cabeza, giró de nueva cuenta.

—Aguanta un poco más —suplicó—, éste es el Templo de las Inscripciones. Palenque, México, 680 d.C. —indicó.

Reconocí de inmediato aquel lugar, puesto que unas semanas atrás había entrado ahí en compañía de Sofía, lugar donde un enorme hombre nos había atacado. De pronto, una idea atroz me invadió de manera intempestiva. Mi mente, que luchaba por discernir y mantenerse firme a pesar del malestar, debatía entre si los encapuchados que había visto durante estos viajes y los atacantes de aquella ocasión pudieran ser, a caso, los mismos seres.

—Tranquila, respira. Ya casi terminamos —apaciguó mi otro yo al notarme ensimismada y sudando profusamente.

Miré alrededor mientras intentaba recuperar la concentración. La punzada en mi cabeza acuciaba más y más. Por la entrada al templo se filtraba la luz de la Luna y alcanzaba a ver el infinito manto estelar cobijando la espesa selva. Dentro del templo estaban dos gigantes, más bajos que los anteriores. Su báculo había cambiado en gran medida: en lugar de ser una sola vara delgada, ésta se había dividido en dos troncos gruesos y enroscados entre sí; de la parte más baja, casi al contacto con el suelo, emergían un par de serpientes que subían a lo largo del báculo en forma de espiral. Las serpientes danzaban en su ascenso hipnótico y presentaban un par de alas desnudas. Me recordaron al deshojado árbol que había visto en el futuro con la serpiente enroscada en su base.

Había varios hombres ahí reunidos. Éstos abrieron dos figurillas más de las que pareció no salir nada hasta que un destello de color azulado iluminó por un instante la sustancia etérea suspendida en el aire que emergía de los recipientes. Entonces el entorno se estrujó, se contrajo y se generó otro remolino que revolvió aún más mi aturdida alma. Cada vez dolía más mi cabeza. El ir y venir de los escenarios en formación y los rugidos que provocaban intensificaban la molestia y la confusión.

—Templo de Salomón. Año 1120. Presta mucha atención.

—Bromeas… —musité apenas; respiraba con dificultad.

Esta vez era una habitación no muy grande, de piedra, con tenue iluminación. Los hombres vestían una pesada cota de malla cubierta por ropas maltrechas. En ellas llevaban tejidas grandes cruces rojas.

Quedé pasmada al ver al tétrico gigante: cubierto casi en su totalidad por una túnica mugrienta, roída, agujerada y hecha jirones. Dos impresionantes cuernos sobresalían de la capucha por ambos lados de la cabeza. Se alcanzaba a vislumbrar el vapor enrarecido producido por sus fauces al respirar; emitía un bufido siniestro. Aquel gigante no era igual a los anteriores, despedía una imagen sombría y funesta que me atemorizaba. A través de la túnica apareció su poderoso y velludo brazo. Extendió dos figuras más entre sus garras y las entregó a los soldados. Al abrirlas, éstas chorrearon luz blanca.

La acuciante sensación de angustia que me causaba aquel gigante con cuernos desapareció de pronto y fue sustituida por una de plenitud y gozo que llenaron mis pulmones. De pronto me sentí estupenda, plácida, pero mi jaqueca aumentaba de intensidad y mi sudor se tornaba frío.

—Ahora lo has visto todo —exclamó ella mientras el torbellino volvía y formaba de nuevo aquel hermoso paisaje del inicio.

—¿Cómo que todo? —pregunté suspirando, entre gemidos.

—Lo que has visto es el todo en uno, la comunión de toda cultura humana conocida, la síntesis de todo lo que se conoce. Has visto a Dios, a la Serpiente, al Árbol de la Vida, el origen e instrucción del conocimiento que ha forjado y guiado el camino del hombre a lo largo de su historia. A partir de esto es que la lucha comienza.

—¿Qué eran esas figuras que entregaban a los hombres? —pregunté sin perder tiempo.

—Son el recipiente físico que portan dentro la esencia dividida del árbol del que hace falta comer.

—¿No habías dicho era una búsqueda individual e interna? —pregunte confusa.

Alcé la mirada para reconocer el terreno en busca de un espacio libre dónde sentarme, un espacio dónde pasar desapercibida. Un lugar en la fila de hasta atrás sería lo ideal.

Avancé entonces unos pasos hacia dentro lo más sigilosa que pude. Pero entonces todo se vino abajo. Me comenzaron a sudar las manos y gotas perlaron mi frente, la cual percibía tan caliente como un horno, mis piernas se paralizaron y mis oídos se ensordecieron bajo el abrupto palpitar de mi corazón agitado. Paradójicamente mi silencio había llamado más la atención que mi escándalo. Todo mundo se había detenido, guardaron silencio, como si se hubiera detenido el tiempo, y me miraron con arrogancia.

Recorrí el lugar con ojos saltones. Logré encontrar un lugar vacío en la primera tarima, hasta el frente. Encorvada y encogida sobre mí misma caminé hasta llegar a él:

«No te tropieces de nuevo... no te tropieces... por favor no» pensaba mientras decenas de miradas indiferentes, inexistentes o temibles me golpeaban impasibles.

Llegué a mi asiento, desolado y alejado del resto, olvidado y abandonado por la gente que se arremolinaba con fiereza en las filas traseras. Mi nuevo sitio era tan solitario que de inmediato me sentí como en casa. Lo único que lo ligaba con el mundo externo era un único asiento a su lado: en él había una persona. Giré con temor para leer lo qué su mirada me decía.

De entre todas las miradas que continuaban juzgando y formando prejuicios, esa, sólo esa, era diferente. Acompañada de una tímida sonrisa, a través de aquellos brillantes ojos relucientes manaba un maravilloso mensaje de amistad que rezaba: "hola, bienvenida..."

Una mirada, una simple mirada que perforaba mi alma y reblandecía el duro impacto que la sociedad escolar prejuiciosa encajaba con repudio; enigmática señal de fraternidad que por primera vez en mi vida era real y, más importante, era para mí; una mirada que nunca olvidaría, una mirada que, a partir de ese momento, desearía percibir todos los días.

Al día siguiente desperté entusiasmada. Casi no había podido dormir pensando en aquellos hermosos ojos risueños y profundos. Me apresuré a llegar temprano al colegio. Entré con emoción al salón. Busqué aquel faro de luz en medio del abismo lúgubre, aquel que me infundía fuerza, alegría y me volvía inmune a la ponzoña de las demás.

Estaba decidida: hablaría con el autor de esa hermosa expresión. Pero para sorpresa mía, su lugar estaba vacío. Mi corazón se agitó sobresaltado, perturbado por un súbito destello de terror. Con los ojos abiertos de par en par busqué en los alrededores. Recorrí el lugar una y otra vez. Repasé una y otra vez, quizás lo había omitido por el caos reinante del exterior. Una más, quizá lo había confundido. La eternidad se tornó fina como el humo. Mi corazón decayó y su vigor se fundió en la incertidumbre y la desesperación. El dolor interno generó un vórtice de ira y desprecio contra mí misma, culpable de haber desperdiciado tan valiosa oportunidad el día anterior, que reprimí y proyecté contra el universo; ellos, todos ellos, tenían la culpa de mi gran detrimento.

Finalmente, lo acepté: lo había perdido, no estaba, se había ido…»

«Sentí como si una cubeta de agua helada cayera sobre mí cabeza y corriera a lo largo de mi cuerpo. Estaba en medio de la nada con solo una luz parpadeante que caía a plomo sobre mí.

«¿Dónde estoy?»

—En un lugar del que no puedes escapar —habló una voz detrás que al instante reconocí.

Giré, pero no había nadie. Entrecerré los ojos, agudicé la vista, lista para detectar cualquier movimiento. Nada. El silencio volvió. Caminé sin rumbo unos pasos; la luz trémula me seguía.

—No hay adonde ir —escuché esa voz familiar. Me detuve y giré de inmediato.

—¿Quién eres? —lancé la pregunta.

—Eso ya lo sabes. Pero temes aceptarlo —contestó con desprecio.

—No. No lo sé —aseguré. Mentía.

«Imposible. ¿O no? Me estaré volviendo loca...»

—Sólo dilo. Y no, no estás loca. Bueno, tal vez... —rió.

—Cállate.

—Sabes muy bien quién soy, chica misteriosa, acéptalo... —guardó silencio por un momento —¡Dilo ya! —gritó de pronto, perdiendo la calma —¡Que lo digas!

—¿Yo...? —murmuré dudosa y temerosa.

Frente a mí apareció la imagen de mí misma como un espejo, pero de carne y hueso, avanzando unos pasos dentro de la luz que ahora también la alumbraba a ella. Al instante mi corazón se disparó y mi mente se perdió en el desconcierto y el temor. Ella, yo... ella parecía estar entusiasmada, como si hubiera estado esperando este momento por mucho tiempo.

—Sí. Pero no realmente —dijo—. Verás... soy lo que tú no aceptas que eres —mi confusión me mantuvo en silencio—. La conjunción de todo aquello que callas, que reprimes, que evitas, que temes y niegas, es lo que me conforma —explicó.

—¡Yo no reprimo nada! —repuse molesta.

—¡Ahí! ¡La negación! ¿¡Vez!?

—¡Claro que no, déjame en paz! —alcé la voz.

—¡De nuevo! ¡Vamos no tengas miedo!

—¡No tengo miedo!

—¡Otra vez!

—¡No! ¡No! ¡No! ¡No! ¡No! —mis rodillas se doblaron y caí al suelo. Apreté los párpados tan fuerte que me dolían. Mis manos taparon mis oídos, asustada, aterrada. Ella tenía razón. Pero ¿estaba dispuesta a aceptarlo?

Se acercó con pasos suaves y se acuclilló frente a mí. Abrí los ojos y levanté la mirada hacia ella. Sonreía, una sonrisa macabra que jamás había visto en mí.

—Nos has convertido en algo verdaderamente repugnante. Lástima es lo que emanas, pena lo que los demás sienten al mirarte y rechazo al aproximarse. Desperdicias nuestro potencial —gruñó con menosprecio e ira.

—¡Largo! —chillé al borde de las lágrimas.

—No. Esta vez, eres tu quien se va —condenó a voz fuerte, firme y segura. Se irguió con gesto agudo y severo como el de un depredador y ordenó:

—¡Levántate!… ¡Que te levantes! —bramó furiosa.

Con la mirada fija en la suya, cabeza gacha y manos todavía presionadas contra mis oídos, me levanté trémula y vacilante.

La luz única sobre nuestras cabezas parpadeaba apresurada, cada vez más rápido.

Alzó su mano. La colocó sobre mi abdomen, justo en la boca del estómago. Un instante después la luz dejó de parpadear. Alumbró con seguridad y mayor intensidad. Un seco y frío golpe me impactó de pronto, me derribó y me arrojó fuera del alcance de la claridad, hacia la profunda oscuridad. Ella, postrada bajo la luz única, dio media vuelta y se alejó riendo con malicia a mandíbula batiente, abandonándome en el desierto abominable de mis propias tinieblas. Estuve a oscuras un momento y entonces: …»

Abrí los ojos. Miré alrededor. Estaba en la cabaña recostada en el colchón, áspero pedazo de basura. Me senté en el borde de la cama que hedía a sudor. Percibí a Andrés aproximándose; hacía gran escándalo. Pronto apareció por las escaleras. Una lacónica sonrisa macabra se dibujó en mis labios.

Noviembre 9. El Lotus
7:00pm

Diego

Víctor y yo subimos hasta el último piso del edificio, en silencio, hasta a la azotea. Las puertas se abrieron y salimos. Un seminublado y anaranjado atardecer acompañado de un fuerte viento nos esperaba. Permanecimos unos instantes esperando. Después, un pequeño helicóptero se posó en el techo sobre uno de los helipuertos, cerca de los pilares sobresalientes por donde corrían los elevadores alrededor del enorme agujero en el centro sobre el cual se alzaba una majestuosa serie de arcos de los que colgaban campanas impresionantes.

La portezuela del helicóptero se abrió. Salió una chica cubierta por una gran túnica color plata y encajes dorados que ondeaba con el viento. Después bajó una bella mujer cuyos labios hermosos pintaron una gran sonrisa al verme. La siguió un hombre con semblante serio e impasible que caminaba apoyado sobre un elegante bastón. Los tres desaparecieron en uno de los elevadores junto con Víctor.

Miré de nuevo hacia el helicóptero del que ahora asomaba una preciosísima chica: era Tara. De inmediato fijó su mirada en mí, bajó del vehículo y avanzó con paso decidido en dirección mía. El corazón se me desbocó. Infinidad de ideas cruzaban por mi mente estrujada por tener qué decidir lo que haría o diría al tenerla cerca. Pensé a gran velocidad. Sus pasos resonaban en el aire.

Estaba decidido, se lo diría; le diría que la amaba y con un fuerte abrazo la besaría.

Atrás de ella, del helicóptero, salió Andrés. Mi mundo tambaleó y mis esperanzas se vinieron a pique. La desesperación incontenible de la incertidumbre me ahogó en un infierno. Mis sentidos se deprimieron; mis ideas se asfixiaron en el tormento.

La aeronave despegó y desapareció en el horizonte. Di un paso hacia Tara que ya estaba cerca, muy cerca. El espacio entre nosotros de pronto pareció expandirse y el tiempo ralentizarse.

El momento había llegado. Se plantó frente a mí. Estaba al alcance. Pero en ese preciso instante en el que mis músculos se tensaban para actuar, lanzó una poderosa bofetada que dio directo contra mi mandíbula. El sonido del viento fue ahogado y apagado con el chocante eco de su mano al golpear mi cara. Mi mente perdió contacto con la realidad. Estaba aturdido por el dolor que sentía brotar a la mitad de mi cara y reflejarse hasta mis entrañas. Un dolor palpitante en mi mandíbula casi luxada que ahora ardía como calor apremiante. El golpe había sido tan fuerte que me había hecho girar casi por completo. Volteé hacia ella con ojos desorbitados. Y entonces lo percibí: su cara, su mirada, su expresión, eran otras. Algo andaba mal en ella. Me sofocó el miedo y me invadió la incertidumbre; la Chica Misteriosa volvía a paralizarme con esos poderosos ojos iridiscentes que permanecieron fijos e inmutables. Mi mente ya no pensaba; mi cuerpo ya no respondía. El apaciguado viento que parecía solidarizarse conmigo en medio de la confusión corría desorientado por su cabello. Los tres permanecimos inmóviles, estáticos en un espacio inundado por el silencio y la duda.

—¿Por qué? —susurró ella finalmente, apenas abriendo la boca. Se acercó y alzó de nuevo su mano. Reaccioné y con un respingo retrocedí. Se detuvo un segundo, pero siguió adelante. Parsimoniosa colocó su suave mano donde antes había golpeado con tanta fuerza. Su roce curó el dolor casi de inmediato. Dócil como un cachorro, pegó con delicadeza su cuerpo contra el mío, acarició mi pecho, se arrebujó con grácil seducción y me abrazó. Todo se volvió un manojo de emociones y sensaciones encontradas. ¿¡Qué rayos ocurría con ella!?

Acercó entonces sus labios a mi oído, acarició mi mejilla con la suya y musitó:

—Te extrañé.

Acto seguido me soltó con desdén. Se alejó y desapareció.

El viento volvió a soplar con fuerza y Andrés lanzó una mirada de pocos amigos que apenas pude notar; mis pensamientos embobados continuaban impregnados por las últimas palabras de Tara.

Mi corazón apabullado latió con alegría.

14

Diego

El edificio era gigantesco. Había pasado dos días buscando a Tara, sin resultados.

En cuanto a los demás, no tenía la más mínima intensión de ver a Andrés; Sofía estaba desaparecida; a Jessica la daba por muerta y Katla aún no volvía. Estaba solo.

Luego de pasar el tiempo practicando con mi androide regresé a mi habitación. Me tumbé sobre la cama y enterré la cara entre las almohadas. Decidí dedicar mi tiempo a encontrar mis respuestas, a "comulgar con mi conducta", como había dicho Enki. Así fue como logré deducir que mi androide estaba en un estado de parálisis, pero no logré determinar su por qué. Necesitaba ayuda y no había a quién preguntar.

Andrés

Tara comportaba como una desquiciada.

Trataba de calmarla, pero sus respuestas eran extremadamente confusas: se enfurecía y me golpeaba en el estomago o me lanzaba puñetazos a la cara; otras veces era indiferente; otras, se le notaba contenta; a veces lloraba espontáneamente, sin sentido ni razón. Era una tormenta de emociones.

Un día me pidió entrenar con los androides. Acepté dudoso: si sus golpes a mano limpia eran tan fuertes, no quería probar los que daría con el androide. Pero también quería aprovechar cada oportunidad que me daba para estar con ella, para convencerla de mi amor, para hacerla mía.

Bajamos a un almacén parecido al de Italia y formé mi androide. Ella se quedó de pie, inmóvil, mirando el piso.

—¿Qué pasa? —le pregunté.

—Nada, no... no... no puedo...— musitó.

«Maldita sea, otro de sus cambios», pensé.

Desarmé mi androide y me acerqué con cautela. Ella, sentada en el piso con la cabeza gacha, gimoteaba hecha un mar de lágrimas. Preocupado, pregunté:

—¿Estás bien?

Me bofeteó con su silencio. Continuaba emitiendo tenues gemidos y sollozos. Lloraba más de lo usual, tiritaba, respingaba. Sus lágrimas rezumaban entre sus cabellos y caían lúgubres sobre su ropa maltrecha.

—Tara...

—Lárgate —gruñó.

—Pero...

—¡Que te largues!

El eco que resonaba en el almacén me paralizó. Su respiración se volvió ronca y rápida. Sus puños se cerraron y sus huesos crujieron. Lenta y tenebrosa, alzó su mirada. Un escalofrío recorrió mi cuerpo y retrocedí un par de pasos al ver esa mirada temible, desencajada, descompuesta; una mueca de furia y violencia turbulenta a punto de estallar.

De pronto se levantó con gran diligencia. Liberó un poderoso golpe cuya fuerza me proyectó varios metros, rebotando en el piso. Al instante, sin tiempo para recuperarme, estaba sobre mí de nuevo. Me tomó por la ropa y me alzó con un solo brazo, sin esfuerzo alguno. Parecía poseída. Estaba desquiciada. El miedo me inundó los sentidos.

Traté de liberarme, pero su inmensa fuerza me mantenía prensado entre sus poderosas manos.

Antes de que pudiera decirle algo me arrojó hasta el otro lado del almacén, chocando y rodando como un trapo. Levanté la cabeza de inmediato. Caminaba hacia mí con el gesto todavía descompuesto, espeluznante: iba a matarme.

El miedo me comprimió la mente y completamente aterrado corrí hacia la salida sin mirar atrás. Presioné el botón del elevador. Golpeé sus puertas una y otra vez. Poco después llegó a mis oídos un golpe seco y firme. Era mi fin.

Giré la cabeza con temor, despacio, temiendo lo peor. La escena ante mis ojos multiplicó mi miedo. La vorágine de emociones encontradas barrió cualquier pensamiento que pudiera germinar en mi mente al ver el abrupto cambio en Tara: ella se encontraba desplomada en el piso, inexpresiva e inerte.

Adolorido y más confundido que nunca, regresé tambaleando por ella. La cargué con gran esfuerzo y la llevé hasta su habitación, la cual era un completo desastre. La acosté en su cama. No se movía, no respiraba. Temiendo lo peor, decidí ir por ayuda. Estaba ya a unos pasos de la puerta cuando súbitamente dijo:

—No te vayas.

Me detuve en seco, como hipnotizado, y regresé junto a ella.

—No me dejes —balbuceó con ojos cerrados.

—Aquí estoy —le susurré, acariciando su mejilla húmeda—, aquí estoy…

<u>Noviembre 13</u>

Diego

Después de mi visita diaria al lugar donde había visto a Katla por última vez, rondé sin rumbo fijo por el edificio, solo, pensando y conociendo aquel inmenso lugar, tan enorme como el universo mismo. Cada vez llegaba más gente proveniente de todas partes del mundo; desde personas muy viejas hasta niños muy pequeños.

El elevador en el que iba avanzaba a gran velocidad. Se detuvo en uno de los pisos más altos donde había muchas puertas, muchas salas de conferencia. Desde el interior de una de ellas surgía un escándalo tremendo. Picado por la curiosidad, me acerqué y entré. Había un grupo de niños que estaban jugando videojuegos con gran empeño y entusiasmo. Decidí acercarme para unírmeles y avancé con tímido sigilo. Pensé en que quizá podría distraerme un rato, despejar mi mente.

—¡Eres tan malo *hermano*! —se burló uno de los más pequeños al vencerme sin esfuerzo. Eran demasiado buenos. Aquellos niños eran unas maquinas vivientes, expertos en el juego que yo solía jugar en casa, cuando tenía casa.

—Lo sé, lo sé. Disculpen, tengo que ir a... terminar algo —mentí, abandoné mi puesto y me encaminé hacia la puerta.

Mi plan de distraerme y despejarme no había ido muy bien.

De pronto, a la sala entró una chica de cabello largo y rubio, de gesto vanidoso y atractivo. La miré pasar a mi lado y hablar con el pequeño que me había vencido. Parecieron discutir sobre algo en un idioma ininteligible. Él abandono el juego y se unió a la joven en su camino de regreso a la entrada de la sala. Al pasar junto a mí, el pequeño se detuvo y dijo:

—Oye, no te preocupes si no eres tan bueno para los juegos, habrá algo en lo que seas verdaderamente bueno. Pronto lo descubrirás. Aun así deberías venir a jugar más con nosotros. Si practicas un poco te volverás mas bueno.

—Yo diría que necesitaría practicar mucho más que sólo un poco.

El chico rió.

—Tienes razón. Necesitas alguien más de tu nivel, un principiante, alguien malo. Por ejemplo... ¡Mi hermana! —la señaló con saña bromista.

—Cállate bobo —le asestó un fuerte puñetazo en el hombro.

—Pues qué... eres malísima.

Ella se sonrojó.

—Apuesto lo que quieras a que le gano a tu amigo —se defendió.

—¡Hecho! ¡Vamos, vamos! —exclamó el pequeño entusiasmado.

Nos jaló hasta la pantalla, encendió el juego y nos repartió un mando a cada quién. Los demás chicos dejaron sus juegos, se acercaron curiosos y comenzaron sus apuestas; todas a favor de ella.

Mientras configuraban la partida, ella y yo nos miramos apenados.

—¡Empiecen! —gritó el pequeño.

Estallaron las entusiastas exclamaciones de los demás que, eufóricos, nos gritaban qué hacer.

Unos segundos después pude notar que, en efecto, ella era muy mala. El juego avanzó y se desarrolló con normalidad en medio de risas y burlas. Luego de un rato terminó; yo había perdido. Ella, en medio de chiquillos que jubilosos la vitoreaban, volteó y me clavó una mirada con ojos entrecerrados.

Abandoné el lugar y entré al ascensor; unos pisos más abajo se detuvo. Las puertas se abrieron y apareció la rubia que me había vencido.

—Me dejaste ganar —aseveró en voz baja, molesta.

—No... ¿qué? ... No, de qué hablas... claro que no.

—Sé que lo hiciste.

—¿Y qué si así fuera?

—¿Por qué lo hiciste?

Las puertas se cerraban. Ella las detuvo imponiendo su mano con firmeza. Esperaba una respuesta.

—Sólo quería ayudarte... no quería hacerte sentir mal ante todos —contesté.

—A diferencia de ti, yo no necesito de nada ni de nadie para sentirme bien conmigo misma —aseguró con desprecio y esbozó en su gesto un asco manifiesto.

Entró de pronto, me golpeó en la mejilla con el puño con una fuerza increíble y me tumbó con un fuerte rodillazo en la entrepierna. El dolor se infiltraba en cada fibra de mi ser. Apenas podía respirar. Levantó mi barbilla y se aseguró de que mis ojos se fijaran en los de ella:

—Recuerda esa sensación la próxima vez que decidas humillarte por alguien más —espetó con fiereza y desdén. Dio media vuelta y se detuvo apenas fuera del elevador. Giró su cabeza y dijo:

—Me das pena.

Las puertas se cerraron.

El elevador continuó en su descenso durante unos minutos que se hicieron eternos. Mientras me recuperaba, me fui incorporando con dificultad y lastimosa lentitud. El aparato se volvió a detener. Al abrirse, dio paso a un largo pasillo de oscuridad penetrante en el que parecía no haber nada más que una portezuela al final del camino. Fuertes golpes retumbaban en su interior. Alcancé a percibir un sonido particular; aquella resonancia que me resultaba familiar se asemejaba al que producía el androide al formarse y deformarse.

De pronto, dándome un susto de muerte, apareció Enki frente a la puerta.

—Pierdes tiempo valioso.

—¡No puedo! ¡¿Está bien?! ¡No se qué hacer; no sé qué hago! ¡No debería estar aquí! —exploté en ira y terror, anegado en frustración.

—¿Quieres que le hable a la joven que te acaba de apalear? De ella podrías aprender mucho.

Sus palabras sofocaron mi tormento: ¿cómo lo sabía?

La puerta se cerró y el aparato empezó su viaje en ascenso. Llegué hasta la azotea. Al abrirse las puertas el viento golpeó mis oídos. Ante mí se abría una atmósfera tétrica y lúgubre que pintaba un medio día nublado con gruesas nubes oscuras cuyas gotitas dejaban caer a paso lento, con desgana. Parecía como si el cielo se encontrara en una intensa batalla interna en la que debía decidir entre dejarse vencer y precipitarse, o aguantar ahí un poco más los cambios de la presión atmosférica. Salté del ascensor con la misma desgana que mostraban las nubes y caí al piso de rodillas, abatido y derrotado, con el alma apocada por la vergüenza. Me dejé caer aún más, hasta quedar recostado sobre el humedecido pavimento a los pies de la estructura con las campanas. Las placas en mi cabeza se aflojaron y lentamente abandonaron mi cabeza, por si solas, como en un doloroso quejido silencioso.

Agobiado por la soledad en que ahora me ahogaba, llegó a mi mente la deliciosa figura de Katla. Había sobrevivido un par de años sin Tara y superado más de un mes sin Jessica, pero cuatro días sin ver a Katla y mi mundo ya se había derrumbado por completo.

«Por favor… regresa», rogué al cielo con un pensamiento lastimero.

—Te necesito —susurré desconsolado.

La nostalgia me invadió, se filtró entre los rincones más oscuros de mi mente y conquistó cada partícula de fuerza que me quedaba. De pronto el cielo cedió, se fragmentó con un potente retumbo y un intenso aguacero comenzó a caer.

Pasaron unos segundos tormentosos con la tromba azotando la tierra. La lluvia me empapó casi al instante y, formando charcos en mi mente, se acumuló el agua a mi alrededor.

—Deja que la lluvia moje —exclamó de pronto una voz conocida, una voz ronca, firme, de gran resonancia. Moví los ojos en su búsqueda. Era el hombre canoso y ciego que había conocido unos días atrás en Berlín—... deja que se lleve tu pesar, que revele los misterios de tu interior.

Andrés

Tara había permanecido inmóvil en la cama durante casi dos días. Temía dejarla e ir por ayuda, pero también me daba miedo no hacerlo.

«Está bien, mientras siga respirando significa que está bien», pensé.

Miré a través del ventanal hacia la nublada tarde. Me entusiasmé sin razón alguna.

Permanecí sentado junto a Tara quien, incluso dormida, nunca perdía su excitante presencia. La observé con detenimiento: todas y cada una de sus sensuales facciones resaltaban de una manera alocada y silenciosa a la vez, una desquiciante aura femenina manaba de cada centímetro de su excitante figura. No tenía explicación; tampoco justificación. Dentro de mí ardió el deseo incontenible de tocarla, de sentirla, de acariciar aquella sensualidad salvaje que se pavoneaba frente a mí, retándome. Inocente, indefensa, ingenua; completamente a mi merced. Cruzaban por mi mente inquietantes y persuasivas ideas impulsadas por la excitación. El deseo ardía, crecía y ascendía. Toda mi vida había anhelado poseer a aquella chica, excitante y misteriosa. Sin pensarlo, casi de manera maquinal, acerqué mi mano y, lentamente, como en un suspiro suave, refulgente, metí mi mano entre sus muslos, gráciles y ardientes. Tara no se movió.

—¡No! —grité en un susurro.

En un chispazo de moralidad saqué mi mano, la cerré con fuerza, apreté mis ojos y comencé un combate interno contra las persistentes y tentadoras ideas.

«¡Venga, estamos solos! No pasa nada, solo un poco... pero ¿y si alguien viene? Nadie ha venido en dos días. Nadie vendrá. Está dormida... ni lo notará... nadie lo sabrá. Es más, ¡ni siquiera sintió mi mano!»

Disputé conmigo mismo. Entonces Tara se movió un poco. Deslizó su cuerpo y quedó en una posición exquisita, deliciosa, de lo más provocativa con gesto tentador, incitante.

«¡Ves, ves! ¡Te lo está pidiendo a gritos!».

Mi mano voló presurosa, temblorosa, pero ansiosa.

«¡No lo hagas!», me contuve de nuevo.

Con los ojos cerrados y su imagen dando vueltas en mi mente seguí discutiendo conmigo mismo. Abrí los ojos otra vez viéndola tendida y dormida, disponible para mí; ambos estábamos completamente solos. Entonces en un impulso arrojé sin titubear mi mano contra sus pechos. Apresado entre mis dedos, percibí la fogosa firmeza suavidad de aquellos maravillosos y redondeados... Solté de inmediato en un exabrupto giro de parecer, fulminado por el temor al ver que de pronto había abierto sus ojos: me miraba. Me levanté tan rápido como pude tirando el sillón a un lado, asustado y desconcertado. Me alejé de ella. Permaneció en silencio, sombrío y espeluznante. Los ojos abiertos de par en par, comencé a sudar frío. Sentí mi corazón en los oídos palpitar con fuerza y descontrol.

Ella, con sosiego indescriptible, volvió a caer en un profundo sueño.

Hela

—¿Estás bien Víctor? —pregunté a mi afligido esposo.

—Es inútil que preguntes cuando sabes la respuesta.

—¿Quién dice que la sé?

—Yo digo.

Su respuesta había sido más tosca e irritante de lo que habría deseado.

—Soy la última con quien deberías comportarte así —protesté.

Permaneció con la mirada abstraída.

—Iré a buscar a Tara. No soporto más esta situación de tenerla lejos —di media vuelta y me dispuse a buscar a mi hija por todo el edificio. Formulaban ya algunas ideas en mi mente sobre dónde podría estar.

—Mientras los jóvenes, entre ellos mi hija, forcejean por unificar sus mundos; yo lo hago por mantenerlos separados. ¿Tienes idea de lo difícil que ha sido?

Me detuve y giré la cabeza.

—Al parecer no tanto como tú —respondí confundida.

—No recuerdo cuándo fue la última vez que dormí por más de una hora continua; cuándo fue la última vez que me senté a una mesa para comer; cuándo la última vez que miré a la Luna; cuándo la última vez que sentí el calor del Sol en mi rostro; cuándo la última vez que escuché música; cuándo la última vez que respiré libre; que disfruté; que viví.

—Nuestras vidas se han visto envueltas por un insoportable universo de secretos, lo sé. Pero ambos estamos encadenados a ese universo —compartí su sentir—. Creo que nuestros días de gloria ya han pasado.

—Me alegra que aún estés conmigo —declaró. Esa pequeña muestra de cariño era suficiente para mí, por eso me había enamorado de él, capaz de mostrar cariño y pasión en medio de la desesperación y el hartazgo

—Y creo que esos días, los mejores, y no sólo los nuestros, están aún por venir —sonrió.

Diego

—¿Quién eres? —le pregunté al hombre.

—Quien te mostrará el camino fuera del abismo en que te has sumergido —contestó.

—¿Y cómo harás eso? Hasta donde sé, y por lo que Enki dice, yo soy el único que puede encontrar ese camino.

—Es correcto.

La lluvia caía con potencia. Ahogaba y apagaba nuestras voces que luchaban por abrirse camino hasta los oídos del otro.

—¿Entonces...? —pregunté a través del ensordecedor silencio.

—Entonces ya has encontrado el camino. Sólo camínalo.

—¿Cómo?

—Continúa andando —contestó.

Por más pobres que resultaban sus respuestas, dentro de mi crispada mente las piezas de un gigantesco rompecabezas iban adquiriendo forma. Comprendí de pronto que la devastadora destrucción de mi país, la dolorosa ausencia y posterior muerte de mis padres, la eterna separación de mi hermana, el breve triunfo en Washington, el repentino abandono de Jessica, el repulsivo desprecio de Hela, el incondicional cariño de Katla, el ambiguo consejo de Enki, la intrigante confusión de Tara, la agrietada amistad con Andrés, la irritante burla del niño de los videojuegos, la deshonrosa paliza de la rubia... todo ello me había mostrado mis debilidades, mis miedos, mis culpas, mis vergüenzas y mis deseos. Me las habían hecho sentir de manera tangible, áspera y dolorosa.

Conforme aceptaba aquello bajo el gélido aguacero, una grandiosa sensación de placer crecía y se engrandecía desde mi abdomen. Con renovado ánimo me sentí completo y satisfecho. Permanecía un hueco por la ausencia de Katla, pero mis fuerzas internas crecían a pesar de que aún quedaban muchas dudas por resolver. Me levanté, le agradecí al hombre y me metí de nueva cuenta en uno de los elevadores. En un arrojo instintivo, sin pensarlo siquiera, bajé al piso donde antes había escuchado los ruidos y visto a Enki. La planta estaba ahora en completo silencio, vacío.

Aria

—¿Preocupado?

—Deseoso.

—¿De que empiece?

—De que termine.

Las palabras, tan firmes y solidas como su semblante, me tranquilizaban siempre. Hahn: siempre tan estoico y firme. Por eso lo amaba.

—¿No te da cierta nostalgia? Vamos, es el trabajo de tu vida... «es» tu vida.

—No. Al contrario, me entusiasma y llena de satisfacción el ver culminado mi trabajo —aseguró con una tenue y cálida sonrisa dibujada en su gesto.

—Tienes razón. Pero aún falta embonar la última pieza del rompecabezas.

—Sí. Pero el ensamblarla ya no nos corresponde a nosotros.

Noviembre 14

Diego

Amanecí con una emoción y alegría que me costaba contener. Me levanté de golpe y corrí apresurado hacia la sala donde estaba la caja de espejos en la que Katla había desparecido. De nuevo estaba vacía y en silencio; aún no volvía.

Con el ánimo casi intacto decidí probar suerte con el androide. Fui al almacén donde antes había practicado. Lo armé. Se sentía diferente, más ligero, respondía bien a mis órdenes y el visor volvía a estar activo.

—Felicitaciones, estás de vuelta... Casi —exclamó Enki, quien se encontraba parado a la entrada del almacén.

—Gracias —dije asombrado; no lo había visto entrar.

—Tal vez ahora estés listo para aprender nuevos aspectos sobre tu androide.

—¿¡Tú crees!? ... es decir... sí, sí, claro que lo estoy.

Avanzó unos pasos dentro del almacén con las manos tomadas por la espalda.

—Pero eso tendrá que esperar un poco. Alguien te necesita ahora.

Desarmé el androide al instante. Me preguntaba a quién podría referirse. Sin decir más regresamos a los ascensores y subimos a una de las áreas habitacionales. Avanzamos por el corredor y abrió una puerta. Dentro estaban Víctor, Hela, Aria, Hahn y una imponente mujer con vestimenta muy extraña. Las telas, largas, holgadas y dóciles dejaban al descubierto sus manos y sus dulces ojos. Pero más importante: dentro se encontraba Tara.

Recostada sobre la cama parecía que dormía un sueño intranquilo. Parecía sufrir un tormento interno que la mostraba inquieta, desencajada, casi agonizante; temblaba, tiritaba y se tensaban todos sus músculos de la espalda, brazos y piernas en un rictus doloroso que la desarticulaba por completo, bañada en sudor de pies a cabeza con las placas y la gargantilla aun puestos. Su aspecto había empeorado, daba la viva imagen de alguien gravemente enfermo.

Los presentes me miraban con gestos variados, desde el solemne hasta el despreciable, pero nadie articuló una sola palabra. Víctor, sentado en un sillón junto a la cama, parecía ser el más preocupado y reflexivo.

Avancé lento, pero a paso firme. Me adentré en la habitación y pude mirar más de cerca a Tara. Estaba muy demacrada, tan pálida como un muerto, macilenta. Apretaba los ojos con gesto de dolor estrujando las sábanas bajo su famélico cuerpo, las manos rígidas como el hierro, el cabello opaco y desgreñado, las piernas raquíticas y tensas. Daba la impresión de que había intentado arrancarse la ropa, ésta se encontraba estirada, holgada, con partes rasgadas y otras arrancadas, maltrechas, hechas jirones.

—Lleva varios días sin alimentarse y tres días bajo un extraño estado de inconsciencia. Tememos por su vida y creemos que podrías ser de ayuda —habló Enki aproximándose a la cama.

—¿Por qué yo? —pregunté asustado.

—Ha balbuceado tu nombre un par de ocasiones —aclaró Aria con una condescendiente sonrisa pintada en sus finos labios.

Mi corazón retumbó con fuerza en mis oídos.

—¿Y qué...? ¿qué debería hacer?

Como si estas palabras fueran una señal, todos se encaminaron fuera de la habitación. La última en moverse fue la mujer cubierta por la túnica. Ella se detuvo a mi lado, giró su cabeza y apartó la tela con un suave y fino movimiento de su mano. Sus ojos eran de un brillante y dulce color plateado cuya mirada radiaba aún más fuerza e intensidad que la de Tara.

Con una penetrante y sensual voz dijo:

—Deja que te escuche, que te sienta.

Sus ojos sonrieron con ternura y abandonó el cuarto.

Aria

— No era necesario que mintieras sobre la vida de Tara — reclamó Hela a Enki, quien replicó con cordialidad:

—No lo hice.

Hela enmudeció, desconcertada y con gesto descompuesto.

—¿No? ¡Pero nos habías dicho que...! ¡Mientes! —defendió su noción.

—Aún me subestimas Hela —sonrió el hombre.

—¿¡Tú crees!? —exclamó ella con sorna. —¡Estoy harta de tu sarta de mentiras…! ¡Estoy harta de ti! Por Dios santo ¡Es la vida de mi hija de la que estamos hablando!

Desesperada avanzó hacia la puerta donde Hahn permanecía impasible frente a la misma, como un poderoso guardián que resguarda un tesoro.

—¡Muévete! —le gritó Hela al inexpresivo hombre. —¡Que te quites! —mi esposo permaneció impertérrito.

—Cálmate —le dictó Víctor.

Si hay algo saca de quicio a Hela es que le pidan que se calme; ella lo miró con tanta ira y desprecio que incluso a mi me había dolido.

Enki aclaró:

—Escucha a tu esposo, mujer. Nada podemos hacer nosotros. En el chico queda la vida de tu hija y más vale que no entres o podrías acabar tú con ella. Sé paciente.

Diego

No podía creerlo. Después de tanto tiempo finalmente estaba ahí, a solas con ella. Y justo ahora, cuando más necesidad tenía de expresarme, no tenía las palabras para hablarle.

Rodeé la cama, acerqué el sillón con sumo cuidado intentando no hacer ruido. Recargados mis codos sobre la cama junto a ella, posé mi cabeza sobre mis manos y me dispuse a reflexionar durante unos momentos. ¿Qué debería decir? ¿Qué debería hacer?

Examiné la habitación con la vista en busca de algo, algo que me diera la pauta o alguna idea por dónde comenzar. Sin obtener resultados, mi vista cayó de nuevo en Tara. Respiraba agitada, entrecortada, despidiendo lastimeros quejidos esporádicos.

Rocé su frente con mis dedos apartando el cabello que cubría su rostro. Una vez liberada de la cortina de cabello, acaricié su mejilla con el dorso de mis dedos. Las palabras comenzaron a brotar en mi mente y su poderoso efecto fluyó por mi boca como agua por una fuente:

—También te extrañé, no puedes imaginarte cuánto… y no me importa qué piense Andrés o nadie más… porque estoy listo para luchar por ti… te necesito, necesito que despiertes, que me escuches, que me mires y me dejes mirarte… necesito que me dejes demostrarte cuánto te quiero… no me dejes…

Sus manos perdieron fuerza. Sus músculos perdieron tensión y dejó de temblar. Su pecho, paralizado tras una exhalación, ahogó su respirar. Aterrado, abrí los ojos de par en par. Como un reflejo mi respiración se contuvo, y así, detenida como el efluvio del tiempo dentro de la habitación lúgubre, me permitió sentir con mayor vigor el impacto de mi corazón partiéndose en mil pedazos dentro de mi pecho. La desesperación y el miedo me azotaron. Dieron rienda suelta a la tortura que atiza desde el interior y mis fuerzas se desmoronaron. Lánguido por el dolor, por el cruel rompimiento del lazo que el cariño crea con tanto esfuerzo, me postré a su lado, paralizado e impotente ante la inminente pérdida de Tara. Las lágrimas rápidamente ahogaron mis ojos.

—No… no por favor, por favor no me dejes… —tomé su mano, fría y sin vida, entre las mías rogando que volviera a mí. Estrujé mis atormentados ojos para contrarrestar el incontenible llanto; desesperanzado y destruido, agaché la cabeza. Entre gimoteos, atraje su mano hacia mí, prensándola contra mi frente.

Mi alma desolada lloraba. Por mi mente pasaban todo tipo de ideas sin fraguar realmente un pensamiento concreto sobre nada. El tiempo, así como mi corazón desmoralizado, palpitaba con resignación. Mis lágrimas bañaban el edredón.

—No me dejes… —sollocé con un hilo de voz.

—Jamás.

Mi corazón dio un vuelco y se agitó con ímpetu al escuchar su voz tenue. Al levantar la mirada me encontré con la imagen de

Tara esbozando una débil y encantadora sonrisa. Me observaba con sus hermosos ojos renovados y alegres.

Sin perder más tiempo, le abrí mi corazón:

—Te quiero… te quiero, te quiero tanto

—Te quiero mucho también —declaró con voz ronca apenas audible llevando su mano trémulamente hacia mí, acariciando mi mejilla. Un súbito golpe de satisfacción y alegría atravesó todo mi ser y me llenó de fuerza y vigor. Me hacía sentir tan grandioso y poderoso como el Sol. Me incliné sobre ella, la levanté por la cintura con cautelosa suavidad acariciando su mejilla y, acercándola a mí, envolviéndonos en efusivos roces de deseo; frente contra frente permanecimos un instante. Aproximándome con cautela y cariño, acaricié sus labios con los míos lenta y cuidadosamente sumergiéndonos en un tierno y dulce beso.

15

Túneles de Kundalini

Katla

Después de lo que pareció un sueño eterno, desperté con sosiego en un entorno renovado. Me adaptaba con languidez y desgana a la luz que mis ojos parecían extrañar y aborrecer al mismo tiempo.

—Bienvenida —saludó con calma mi otro yo, sentada cerca de un árbol.

La cabeza me ardía, sentía que me palpitaba con gran fuerza y un cansancio extremo me saturaba y paralizaba de pies a cabeza.

Intenté levantarme, pero mis brazos y piernas estaban muy débiles, extenuados; parecían muertos:

—¿Qué me pasa?

—Relájate. Tómate tu tiempo.

—¿Para qué, qué pasó? ¿cuánto tiempo…? —el pensar me costaba y hasta el hablar me dolía.

—Estuviste dormida por un largo rato —explicó, estirando la palabra "largo".

—No me digas…

Calló. Aproveché el silencio para echar un vistazo al lugar. Estábamos en un valle, dentro de lo que parecía un enorme cráter. Había ocho cascadas a nuestro alrededor, visibles a la distancia, que caían sobre pozas y formaban riachuelos. Sus causes discurrían a lo largo de jardines selváticos para, al final de su tortuoso recorrido, desembocar en el lago central, sobre el cual una pequeña isla revestida con adoquines tribales se alzaba entre dulces corrientes de agua cristalina. En las sosegadas costas crecía el pasto entre la arena, blanca como la nieve.

Aquel jardín, aquel paradisiaco bosque virgen, era increíblemente hermoso. Resaltaban destellos luminosos de incontables colores; aromas y sensaciones impregnaban cada uno de mis sentidos con la dosis justa para no saturar ni exaltar mis emociones.

Me encontraba tendida sobre el más suave y fino pasto a la sombra de un par de magníficos árboles: uno negruzco y otro níveo, ambos con robustas raíces sobresalientes de la tierra a la que perforaban con decidida severidad. Sus corpulentos troncos se elevaban hacia el cielo dibujando espirales en el aire, dando la impresión de que embonarían uno en el otro si se les unía a fuego lento. De ellos brotaban miles y miles de ramas con hojas plateadas salpicadas de rocío que destellaban bajo la luz proveniente de todos y ningún lugar en un mágico espectáculo de luminiscencia y armonía.

—Pensé que habías dicho que no había ningún jardín —recordé.

—Es la imagen que todos nos formamos —se encogió de hombros.

Hubo un corto momento de silencio.

—Pero estar aquí significa que encontraste tu Árbol —aseguró la otra Katla, recargada en uno de ellos.

—¡Guau!… ¿de verdad? ¿¡Este es mí paraíso!? —pregunté conmocionada. Empezaba a inquietarme la parálisis.

—Lo estas mirando, percibiendo, sintiendo —sonrió.

—Pero se siente tan raro. Parece como un… como un sueño.

—Lo sé. Así es como debería sentirse en realidad, pues has recibido una descarga masiva de energía e información. Ésta te ha guiado para entrar en contacto con esa parte espiritual de tu interior. Tu cuerpo, tu mente y tu espíritu son ahora uno solo y se están asimilando. Es por eso que no puedes moverte bien y te duele la cabeza —y tras una breve pausa continuó—; por ello me sorprende que...

—¿Sobreviviera? —intervine.

—Iba a decir "resistieras", pero sí, tienes razón, más o menos. No me malentiendas. Me refiero a que yo tuve más dificultades para asimilarlo. En mi caso, tuve que dar los viajes en dos partes.

—Entonces... ¿he alcanzado la gloria, la armonía? —recordé la plática que habíamos tenido sobre aquella búsqueda interna para encontrar el árbol que nos hacía falta y volver a ser quienes fuimos en el origen.

—De cierta forma —contestó no muy segura—. Aún hay cosas que debes saber...

—¡¿Más?! ¿Segura que eres yo? ¿Que yo soy tú, o que tú eres yo? Porque empiezo a tener la sensación de que quieres m...

—Mostrarte el camino —terció sonriente y con aire apacible.

Respiré profundo e intenté moverme de nuevo. Mis músculos respondían un poco, con profunda sorna y fatiga.

—Bueno y... ¿Por qué me has mostrado todo esto? ¿Qué tiene que ver con mí tiempo?

—Porque independientemente de todo, este es el origen; tuyo y de todo lo que conoces. Así mismo, por eso que traes adherido a la cabeza, a lo que llamas androide que, en realidad, es el medio que te facilita el poder hacer uso de la energía de la que todos provenimos; es la conexión con el Todo. De hecho, más que un androide, es un Kristel; o Cristal, como nos gusta llamarlo.

—¿Por qué?

—Lo que el Kristel genera es tu verdadero *yo* en su forma física, cristaliza aquello que mana desde lo más profundo de tu ser; motivo por el cual lo llamamos Cristal. Ese aparato es el vehículo que analiza tus razonamientos, es el fantasma que habla con tus sombras y pone en duda tanto a tus acciones como a tus pensamientos para evitar que éstos se engañen a sí mismos. Si logras la armonía de la que hemos estado hablando, en ese vehículo convergerán tu cuerpo, tu mente y tu espíritu en su máximo esplendor; y creará maravillas inimaginables.

—Maravillas… —murmuré comprendiéndolo ahora: la forma en que se conectaban con nosotros, en que aprendían, en que se adaptaban, era más bien el grado de equilibrio alcanzado; la práctica y el tiempo que permanecían adheridas era más bien el tiempo que estábamos en contacto con nosotros mismos, tiempo en el que conocíamos y aprendíamos cada uno de sí de manera casi inconsciente. Por eso se volvía más fácil su uso.

Entonces, con aquello que había aprendido en el futuro presente en mi mente, armé mi Kristel y usé el camuflaje. Mis placas transmutaron para formar la dermis, lo que produjo un efecto de desvanecimiento y aparentaron desaparecer. La fina armadura del camuflaje recorrió mi cuerpo entero. Cada detalle, componentes vitales de mi organismo, fueron replicados con extrema finura: ojos, uñas, pelo, incluso la ropa que cubría mi piel. Y entonces la sensación más extraña que jamás había sentido tomo lugar: tan ligera como una pluma, mi cuerpo se levantó en un inesperado acto de levitación. Lo único que debía hacer era pensar y concentrarme en ello.

Pude comenzar a moverme, pero una extraña pesadez dominaba mi tacto y mis percepciones, puesto que percibía mis músculos muertos, atrofiados y sin responder adecuadamente. Pero con la idea y la intención impresas en mi mente me había levantado, me mantenía de pie y estiré los brazos. Caminé unos pasos sobre el suave césped con la misma enorme sensación de pesada ligereza con la que me había cubierto el camuflaje. La gravedad, el peso del tiempo en mi alma, la muerte celular, la fatídica e incesante marcha hacia la decadencia orgánica se habían esfumado.

Con mirada curiosa inspeccioné cada parte de mi ser. Miles de cosas cruzaban por mi cabeza como una tormenta. En mis ojos, que ahora funcionaban como el visor del androide, aparecían cientos de parpadeos, chispazos e indicaciones sobre el nuevo y más profundo vínculo con mi componente mental y espiritual. Mis ojos escaneaban y registraban cada parte de mi cuerpo al mismo tiempo que lo hacían con todo lo que me rodeaba, todo excepto la otra Katla.

Datos corrían, atravesaban, iban y venían en relucientes luces que parecían formarse directo en mi mente. Sentía tranquilidad y angustia a la vez; sentía algo de gran intensidad activándose en mi interior. Impresionada e intrigada hablé:

—Enséñame.

—Has alcanzado la armonía con tu homúnculo y eso te da ciertos...

—Poderes —interrumpí estremecida, muy emocionada por dentro al imaginarlo siquiera.

—En cierto modo, sí; algunos ya los has usado. Puedes transmutar la figura del Kristel, puedes aumentar, redireccionar, reutilizar, recombinar, obtener o absorber la energía de tu entorno... eres ahora capaz de modificar y hacer uso prácticamente de todo lo que te rodea en su forma más pura. Es decir, puedes dominar la Fuerza de la Vida.

Comenzó la cátedra. Se levantó y se colocó en posición, unos pasos frente a mí.

—Primero: todo a tu alrededor es energía en diferentes formas de expresión, de vibración en distintos grados de intensidad. Adáptate a ellas y serán como tuyas —. Indicó alzando un poco su mano, como mostrándomela. Se puso en cuclillas, la estiró y con un breve y fino movimiento zigzagueante arrancó la vida del pasto. Formó una extraña sustancia que permaneció suspendida sobre su palma en forma de esfera, una esencia ligera que irradiaba brillo y una exquisita mezcla de colores cálidos y fríos que giraba sobre sí misma; emitía un sonido tranquilizante e irradiaba una especie de aura luminosa.

—Esto explica por qué podemos hablar directo entre Cristales sin siquiera mover la boca —razoné.

—Así es. Todo estado mental y emocional conlleva manifestación de vibraciones, algunas de ellas emanan y pueden ser captadas por otros. Es la base de la telepatía —convino. Se puso de pie con la esfera a la altura del pecho, que bailoteaba entre sus dedos. El orbe de energía comenzó a moverse, se unió a sus manos y formó una especie de liquido que escurrió por su brazo, a través de su pecho, hasta llegar a la otra extremidad, donde volvió a formarse la esfera, suspendida sobre su palma.

—Segundo: En esta fase, la energía es tuya y tú de ella; puedes usarla, dirigirla… transmutarla. Pero esto conlleva su costo, como principio alquímico tendrás que dar algo a cambio de igual o mayor valía. Esto varía según cada individuo —continuó.

Blandió su mano con suave elegancia, como si fuera una fina espada. Su miembro cambió de color, de forma y de textura con delicadeza y gran armonía: tras un espadazo su mano y el brazo se convirtieron en tierra solida; otro espadazo y se tornaron brotes de agua; después, fuertes vientos de aire y, al final, con un impactante destello, se transformaron en tórridas llamas que abrazaban su piel. Después cruzó su brazo frente a ella y apuntó al cielo. Con un refinado movimiento de su mano, ésta produjo un fuerte sonido electromagnético mientras pequeños rayos recorrieron su cuerpo que se concentraron en su hombro. De pronto el entorno enmudeció cuando, en un abrir y cerrar de ojos, un poderoso relámpago recorrió su extremidad y emergió desde la punta de sus dedos. La potencia del estruendo ahogó al jardín con un estruendo ensordecedor. Un trueno que hizo retumbar el piso y el aire, la tierra y los arboles, agitó el agua y escandalizó cada centímetro de mi cuerpo, invadido por las intensas vibraciones; ensombreciendo la zona por un instante, el fulgor se perdió en el infinito.

Atónita, no podía esperar a tratar de hacerlo yo. Pero tan impresionada estaba que no podía articular palabra alguna.

—Necesitaras concentrarte y quizá algo de práctica. Captar en tu mente hasta el último detalle de aquello en lo que transmutarás tu cuerpo no es cosa fácil —aseguró sonriente, notando mi ahogado enardecer.

—¡Puedo hacerlo ahora! —exclamé entusiasmada.

—Sssiiiii… —siseó insegura, meneando la cabeza, no muy convencida—. Ya sabes que el tiempo no se detiene, mientras más te demores aquí, más pasa el tiempo real de tu existencia. Si tardas demasiado, podrías no volver a tiempo.

«Interesante que lo mencione justo ahora».

Confundida, busqué el relojito que me devolvería sana y salva. Ella lo sacó y me lo mostró sobre su mano: se encontraba hecho trizas.

—Significa que estoy estancada… ¡perdida…! —pensé en voz alta. Una vorágine de emociones golpeó mi mente y me recordó las palabras de Enki al darme el reloj.

—Significa que te falta un último paso para terminar tu recorrido.

—No entiendo, ¿cómo podré volver sin él? —pregunté con la mirada desilusionada puesta en el aparato hecho pedazos sobre mis manos.

—Hay una forma.

—¡Enséñame!

—Recuerda lo que dijimos: somos todos parte del Todo. Siendo así, significa que todos estamos unidos a todos mediante lazos inextricables que nos unen al resto de los seres. Bueno, pues algunos de esos lazos son más fuertes que otros, aquellos que te unen con algo o alguien que resulte particularmente especial para ti. Habrá entre ellos alguno que te mantiene en conexión con tu tiempo sin importar dónde o cuándo estés; el que con más fuerza te liga, permanece y prevalece a través de las edades…

«Diego», vino a mi mente.

—No, no puede ser —negué.

—Ambas sabemos que sí… —dibujó ella una momentánea sonrisa burlona y comprensiva—, es el puente de vuelta a tu tiempo.

Me alegró saber que hubiera una forma de volver, aunque el medio era aún confuso para mí. El amor siempre me había resultado un concepto confuso y enmarañado.

—No será fácil, pero sí posible —aclaró.

—¿Cómo le hago?

—Mirémoslo de esta forma: coloca tu dedo frente a tu nariz… —lo hicimos—, míralo, está fijo en un mismo punto —obviamente—, ahora cierra un ojo. Ahí sigue tu dedo.

—Aja…

—Cierra ese ojo y abre el otro al mismo tiempo… —así lo hice—… tu dedo está ahora en otro lugar—así parecía. Lo repetí varias veces y mi dedo parecía moverse de un lado al otro: estaba en dos lugares al mismo tiempo. —Bien. Es solo un ejemplo, pero supongamos que el dedo es ese lazo que te une a tu tiempo: lo único que necesitas es abrir ambos ojos al mismo tiempo. El resto es fácil.

Tranquilicé y aclaré mi mente con un suspiró. Traté de aceptar el "medio" que debía emplear. Pasé un largo momento en profundo silencio. Después, en un momentáneo lapso de revelaciones, caí en la cuenta:

—No lo lograste… el recorrido en dos tiempos; rehuiste a las decisiones; negaste tus verdades… —razoné la idea que rondaba mi mente—… no pudiste volver a tiempo a tú tiempo —susurré desconsolada, frustrada.

Como alguien que vivió abrumada por la culpa durante largos años, ella inclinó la cabeza:

—Cada uno realiza el viaje que elige andar y la forma en que éste ha de terminar.

Tras aquellas últimas palabras, mi viejo yo esbozó una suave sonrisa y su esencia comenzó a desvanecerse como humo al viento.

16

Noviembre 15

6:45pm

El Lotus

Voces

Parte I

Diego

—Reposo absoluto —le indicó el doctor a Tara en su última visita del día—. Pronto estarás como nueva.

Tara se veía mucho mejor, un poco diferente. Contagiaba una grata sensación de alegría y tranquilidad. Sin embargo, me intrigaba saber qué le había pasado, por qué le había pasado lo que le había pasado.

—Entonces… —intenté romper el hielo.

—¿Entonces…? —parodió mi pregunta.

—¿Cómo te sientes? —tomé su suave y cálida mano entre las mías.

—Muy bien en realidad… mejor cuando estás conmigo— sonrojado, cambié el tema asfixiado por un arrebato de inseguridad.

—Sabes algo… me inquieta un poco no saber qué sucede allá afuera. Quiero decir, llevamos más de una semana sin noticias, desde el bombardeo a Londres. Aún no me explico cómo fue que la libró. Empieza a enloquecerme tanta… no sé cómo decirlo… ¿quietud? No sabemos nada de nada, ni de nadie… —dije.

—Somos sólo tú y yo —aclaró ella con cierta nostalgia.

Nuestros amigos, nuestra familia, se había desintegrado por completo. Los Inicfin se habían dispersado; algunos ya ni siquiera existían.

—Eso… eso creo. Pero no necesito a nadie más que a ti —aseguré con una sonrisita tímida.

Un breve e incomodo momento de silencio invadió la habitación.

—¿Puedo preguntarte algo?

—Claro.

—¿Qué pasaba en tu sueño que estabas tan… mal?

—Más bien… pesadilla —contestó, bajando la mirada.

Su gesto rogaba por no recibir más preguntas al respecto. Así que cambié la conversación:

—Tu padre me pidió que lo alcanzáramos. Pero… ¿crees poder?

—Estoy bien. Vamos.

Aventó a un lado la cobija, segura de sí misma. Sentada al borde de la cama, titubeó por un momento y después se levantó con dificultad. Tambaleaba. Tendí mi brazo para servirle de apoyo, pero, con la gentileza de una dama, hizo a un lado mi mano, giró con femenina sensualidad y me besó.

—Estoy bien —aseguró de nuevo en voz baja.

Se recargó sobre mi pecho.

—Aunque… tal vez necesite ayuda para cambiarme de ropa —susurró, permisiva.

Traía puesta una ligera bata de hospital que el doctor le había dado. Fui hacia el armario y sopesé las opciones; no eran muchas. Sentí un incómodo ardor subírseme al rostro cuando llegué al cajón con la ropa interior.

—Ahm... la ropa interior... no sé...

—Trae la que sea, tontín.

Tomé lo primero que encontré y volví con ella.

—Recuerda que se ajusta —canturreó, como burlándose de mí, y tomó el brasier.

—Ehm... lo siento, es que yo...

—Me cuesta un poco agacharme. Tendrás que ayudarme con lo de abajo —interrumpió.

En ese momento se deshizo de su bata; lentamente cayó al piso y dejó al descubierto su sensual cuerpo; su figura lucía más recuperada, grácil, excitante. Mi corazón se precipitó al verla desnuda de pies a cabeza; sus brazos hacían un vano intento por cobijarla.

—Cuando gustes —rió quedo, sonrojada.

—¡Ah, sí...! ¡Sí! —dejé el bulto de ropa en la mesita de al lado.

Me puse de rodillas y me quedé mirando al piso. Las manos me temblaban. Puse la pieza de ropa junto a sus pies y con timidez tomé cada uno de sus tobillos para ayudarla a levantarlos un poco. Sentía el cálido toque de sus dedos sobre mi espalda, recargada con cautela, mientras colocaba la prenda íntima en posición; sólo hacía falta subirla y colocarla en su pelvis.

Dudé un poco al pensar de pronto cómo le haría para lograr aquello sin tener que mirarla, o tocarla. El nerviosismo me carcomía las entrañas.

Sujeté la prenda y giré la cabeza a un lado tanto como me fue posible. Con un intranquilo movimiento comencé a deslizar la sedosa pieza de lencería a lo largo de sus piernas, firmes como dos fornidas columnas. El momento se transformó; nacía, a través de un excitante ritual de amistoso querer entre la chica mística de mis sueños y yo, el alfeñique niño tímido, la intimidad que siempre había anhelado. Era casi un acto sexual.

—Esta bien si me miras un poco —con perspicacia y voz mimosa su declaratoria llegó a mis oídos.

Con el corazón palpitando con fuerza en mi pecho, mi mente se disparó entre ilusiones e imaginaciones. Tragué saliva. Me concentraba en todo menos en lo que debía y, sin percatarme, me había detenido a la altura de sus muslos.

—… es para ho-oy —volvió a canturrear con humor.

Recobré la cordura y, decidido, giré la cabeza hacia arriba. La miré a los ojos y reemprendí el suave viaje en ascenso. Al alcanzar mi meta, me recibió sonriente con otro beso en la mejilla. El resto fue fácil.

—Vamos —dijo.

Me tomó de la mano y se encaminó hacia la puerta con más fuerza de la que habría creído posible.

Entramos a uno de los elevadores y subimos unos cuantos pisos. Recorrimos el elegante pasillo bicolor y entramos a un pequeño cuarto que se encontraba a oscuras.

—¿Seguro que te dijo que era aquí? —preguntó.

—Sí, estoy seguro… o eso creo.

Caminé unos pasos en la penumbra. Mi presencia activó los sensores y se iluminó el centro del cuartito; la luz prístina se reflejaba con mágica sobriedad sobre un objeto ubicado encima del escritorio que apareció bajo el rayo luminoso. Ambos nos acercamos con curiosidad. Había sobre la mesa un magnifico cuaderno de pinta medieval con lomo de fina piel café que aún despedía con fuerza ese característico olor de piel genuina; las tapas eran de madera de roble envejecida y se encontraba envuelto por una cuerda de cuero negro que sobresalía del centro de una solapa triangular estilizada, también de cuero negro, tallada en sus bordes con elegancia. Un poco ajado por el tiempo que estuvo guardado, pero en general el cuaderno estaba en muy buenas condiciones.

En las tapas lucían unos asombrosos márgenes con refinadas incrustaciones de plata y oro que resaltaban en su centro una frase labrada en la madera: "Lo que se necesita para empezar es decisión; para terminar, inspiración". Bajo la inscripción venía labrada de la misma forma la esplendida imagen de un loto, un sol, una luna y un par de columnas con serpientes enroscadas en ellas. Junto al cuaderno había una simple nota:

"Léanlo. Víctor"

—¿Tu padre siempre es así de misterioso?

—Desde que tengo memoria —afirmó.

Tomamos el libro, que era más pesado de lo que aparentaba, y volvimos a la habitación. Acomodé unas almohadas sobre la cama para Tara; ella se recostó, lista para comenzar a leer. Las hojas eran naturales, antiguas, livianas, delgadas y aunque parecían un poco maltratadas, estaban muy bien conservadas. El cuaderno completo estaba dividido en cuatro secciones divididas por pesadas planchas de cristales negros de cuarzo. Desató la cuerda, desdobló la solapa con cautela y abrió el cuaderno en la primera página, que estaba en blanco. Dio vuelta a la hoja y empezó a leer:

Escribo esto con el fin de no perder la cordura, de mantener siempre vivos mis recuerdos y no cometer los mismos errores:

Mi nombre es Gabriel Quirarte, y estas son las palabras que resumen mi historia:

I

Nací en México hace muchos, muchos años. Provengo de una familia común con papá, mamá y hermanos. Sin grandes lujos, sin grandes precariedades; mi familia se mantenía estable y vivía al día. Disfruté y sufrí con el estudio, el trabajo, el amor y las enseñanzas que la vida nos propina cuando ésta da una curva peligrosa.

A lo largo de esos años observé y estudié el comportamiento de los humanos. Todavía no logro comprender y creo que jamás lograré entender: *¿Cómo puede un padre maltratar a su esposa y malcriar a sus hijos? ¿Cómo puede un poderoso despreciar a un pobre? ¿Cómo puede un gobierno sobajar a la misma gente que le concede autoridad e ignorar su miseria? ¿Cómo puede el delirio extraviar las creencias de una religión? ¿Por qué se torna el sufrimiento en costumbre? ¿Cuándo es que nuestras ilusiones se disipan en el olvido? ¿Dónde quedó aquello que nos hacía humanos? ¿Dónde los valores, los principios y las virtudes? ¿Cuándo fue que dejamos de vivir para empezar a sobrevivir? ¿Qué paso con el respeto, con el amor?*

Tara hizo una breve pausa. Alzó su mirada hacia mí con benevolencia: al menos nosotros sabíamos que pasaba con el amor. Continuó leyendo:

Y así corrió mi vida por un largo tiempo, con los problemas y preocupaciones cotidianas de una vida normal. Me casé y formé una bella familia con mi primera esposa, con la que tuve dos hermosos hijos por los que habría dado mi vida sin dudar.

Pero entonces, cuando creemos que hemos logrado la estabilidad tan ansiada en nuestra existencia, una de esas curvas peligrosas sacude nuestras más arraigadas creencias. Eso fue lo que ocurrió conmigo:

Grandes cambios climáticos arrasaron la Tierra. La inconsistencia de un clima que intentó ser dominado por el inocente y crédulo ser humano desató graves consecuencias atmosféricas que desestabilizaron al planeta en todas sus formas. Cifras incalculables de vidas humanas se perdieron. Gracias a Dios mi familia había logrado sobrevivir a tal cantidad de catástrofes. Sin embargo, la proximidad del final de estas catástrofes mundiales marcaría el principio de las peores atrocidades en la vida de quien esto escribe: una de esas súbitas alteraciones meteorológicas cobró la vida de uno de mis hijos y provocó un cáncer de gran agresividad, incurable, en el otro; para evitar su sufrimiento la muerte era, en el peor de los casos, su mejor esperanza. Esto destrozó a mi esposa; sumida en una gran depresión, sus facultades se vieron carcomidas de manera tan insospechada que pronto desarrolló una de esas enfermedades mentales en las que la persona cambia de personalidad de manera incontrolable y destructiva. *En uno de esos cambios, un arrebato de euforia la invadió con tal fuerza que corrió a la cocina, sujetó entre sus manos un enorme cuchillo y comenzó a clavárselo en repetidas ocasiones por todo el cuerpo. Al final del brutal acto, tendida sobre el suelo con el cuerpo ensangrentado y temblorosa por el inmenso dolor que sufría, logró suspirar con su último aliento: "es tu culpa".*

Su desgarrador suicidó desmembró a la familia y yo quedé solo, con un hijo muerto, otro moribundo sin probabilidades de mantener la vida y el recuerdo escalofriante de una esposa que me culpaba de sus actos; los fundamentos que daban soporte a mi existencia me fueron arrancados de raíz. El abatimiento me sumergió en una profunda depresión. Me alejé del resto de mi familia, de amigos y conocidos; perdí mi trabajo, mi casa y todas mis pertenencias materiales. Por un tiempo indefinido permanecí inmóvil, luchando por no perder la razón.

Una tarde inesperada me nació un impulso por salir, por deambular entre las calles desérticas y lúgubres. Marché durante horas, trémulo y absorto. Caminé sin rumbo, con pasos perdidos, a través de avenidas, jardines y pasadizos. Al final volví al parque cercano a casa y terminé sentado una de las bancas más alejadas y apartadas; derruida por el clima, destruida como yo, atornillada al piso bajo escalofriantes árboles desnudos donde las aves temían anidar. Sentado, con la mirada clavada en la tierra, perdí la noción de mi entorno; mi mente quedó en blanco. Comenzó a llover. Un rato después apareció alguien que se sentó a mi lado. No hice caso. Se quedó ahí sin decir nada; pronto se empapó bajo la tupida lluvia, que ya encharcaba el suelo bajo nuestros pies.

Esperé que se fuera, que me dejara solo.

—Pareces triste —rompió el silencio. Con indiferencia cerril permanecí absorto. —¿Estás bien?

Recuerdo que un delicioso aroma llegaba a mi nariz con cada brisa que soplaba. Un delicioso perfume cuya esencia mágica se tornó en lo único que me impulsaba a seguir respirando. No contesté.

—No, no estás bien— aseguró con gran tacto en su tierna voz al mismo tiempo que posaba con cautela su mano sobre mi hombro.

—¿Eso crees...?

—*No lo creo, lo sé.*

—*Tan mal me veo —arqueé las cejas sin fuerza.*

—*Sí. Y estar aquí sentado, solo, en la lluvia, no te servirá de nada.*

—*Tú qué sabes de la vida, si no has enfrentado a la muerte.*

—*Estos desastres naturales, cambios climáticos, alteraciones al Orden Natural, nos han afectado a todos, no sólo a ti. Perdí a mi familia como tú a la tuya y quedé varada en la soledad. Pero aún estoy aquí, y amo mi vida. Tal vez no quieras darte cuenta, pero afortunadamente tú también tienes una oportunidad—refutó—. Hemos perdido a quienes amábamos y nos amaban. Y algunas veces perder el amor se asemeja a perder la vida… o al menos así se siente. — Sus palabras comenzaron a darle aire a mi espíritu.*

—*¿Tú a quién perdiste? —pregunté.*

—*A todos, excepto a mí misma.*

Intrigado al fin por saber quién era aquella mujer, la miré a los ojos.

—*Guau, te vez tan… vital.*

Y así era. Una mujer tan joven que podría decirse niña, muy bella y atractiva; de cabello castaño, lacio brillante, largo y un poco desgreñado; piel de sutil tonalidad morena y fina; nariz recta. Los más preciosos ojos que jamás haya visto, de color verdeazulado muy brillantes, con una increíble mirada cautivadora y seductora tan fuerte que paralizaba. Un cuerpo tan perfecto y atractivo por el que una mujer derrocharía envidia y un hombre daría su vida.

—*Mi familia me enseñó a no depender de otros y siempre confiar en mí —dijo. Fue entonces que conocí a la mujer de mi vida.*

Días después conocí a un extraño hombre amigo de ella, Enki…

Tara volvió a levantar la mirada, sorprendida.

> …*quien lograría cosas inexplicables, como conseguirme un trabajo y sanar a mi hijo.*

—¿Enki? —pregunté estupefacto, igual que Tara—¿el Enki que conocemos?…

Se encogió de hombros:

—Pero Gabriel es como mi... —hizo una pequeña pausa, haciendo cuentas—... ¿tataratatarabuelo? O como se llame.

—De ninguna manera... no puede ser el mismo. Tendría como... quinientos años —se apagó mi voz al pensar en aquella posibilidad.

—¡¿Te imaginas?!¡Sería aterrador! Porque además el de ahorita se ve muy joven.

—¡Dios! ¡Pero nadie vive tanto! —exclamé escéptico—. Debe ser otro.

—Bueno, bueno, sigamos leyendo. Tal vez aquí diga algo —sucumbió ante la curiosidad y continuó la lectura:

II

"Todo lo que México no haga por sí mismo para ser libre, no debe esperar, ni conviene que espere, que otros gobiernos u otras naciones hagan por él". Uso esta frase de Don Benito Juárez como introducción a la nueva etapa de mi vida:

He entrado a lo que comúnmente llaman altas esferas sociales, es decir, a la política de mi país; un puesto de categoría baja, pero de suma importancia, encargado de la educación en una pequeña comunidad. Pensé que sería agradable e inspirador. Pensé que tener esa facultad de ayudar a la gente me engrandecería como persona y ser humano: sí... y no. Aquí la gente es poco menos que abominaciones, monstruos. Ahogados en avaricia, envidia, soberbia, pereza y en deseo de más y más poder permanecen durante años por medio de corrupción y juegos sucios en los puestos donde pueden explotar a su pueblo, a su país, al que mantienen bajo control mediante falsas promesas, falsas oportunidades y falsas esperanzas. Se alimentan a sí mismos dejando a la nación estancada.

Tengo que cambiar esto, pero no sé cómo, no sé por dónde empezar.

Pregunté a Enki sobre ello: ¿Por dónde iniciar? su respuesta fue: "por el principio, por ti mismo".

—¿¡Eh!? ¿¡Escuchaste!? —bromeé sin darme cuenta de que en realidad era yo quien debía escuchar y entender. ¡Ese mismo consejo Enki me lo había dado a mí!

—¡Claro que sí! —rió ella.

—¿Te imaginas que tu padre fuera tan malo como esas personas de las que habla tu tatara-no sé qué?… Gabriel

—Jamás lo haría —aseveró convencida.

III

Con el tiempo ascendí de puesto; logré después de muchas peripecias el cargo de gobernador del estado. Continúo con mis proyectos tanto como el resto de gente inmiscuida en la política me lo permite. Es frustrante que muchas ocasiones me aten de manos; no logro hacer lo que me gustaría hacer, conseguir lo que quiero conseguir. Me he hecho de pocas amistades e innumerables enemistades. Me siento frágil.

De nuevo acudí a Enki, quien me enseñó sobre un extraño tema: "transmutación mental". Dice que lograr comprender y aplicar esto me permitirá obtener lo que busco. Llevo semanas estudiándolo y comprendiéndolo bajo su supervisión, pero es muy difícil. Sin embargo, mi esposa lo ha logrado con gran facilidad y ha conseguido todo en realidad, ya sea mediante la transmutación o mediante su sensualidad, pero cada vez nuestros propósitos consiguen más seguidores gracias a ella; en un mundo dominado por hombres, la mujer es quien tiene el poder.

—¿¡Eh!? ¿¡Escuchaste!? —me devolvió la broma llenando la habitación de risas.

—¡Claro que no! —me defendí.

—Sabes que si-i —canturreó.

IV

La lucha diaria se torna más y más arriesgada. Se complica. Algunos de mis objetivos se cumplen y las elecciones se acercan. Mis enemigos y amigos nos batimos en una guerra acérrima, en una especie de duelo de

intelectos por avanzar o retroceder, por conceder o rechazar, para lograr nuestros propósitos. Se destapan las primeras traiciones y sorpresas mientras los comandantes de los bandos movemos nuestras piezas como en un juego de ajedrez, donde la estrategia e inteligencia se han vuelto en sí mismas tan importantes como el respirar.

Mi familia, ahora mis hijos también incluidos, continuamos avanzando en las enseñanzas que Enki nos brinda. Este misterioso hombre, que como un Dios aparece cuando así lo considera y desaparece cuando más se le necesita, se ha tornado en una pieza vital para mi vida. Me ha cambiado; a mi cuerpo, al cual fortalece; a mi mente, a la cual educa y a mi espíritu, al cual engrandece.

Comparte datos, historias e información fuera de lo común que me ha prohibido divulgar. Ni siquiera en este cuaderno lo he de publicar. Por suerte puedo hablarlo con mi esposa e hijos, de lo contrario me volvería loco.

—Eso es tan injusto —dije desconsolado al saber que no leeríamos más sobre aquellos extraordinarios aspectos que Enki inculcaba en los antepasados de Tara.

Con el fin de alejar a los que desean que el país permanezca en su estado pasivo y letárgico, hemos logrado conformar y registrar un nuevo partido. Cada vez somos más los que trabajamos y generamos un cambio en uno mismo; es mucha la gente que busca lo mismo que yo, lo mismo que esta poderosa nación: prosperidad. Estoy convencido de que México es la nación más brillante. Aún permanece apaciguado, apagado y controlado por la gente pueril que lo comanda y por la que no se exige a sí misma. México es un volcán dormido; dentro de poco, despertará.

—Cada vez creo más que es el mismo hombre misterioso —dijo ella.

—Yo también —afirme en voz baja mientras todos los días anteriores pasaban a toda velocidad por mi mente.

—Seguiré…

V

No estaba muy seguro de ello, pero mi impetuosa esposa me impulsó y ahora tratamos de ascender más en la vida política. Vale la pena mencionar, pero no presumir: El estado del que fui gobernador ha logrado cifras históricas en cuanto a incrementos de lo bueno y disminuciones de lo malo en cuanto a tema político y de gobernabilidad se refiere. Esto valdrá para nuestro futuro.

En otros asuntos, he visto finalmente lo que Enki es capaz de hacer. No vienen palabras a mi mente para describirlo, quizá irreal o ilógico sea lo más apropiado. No sabía si aterrorizarme, llorar o enardecer. No tengo palabras para describirlo. Dejaré que las imágenes, sonidos y sensaciones reposen, que se digieran con calma en mi mente.

La cara de Tara, al igual que la mía, compartió una aterradora mirada de inquietud y sorpresa. ¿Era el mismo? Sin perder más tiempo, continuó con la lectura acelerando el ritmo.

VI

Pasé mucho tiempo sin escribir a la espera de tener suficiente tiempo para hacerlo. Continué mi ascenso tanto en mi vida laboral como en la familiar y espiritual. Me han propuesto fusionar mi partido con los viejos existentes. El negarme ha generado aún más tensiones, tensiones que se incrementan a pasos agigantados. Nos temen, lo veo en sus ojos y lo siento en sus miradas. Han tratado de envolvernos y de engullirnos en su forma ruin de gobernar. La gente ya ha empezado a reconocer nuestro trabajo y el pueblo nos respalda con conocimiento de causa. Obtuve, tras largas jornadas de trabajo e innumerables sacrificios, el puesto como secretario de educación. Me siento renovado y con una inmensa cantidad de posibilidades. Sin embargo, estos hombres y mujeres (si es que se les puede llamar así) no cederán a su comodísimo estilo de vida, evidentemente, ni a su poder.

Mi familia, mi equipo político y mi persona recibimos constantes amenazas y daños. El juego de ajedrez se torna cada vez más intenso y complicado con fuertes y dolorosas pérdidas, pero continuamos combatiendo con firmeza. Hemos logrado algunos cambios que han impulsado la educación de manera descomunal. Cada logro me llena de una satisfacción tan grande como el universo mismo. Mi preciosa esposa continúa haciendo su magia y nuestra corriente de política renovada gana fuerza. Conforme mi equipo y yo convencemos con nuestras simples acciones, sin antes haber prometido gran cosa (me ahorro el parlotear discursos banales), nos acercamos al gran puesto: la Presidencia; al cual confieso temer.

Enki parece ser una especie de protección para mí y la mayoría de los míos, quienes permanecemos casi ilesos. Al fin sabemos quién es en realidad.

—¿¡Quien!? ¿¡Quién es!? —intervine sofocado por la curiosidad.

—¡No dice, no dice! —contestó ella con la misma exasperación agitando el cuaderno.

—¡Sigue leyendo!

VII

El trabajo y el desarrollo de mí individualidad me habían impedido escribir, pero aquí estoy. Mis hijos y yo hemos dedicado gran tiempo a Enki. Mi mano desea escribir todo lo que nos ha mostrado, pero mi propia mente se lo niega.

Llegaron las elecciones. Mi campaña fue prácticamente silenciosa y con gastos mínimos. Mi equipo y yo publicamos por internet y medios de comunicación seguros y de confianza lo que desde mi primer puesto habíamos logrado. Después de unos días parecía que no hubiera sido necesario, pues a donde quiera que fuéramos la gente nos reconocía de inmediato. Ahorramos millones en publicidad chatarra; dinero que gastaron los demás partidos; se ven cada vez más desesperados y reducidos. Los discursos inspiran menos confianza que las acciones[8].

---

[8]   Aristóteles (384 a.C – 322 a.C), filósofo, lógico y científico de la Antigua Grecia.

Mi grandioso equipo, mi familia y la nación hemos ganado:
Presidente Electo. No puedo describir lo emocionante que es, la alegría
que este cargo le ha dado a mi ser. Es la primera vez que escribo como el
presidente de México y mi mente se dispara con el interminable número
de posibilidades que tengo para esta preciosa y poderosa nación. El volcán
pronto despertará; puedo sentirlo.

VIII

Como supuse, habría gente a la que no le agradaría el avance del
país; quizá por miedo al cambio, quizá por miedo a lo desconocido,
quizá influidos por los demás partidos. Los políticos utilizan todos sus
recursos para intentar afianzarse o para vaciar las arcas de la nación por
completo, para planear su huida y después desaparecer. No se les podrá
hacer más justicia que la que la vida les imponga, pues conocen bien
la ley y saben tapar muy bien sus huellas. Revueltas, manifestaciones,
guerrillas y caos sin sentido azotan la capital y otras grandes ciudades.

Empiezo a sentirme cansado; el peso de los años incrementa y su
precio es algo que ya no puedo costear. Esta batalla no cede y cada vez
mi fuerza se reduce. Vires mihi desunt (No tengo ya fuerzas).

Mi esposa, mis hijos, mi equipo y Enki dicen que es ahora cuando
definiré quién soy; que lo peor está por venir.

He optado por negociar con los inconformes, pero me evitan; accedí
a conceder algunos aspectos de lo que exigían, pero se negaron a aceptar.
¿¡Qué quieren entonces!? No sé qué hacer.

IX

Sin oportunidad ni coraje para escribir durante mi gobierno, encuentro
por fin un espacio de silencio para expresar en breves palabras lo ocurrido:
Continué con mi ardua labor durante mi periodo de gobierno; la
gente inconforme se fue tranquilizando paulatinamente, no sin antes
dañar a mis seres queridos y compañeros. Mi esposa, una de las víctimas,
ha muerto. Ella era mi inspiración; su pérdida es el preludio de mi final.
Ella se ha ido. Ya nada tengo que hacer aquí. Sin embargo, me voy

orgulloso de mi trabajo. Nadie pudo oponerse; nadie pudo quejarse al notar el firme avance de mi gobierno, que deberá continuarse... que estoy seguro se continuará. Como lo imaginé, la educación libre y la unión de la gente es lo que liberaría al país del yugo en que estaba inmerso.

Aprendí que el poder es algo para lo que una persona corriente no está preparada para poseer, mucho menos para sobre otras ejercer. Que no crece con la confianza que otros me tengan, sino con la que tenga yo de mí. Que flaquear ante él es tan fácil como doblar una hoja de papel. Que es un potente elixir que embriaga los sentidos y nubla el juicio generando adicción en personas descarriadas, pero grandes glorias en las encauzadas. Que no es la voluntad y fuerza que logra uno imponer sobre otros, sino el vigor y el dominio que logre poseerse sobre sí mismo.

Enki "entrenó" mi ser a lo largo de nuestra relación con el fin de prepararme: He hecho cosas de las que no me enorgullezco, cosas que destrozaron mi alma: tomé decisiones que se me imponían. A lo largo de mi vida este hombre me enseñó aspectos olvidados, secretos, filosofías y hechos inalienables que después de varios años logré comprender y dominar junto con la mujer del parque, aquella que me rescató del infierno, de la que me enamoré, con quien me casé, tuve hijos y formé una nueva vida. Estos aspectos en los que fui instruido me atemorizan y me quitan el sueño por las noches, sin embargo, lamento que no viviré lo suficiente para ver el desenlace de lo que he logrado y creado, de lo que conmigo ha comenzado.

El volcán ha despertado.

17

Voces

Parte II

Diego

El doctor acudió al chequeo periódico de Tara. No lográbamos decidir entre ir en busca de Víctor y Enki, el "hombre misterioso", para consultar nuestras dudas o seguir la lectura y acrecentar el misterio, que cada vez se hacía más profundo y escabroso.

El médico cruzó la habitación y abandonó el lugar luego de examinar a Tara. La curiosidad era demasiada, así que decidimos continuar. Tara sacó el cuaderno de debajo de la cama, se reclinó sobre las almohadas y se preparó para leer:

Después de que mi padre finalizara y cediera la presidencia al siguiente electo, muchos cambios se habían logrado, otros propuesto y muchos otros se habían iniciado. El gobierno se había modificado radicalmente en la forma de guiar a la nación: las plazas de trabajo habían dejado

de concederse por amistad o parentesco para ser ocupadas por personas
profesionales, estudiadas y aptas; se habían modificado los planes de
estudio en escuelas públicas y privadas; se había regulado —dentro de
lo posible— al sector de trabajadores de la educación; se había escardado
minuciosamente a cada sector, a cada institución, a cada individuo que
ejerciera algún cargo público y se habían forjado reglamentos a empresas
privadas que evitaban grandes monopolios; entre muchas otras acciones
que se habían estructurado durante el gobierno de Gabriel Quirarte.

Mi padre, la familia y la gente de principios firmes conformaban al
nuevo y creciente partido que guiaba ahora y dirigía a una poderosa nación
en crecimiento. Los antiguos gobernantes habían unido o desvanecido
sus partidos en contra del nuestro y declaraban en contra nuestra sin
verdaderos fundamentos, tratando de recuperar seguidores; pero en
política, nada habla más fuerte que los buenos y limpios resultados.

Después conocido como "El Joven Diamante"...

Tara se detuvo al leer el alias del personaje que había escrito
esas palabras; ambos reconocimos ese nombre de inmediato.

—Así le llamaban a mi tatarabuelo. Le decían así porque
era "tan brillante como un diamante", pero no entiendo... ¿tal
vez por su aspecto? Se dice que era muy, muy apuesto —dijo.
El exgobernador era muy conocido. Se había granjeado una
reputación ignominiosa y las opiniones respecto a su forma
de gobernar era muy debatibles. Sin embargo, las verdaderas
razones nunca habían sido aclaradas.

«La belleza es de familia» pensé perdido su majestuosa
presencia por un momento. Tara notó mi ensimismamiento y
sonrió complacida.

Retomé el hilo de la historia luego de unos instantes y
recordé:

—Siempre tuve esa duda... ¿Por qué? ¿Por qué lo llamaban
así?... no parece el apodo más adecuado para un gobernador.
Mucho menos para él —cuestioné, pues era recordado por
muchas cosas, entre ellas por no ser muy inteligente, no muy
"brillante".

Se encogió de hombros y continuó:

> … *mi turno para administrar el país llegó a su debido*
> *momento y con ello la continuidad del rumbo para*
> *el ascenso que mi padre había comenzado. Sufrimos*
> *constantes pérdidas de las buenas personas que apoyaban*
> *y ayudaban a la nación. La antigua mafia había*
> *infectado y se había infiltrado más de lo que mi padre*
> *había imaginado, y sus buenos modos no habían sido*
> *suficientes.*
>
> *La partida de ajedrez se complicó y prolongó a*
> *pesar de llevar una eminente ventaja, pues los demonios*
> *prevalecen a toda costa. El tiempo es corto y el momento*
> *requería resolución; tomé una determinación categórica.*
> *Manché de sangre mis manos y deshonré el apellido para*
> *aclarar más esa ventaja; excomulgar a cuantos demonios*
> *pudiera, borrar la avaricia y la corrupción tanto como me*
> *fuera posible y dejar el camino libre al porvenir haciendo*
> *uso de esos mismos viejos modos sucios y corruptos se*
> *convirtió en mi fundamento. Robé, saboteé, descalifiqué,*
> *abusé, torturé, deshonré, traicioné, sacrifiqué y maté a*
> *tantos como me fue posible; cometí incontables crímenes*
> *y perjurios contra la ley y la humanidad con el fin de*
> *limpiar la antigua forma de gobierno y librar a mi país.*
> *Soy consciente de que esa no era la forma más apropiada,*
> *pero me resultó efectiva.*

Si estas palabras llegasen a mi familia, sería deshonrado y
desconocido; si llegasen a la gente, sería descalificado y desprestigiado
junto con toda mi familia y arruinaría nuestra reputación y nuestro
legado sería demolido; si llegasen a la justicia, mis siguientes veinte vidas
humanas estarían condenadas a cadena perpetua. Regalé mi cuerpo,
vendí mi alma y envenené mi mente afianzando mi entrada al infierno.
Me importa una mierda: cumplí mi cometido; el camino está casi listo
y ahora la partida de ajedrez vislumbra un final con una contundente

victoria: el país avanza a pasos agigantados, crece, crece y se desarrolla a una velocidad antes desconocida; ahora no queda más que concentrarse en el futuro.

No me arrepiento de nada; creo que el fin sí justifica los medios.

—Ahora entiendo —aseguró ella de pronto.

—¿A qué te refieres?

—Nadie supo cómo logró lo que logró. Su apodo… "brillante" no fue por su aspecto, sino por su gran inteligencia. Nadie salvo un genio podría encubrir tantos crímenes e impulsar al país como él lo hizo y salir vivo, ileso, pero sobre todo impune para contarlo.

—Con todo respeto, él no era muy inteligen…

—O lo era tanto que incluso eso logró encubrir.

—¿Por qué fingirse idiota? —pregunté despectivo.

—La idiotez abre caminos y entiende maneras que la inteligencia decide ignorar. Él lo sabía. —hizo una pequeña pausa y siguió —Por lo que hemos leído, el país alguna vez estuvo inmerso en una gran, gran corrupción. Dominado por la avaricia e indiferencia de la mafia gobernante que antes controlaba a la nación. El quería, al igual que Gabriel, sacar adelante al pueblo, al país. Pero debía comprender y aplicarse en esas mismas formas corruptas y salvajes. Esa fue su forma de obtener el conocimiento… y el conocimiento es poder. Se sumergió entonces en ese bajo mundo y se disfrazó con el mismo antifaz de los monstruosos gobernantes de antaño, uno con el que parecía ingenuo, manipulable… un idiota a la vista de todos esos políticos, haciéndoles pensar que podía ser su pase de vuelta al poder. Los llevó a situaciones extremas y en cuanto los tuvo contra la pared o con las manos en la masa… bueno… ahora sabemos lo que les hacía. Así pudo abrir las puertas que Gabriel nunca pudo, así obtuvo lo que quiso y logró lo que deseó.

Una inquietante sensación perturbó mi mente que asimilaba la explicación y acomodaba las piezas del rompecabezas. Ella, en cierto modo, estaba en lo correcto.

—Él fue ambos extremos de la polaridad —dijo con una tenue sonrisita, como comprendiendo algo con la mirada puesta en el atardecer visible a través de la ventana.

—Parece que todos aquí lo son —convine casi sin pensar ni entender bien lo que decía. Me lanzó una tierna y extraña mirada que escondía algo y retomó el cuaderno:

A lo largo de mi vida fui instruido por un gran número de hombres y mujeres que influyeron en mi forma de pensar y actuar, como a todos nos pasa. Y como a todos, hubo alguien que lo hizo de manera especial. Ese alguien especial en mi vida se llama... —hizo una pausa y en un susurro largo leyó levantando los ojos —*... Inanna.*

Su tono de asombro e incredulidad impulsó de inmediato a mi mente a crear una lista de las probabilidades; intuí casi de inmediato:

—¿La mujer de la vestimenta larga y rara que te cuidaba? —pregunté con marcado recelo, asombro y excitación. Ella asintió dudosa, encogida de hombros.

—Imposible.

—No puede ser —coincidimos al unísono.

Viví siempre enamorado de ella, de esa belleza inigualable, tan perfecta; en todo sentido como una Diosa.

—Tiene toda la razón —coincidí hablando bajo. A pesar de que no la había visto bien, el poder y la beldad de su mirada eran más que suficientes para comprender que había algo realmente extraordinario en aquella mujer. Tara me lanzó una breve mirada divertida y sarcástica que decía "torpe", casi sin detenerse, y prosiguió:

Cada palabra suya era como un mandato divino que llegaba hasta lo más profundo de mi ser. Ella hizo de mí quien fui. Me enseñó y guió sobre el proyecto que mi padre hacía muchos años antes había iniciado.

Pero él tan solo había logrado esbozar los planos, los cimientos; yo debía darle vida.

Un día ella vino a mí y me habló sobre la creación de una especie de robots. Estos tendrían la capacidad de leer nuestros pensamientos e interpretar nuestro espíritu en la forma de nuestro cuerpo, que serían el reto por alcanzar y que servirían para defendernos en un futuro, futuro del que no hablaba seguido.

Sus ojos denotaron tanto asombro como los míos, pero la inquietante incertidumbre evitó que se detuviera:

Me mostró todo lo que debía saber, incluyendo ciertos datos que quizá no debió:
"Requerimos de cierto tipo de personas". Esta fue la frase con la que se inició la búsqueda de individuos singulares alrededor del planeta, personas que Enki y ella buscaban, investigaban, conocían y, llegado el momento, reunirían en su cuartel, cuyos planos parecían de otro planeta.

La estupefacción aumentaba con cada palabra y la velocidad aceleraba con el ardiente deseo de conocer más y más.

Esas personas especiales son diferentes, con capacidades por encima del hombre común y son clave fundamental en el proyecto. He leído el plan; lo único que puedo decir es que se perderá de vista la diferencia entre posibles e imposibles, sumergidos en una gran batalla que iniciará antes de advertirlo y concluirá después de lo previsto nos atormentaremos por intransigentes ideales subversivos en la búsqueda de la piedra fundamental.
Abrumados por el peso del pasado, el futuro se cierne y el pasado se funde en el presente.

El silencio prevaleció por un rato. Pareció incómoda, sin ganas de seguir leyendo. Se recostó de lado, se acomodó hecha un ovillo y empujó el cuaderno hacia mí.

—Termina tú —pidió con suave voz. Giré el libro hacia mí y continué:

Tara

Llega un momento en que uno se da cuenta de que su esencia se ha tornado en una nube turbia que llueve pena y relampaguea ira, humedeciendo y debilitando el suelo firme debajo que se torna un lodazal engañoso; el tropiezo acecha a su víctima como un águila acecha a su presa. Entonces uno pierde su brújula.

Nuestras creencias fundamentan quienes somos, son el motor que impulsa cada paso que avanzamos o retrocedemos. Cada latido que resuena en el pecho, cada respiro que inunda nuestros pulmones, cada pensamiento que dedicamos nos definen como humanos o inhumanos.

Las memorias que se pierden en el olvido son como el oxigeno en el aire, están ahí, imperceptibles, pero nos mantienen vivos; nos afianzan con la ilusión de un nuevo despertar, con la esperanza de un nuevo sueño, con la necesidad de una nueva promesa, con la promesa de nuevo progreso, con el aferro a una nueva creencia, con el permiso de un nuevo deseo.

Mi cuerpo se estremecía al escuchar la serena voz de Diego relatando las memorias del Quirarte más desquiciado del árbol genealógico. Con la piel erizada sentí un intenso sueño que venció mis ojos. Al cerrarlos, la parte oscura de mis párpados se volvió como una pantalla en la que de pronto flashbacks de recuerdos que habían marcado mi vida corrían ante mis ojos; tan veloces que pocos eran los que alcanzaba a identificar. Era como si mi mente ahora funcionara por sí misma, como si rodara cuesta abajo y nada pudiera detenerla. Para el final de la fugaz excursión por mi vida, sólo dos momentos quedaron grabados en mi mente: el primero, sobre la rara pirámide bajo tierra en Washington cuando Diego y yo nos convertimos en los "Enamorados condenados a siempre mirarse pero jamás tocarse"; ambas partes, que ardíamos en deseo, impotentes al hecho de la separación inmarcesible, soldamos esa frase como a una maldición bajo un pacto silencioso. El segundo, cuando al despertar tras días de una atosigante y profunda pesadilla, él fue lo primero que mis ojos vieron y, con un cariñoso y tierno beso, el pacto y la maldición fueron quebrantados, finalmente absueltos.

Abrí mis ojos. Mirarlo tan cerca de mí, disfrutar del sonido de su voz, me hizo sentir de pronto como si me faltara el aire, con el corazón acelerado, con la mente y el cuerpo tan relajados y livianos como después de un largo y pesado día de esfuerzos. No era casualidad que estuviéramos los dos ahí, en ese momento, en ese lugar, bajo esas circunstancias. La idea que rondaba mi mente golpeó de súbito mi estomago con una grata sensación cosquilluda para de pronto caer en cuenta: finalmente mi vida encontraba un sentido, finalmente sentía el motivo para continuar en la lucha, finalmente todo embonaba, finalmente la vida se volvía fácil y la existencia posible; finalmente me sentía feliz.

Me gustaría decir que no recuerdo nada y permanecer sólo con ese oxígeno llenando mis pulmones a cada respiro, poco a poco, suficiente para vivir; pero las memorias corren como el caudal de un río. Recuerdo mucho, recuerdo todo. Y, como el oxígeno en grandes cantidades, las memorias desbocadas también asfixian.

Los humanos no podemos vivir sin ese algo (o alguien) que nos dicte qué hacer, qué buscar, qué lograr. Somos seres con razonamientos menguantes, de mentes influenciables que generan pensamientos perecederos; incluso el hombre que pueda considerarse como el más poderoso, el más sabio y el más elevado de todos, de alguna forma es aconsejado; consejos que influyen en su decisión, decisión que determina quien él es, determinación que guía la acción de los demás, acción que define el destino que al final de cuentas posee sólo aquel que decisiones toma; virtud que tienen sólo quienes se poseen a sí mismos.

Esta familia ha sido bendecida con la maldición de un conocimiento inconcebible y demencial que pocos serán capaces de aceptar y comprender, no se diga aprender y aplicar. Siempre he estado atado a ella, así lo estarán mis herederos y quienes tengan la gran oportunidad de pertenecer a esta especie de dogma. Uno que emana gran poder, esperanza y amor pero que a su vez causa angustia, dolor y sufrimiento. Y es entonces, en ese siniestro momento, que nos vemos al borde de un lóbrego y eterno abismo, cuando nuestras virtudes nos abandonan y nuestros temores nos gobiernan. Revertir este hecho podría salvar nuestra vida, pero por desgracia puede no depender de nosotros.

Los sueños se desvanecen, los deseos se abandonan y las creencias se declinan. El momento del diluvio se acerca y decisiones difíciles están todavía por tomarse. Es ahora cuando toda frontera se desvanece como vapor en el viento.

Vislumbramos ahora un nuevo horizonte. Hemos echado un vistazo a través de los ojos de Dios.

Tras aquellas deshilvanadas frases, avino un silencio taciturno. Ambos mudos, atónitos. Pensando, razonando, intuyendo, deseando, sospechando, dudando.

18

Noviembre 17. El Lotus

Voces

Parte III

Tara

Diego empezó a leer:

Mi nombre es Miguel Quirarte, y lo que escribiré a continuación tiene el único fin de ser entendido por quienes tengan la curiosidad y capacidad de hacerlo. Mis ideas son mías, pueden ser o no compatibles con ustedes.

Llega un momento en que uno tiene que hacer el recuento de los daños. Pensarán que hablaré de las víctimas que mis antecesores han legado. Pero son muchas y me da flojera. Estoy aquí con el fin de explicar lo que creo con base en lo que sé; daré mis argumentos y cada quién podrá decidir qué es lo que cree.

Empezaré desde muy atrás: Darwin, Charles Darwin. El sujeto calvo de barba y bigote blanco que postuló la famosa Teoría de la Evolución. Esta teoría, a grandes rasgos, dice que todo ser vivo ha evolucionado a partir de un antepasado común por medio de un proceso al que llamó "Selección Natural", algo así. Cabe mencionar que la respetadísima comunidad científica la aceptó. Lo sé, es aburrido. Así que iré directo al grano y formularé una simple pregunta: ¿Qué tal si todo esto fuera real, absoluta y completamente real?

Ya sé lo que pensarán: "Claro que es real" o "Este sujeto —el escritor— está loco". Ya, ya... lo acepto, sí lo estoy; así que podemos saltarnos esa parte y volver al tema: Evolución. Mi pregunta va enfocada a plantearse la posibilidad de que esta teoría fuese cierta al pie de la letra. Todos venimos de un "Ancestro Común" por medio de la "Selección Natural"; así es como hemos alcanzado nuestro estado actual.

Me explico más a detalle:

Ancestro común: ¿Qué es un ancestro común? ¿Alguien lo ha visto? ¿Alguien lo conoce? Eso creo: el afamado Eslabón Perdido, que no es más que una especie que ligaría al simio con el hombre, digamos, un "hombre-animal" (mejor digámosle "animal-hombre").

Fósiles y esqueletos encontrados de estos homínidos de millones y millones de años de antigüedad que, tras ser estudiados, dan la viva imagen de un hombre actual, pero encorvados, muy peludos y todavía más feos que nosotros. Es razonamiento metódico e intensión lógica correlacionarlos con nosotros, o a nosotros con ellos. Pero esa relación es un ideal, una falacia para distraernos. Creo que decir "Ancestro Común" es para hacer una simple referencia a un sujeto que nos es extraño, uno del que todos provenimos, ya sea de forma directa o fabricados por su mano. Empero nadie ha encontrado o visto a este animal-hombre y como buenos humanos nos aferraremos al "ver para creer". El verdadero dilema viene cuando lo vemos, pero ni así lo creemos.

Selección Natural: Es la Teoría de Evolución renombrada después como Neodarwinismo o Síntesis evolutiva, que es lo mismo, sólo se le agrega el asunto de la genética — ¡aburrido! —. Para resumir esto: todos tenemos unas cositas pequeñas dentro llamadas "genes", que van cambiando con el tiempo y estos cambios son los que propician modificaciones físicas en cada especie (las famosas mutaciones). Es así como "evolucionamos". Esto es dependiente de la adaptabilidad, que es provocada e impulsada por la variabilidad del ambiente. Así que, si de pronto hay un cambio en el entorno, sólo aquel que se adapte sobrevivirá. Como una carrera en la que la meta es la supervivencia y el más apto gana. Sin embargo, esta ley no aplica en nosotros los hombres, puesto que a lo largo de nuestra historia ha sido el ambiente al que adaptamos a nosotros, no viceversa: ¿Qué es lo que nos da ese poder?

Por lo tanto, yo creo que "Selección Natural" más bien suena como un proceso de laboratorio, uno en el que bien pueden manipularse estos genes y modificar o crear una especie al instante.

A qué va todo esto: ¿Qué si nuestro "Ancestro común" es un laboratorista y mediante su "Selección Natural" nos creó?

Yo digo: "Seguro es un muy buen laboratorista". Pero ustedes se preguntarán: "¿Dónde deja esto a Dios?". Lo sé, los temas descritos hasta ahora me hacen lucir como inadaptado agnóstico ateo desquiciado, pues éstos parecen excluir a Dios de la fórmula; que será nuestro siguiente tema:

Habrá quienes crean y quiénes no. Yo soy un firme creyente, creo en Dios. Y este tema se resuelve con facilidad:

El que hubiera un laboratorista y con su complejo proceso haya creado a la especie humana ni significa que el laboratorista sea bueno, ni que él sea Dios, ni que Dios no exista. En realidad, no tiene absolutamente nada que ver con Dios, pues Él es algo mucho mayor que un simple laboratorista o un proceso o una evolución. Dios va más lejos. Dios es simplemente el TODO.

Pienso que hay mucho más de lo que nuestros limitados sentidos pueden captar y nuestras cerradas mentes enclaustradas por nuestros egos pensar; y lo que cruce por las suyas, en este y en todo momento, es asunto suyo.

Diego guardó silencio. Clavada la mirada en el cuaderno permaneció largo tiempo sin decir nada. Pasó la hoja, la regresó y la volvió a cambiar, desconcertado. Un segundo después me lo mostró. En la mitad de la página estaba escrito una simple oración:

"A través de los planos, la luz revela las sombras, la causa el efecto, y el principio el final"

Jophiel Quirarte.

—Mi abuelo.

Las siguientes páginas mostraban figuras difusas sin sentido. Eran viejas y atenuadas manchas azarosas a lo largo de decenas

sucumbió y se desplomó sobre sus rodillas. Al chico lo invadió una placentera sensación. Ella se arrodilló frente a él, besó su frente con sumo cariño, con esos labios tersos y finos como la seda, y lo abrazó con amor y ternura. Él comenzó a relajarse, a sentirse cubierto por una cálida y liviana manta de alivio. Esbozó una tenue sonrisa de complacencia, de paz, de orgullo que de pronto se malevolizó y avino una desazón mezcla de confusión y temor, algo iba mal. De pronto las cosas se tornaron oscuras y caóticas. El desconcierto dominó el momento; algo inexplicable sucedería a continuación. La diosa comenzó a sentirse extraña.

Andrés siempre había sido taimado con las mujeres: el talante del muchacho se iluminó maliciosamente.

Katla

Estaba sola, en un lugar y en un tiempo que me resultaba imposible concebir y con la complicada tarea de aceptar mis sentimientos, que más bien me resultaba imposible. Jamás en mi vida había confrontado lo que sentía y mucho menos lo había aceptado. Nunca había sido necesario, pues mi mente siempre había sido mi única guía.

—Ahora… —susurré para mí mientras balanceaba mis brazos avanzaba unos pasos en falso sobre el césped, aún con la extraña sensación de mis músculos acalambrados—. Entonces… —me senté frente a mis árboles—… encuentra el enlace.

Cerré mis ojos y centré mi mente en Diego. Debía primero aclarar qué era lo que sentía, o si en verdad sentía algo por él. Repasé en retrospectiva los momentos que había vivido con él.

«No, nada, no siento nada», me dije.

Recordé entonces las palabras de mi viejo yo: "Deja de ser tan superficial y de negarte a ti misma". Por supuesto, comprendí entonces que no debía concentrarme en él, mi mente siempre había reprimido toda emoción. Debía dejar mi mente en blanco y dejar que mi corazón hablara.

—Afff —suspiré después de unos momentos de intento.

Era inútil, imposible. ¿Cómo forzar a un sentimiento a expresarse? ¿Cómo obligarse a sentir? Era como querer reconocer el color de ojos de una persona a cien metros de distancia. Quizás eso sería una buena idea, pensé. Así que dibujé en mi mente a aquella persona, lejos, pero tanto que ni siquiera podía reconocer si era hombre o mujer.

«Tal vez usando binoculares, o un telescopio…», aparecieron un telescopio junto a mí y unos binoculares en mi mano. Miré a través de ambos, pero ¡la persona seguía igual de lejos!

«Interesante…», razoné.

«¡Diablos!», capté de pronto. Lo hacía de nuevo: usaba mi mente como guía.

«Pero ¡¿cómo evitarlo?! ¡No puedo!»

Tampoco desconectaría mi mente, no se trataba de eso; menos ahora que estaba latente todo aquello del espíritu en armonía.

Usé de nuevo el telescopio y los binoculares. Nada cambió.

«No hay atajos para el amor». Mi corazón dio un vuelco súbito. Aquella persona se había multiplicado por decenas, eran muchos, eran iguales, y aunque las siluetas eran difusas y borrosas ahora podía diferenciar entre hombres y mujeres. Tenía ante mí a las personas con que tenía un lazo más estrecho.

—¡Genial…! —susurré sonriente.

Sentí entonces un minúsculo destello de sensación indescriptible asomar en mi pecho. Un candor suave, impetuoso que al fortalecerse engendró una duda en mi cabeza que nunca me había hecho:

«Qué pensará él de mí. O más bien: ¿Pensará en mi?» me sentía tan extraña, tan diferente… tan bien.

«Ojalá estuviera aquí.»

Diego

Tara pareció perderse en sus pensamientos, recostada y con la mirada fija en el techo. Tan confundido como ella, traté de conseguir alguna respuesta, o al menos algo en mi mente que tuviera sentido. Todo lo que el viejo cuaderno decía revolvía mi mente a tal grado que, de no ser por Tara, me sentiría como en un sueño. Aquel acertijo me hizo recordar a una persona que hacía días no veía: Katla. ¿Dónde estaría ahora? Ella podría ayudar con esa frase, ella entendería de qué trata, ella me mantendría cuerdo en este ensueño.

«La extraño… ojalá estuviera aquí.»

Andrés

Me sentí complacido al disfrutar el roce de aquella extraordinaria y misteriosa mujer. Tan espléndida en todo sentido. Ella, la única que se encontraba fuera de mi alcance, me había besado y la tenía ahora arrodillada, abrazándome y todavía mejor, con la guardia baja.

Había funcionado. La confusión había invadido a la encarnación de la belleza, a la Diosa del Amor y la Guerra Inanna. Mi triskel la había penetrado y desorientado. Me puse de pie con un movimiento parsimonioso, eufórico en mis adentros; ella permaneció pasmada en el piso, arrodillada ante mí.

—Levántate —ordené.

—¿Cómo es que…?

—¡Ahora! —interrumpí. Se levantó sin dejar ver expresión alguna en su rostro.

—Así me gusta —acaricié su perfecta cara como la de un ángel—. Sabes… mi debilidad son las mujeres hermosas, y tú… quítate la túnica…

Sus brazos se movieron; suave lentitud, sensual estremecimiento y lasciva estupefacción conquistaron el momento. Removió el broche con un solo tirón de sus manos. La túnica se deslizó por su espalda, brazos y cadera hasta caer al suelo.

Su espectacular cuerpo de mujer quedó cubierto únicamente por una estola blanca amoldada a su figura, de dos tirantes sujetados con relucientes broches plateados. La prenda era tan escotada que parecía que al menor movimiento algo quedaría al descubierto.

—Tú, mi querida Inanna, llevas a la belleza, a la sensualidad y a la feminidad a un nivel desconocido para el hombre.

—Lo que hace de mí tu mayor debilidad —completó mi frase con su exquisita voz.

Sonreí, asintiendo con ojos encandilados.

—Pero lo compenso con mi mayor fortaleza: conocer la debilidad de las mujeres.

Diego

—Voy a tomar aire —avisé a Tara.

—¡Ok, ahora te alcanzo! —gritó desde el otro lado de la puerta del baño.

Inanna

El chico había logrado un dantesco equilibrio: había complementado su debilidad con su fortaleza; o su fortaleza con su debilidad. Se podría explicar de la siguiente forma: su debilidad era su deseo desmesurado, la forma de satisfacerlo, su fortaleza. Ello le permitía explotar las debilidades de los demás a su antojo. Esa armonía le concedía la capacidad de obtener lo que quisiera de quien quisiera.

Mi cabeza daba vueltas mientras la intriga me absorbía. Debía saber lo que tramaba, así que le seguí la corriente.

Andrés

—¿Me dirás cómo funciona? —preguntó ella aún impertérrita ante mi dominación.

—¿A caso no sabes? ¡Pero si tú me dejaste entrar! Tu amor por mí abrió las puertas y yo lo único que hice fue entrar.

Su semblante comenzó a cambiar.

Inanna

Eso bastó para entender su estrategia: había hecho de mi cariño por él un anatema y lo usó como vía de entrada a mi ser. Insertó en mí su propio triskel, como un virus, en la forma de confusión y temor para desestabilizarme y controlarme. Lo había logrado a través del Beso.

«Ingenioso.»

Diego

Sentía el cambio de presión en mis oídos conforme el ascensor subía a toda velocidad. El viaje se hacía eterno.

Katla

El tiempo corría y este viaje parecía no tener fin.

«Debo apurarme a volver o podría ya no tener un futuro, o un presente, al cual volver.»

El sentimiento de culpabilidad destrozaba mis entrañas. En serio debía apurarme, pero... "no hay atajos para el amor".

«¡Maldición!... ¡Estúpidos sentimientos!»

Respiré profundamente y rebusqué en mi interior.

—¡Aaaaaahh!... ¡Estoy perdida!

Me sentí de pronto como un ratón en medio de un laberinto.

Diego

El ascensor de pronto se detuvo, se sacudió de forma alarmante y las paredes rechinaron con gran fuerza.

«Oh no... ¿Qué pasa?»

Se agitó de nuevo. Otra y otra vez. Después de varios tumbos aquello que parecía sostenerlo fue vencido por la gravedad y cedió. Comencé a caer. Mis pies se despegaron del piso. Ahogado en desesperación me sujeté de los muros.

«¡¿Qué pasa?!»

—¡Ayuda! ¡Alguien! ¡Ayuda por favor!

De pronto frenó en seco. Azoté en el piso alfombrado y sentí un espeluznante ardor gélido consumir todo mi cuerpo, como si hubiera caído en un pozo de agua helada.

Katla

«¿Y si se hace tarde y Diego muere? … ¡Perderé mi enlace y entonces…!»

Se me hizo un nudo en la garganta. La angustia golpeó mi pecho como un balde de agua fría.

«Frío…»

Recordé cuando un enorme androide nos sacaba a Diego y a mí de la nave en llamas de Xia, que caía en picada al agua helada. Al salir, en la orilla del río, él me había envuelto con ternura entre sus brazos. Me había contagiado calor y tranquilidad, cariño y protección. Me había acurrucado en su pecho, y esa sensación me había resultado mágica.

El calor que asomaba en mi interior palpitó.

Andrés

—Correcto… ahora que lo sabes podemos continuar.

Me acerqué a ella, acaricié su cuello y me preparé para besarla. Ella no opuso resistencia. Sin embargo, no podía hacerlo. Me detuve antes de rozar sus labios; no caería en mi propia trampa.

Le indiqué que desnudara con sensualidad, con deseo. Como perro entrenado, ella obedeció. Mordiéndose su labio inferior, en su rostro se expresó una lujuria candente. Se puso de pie mientras que con sus manos acariciaba sus muslos y glúteos, sus brazos y pechos. Me volvía loco. Adquirió una pose deliciosa, provocativa, mientras bamboleaba sus caderas. El ambiente se prendió con un aura de excitación y profunda pasión. Momentos después se desprendió lenta e insinuante de su larga estola. Su idílico cuerpo quedó al desnudo.

Tara

Subí al ascensor y presioné mi dedo sobre el botón que me llevaría a la azotea.

«*"A través de los planos, la luz revela las sombras, la causa el efecto, y el principio el final"*», repasé en mi cabeza la frase de mi abuelo.

«Este acertijo no tiene sentido, no lleva a ningún lado.»

El elevador se detuvo de golpe. Por reflejo me agarré de donde pude y miré hacia el piso. Mi sombra se bamboleaba sobre la alfombra; algunos focos en el techo se habían desprendido y su luz oscilaba en el aire cual péndulos.

«*"La luz revela las sombras"*»

Miré de nuevo al piso. Parecía que mi sombra se movía al ritmo de los foquitos.

«Entonces la luz es la causa de la sombra... ¿o al contrario?»

El ascensor se tambaleo, rebotó de lado a lado y de pronto pareció perder todo soporte: comencé a caer al vacío. Las lucecitas se apagaron. Pronto perdí el piso bajo mis pies.

Envuelta en una extraña oscuridad y con el paso de los segundos se esfumó en mi mente la noción de la gravedad, desconocía si aún caía o si flotaba; incluso cruzó por mi mente la posibilidad de haber caído en otro de esos sueños profundos y reveladores. No podía ver ni el principio ni el final.

El ascensor se detuvo. Golpeé de sopetón en el piso con un fuerte estruendo; sentí mis músculos paralizarse y mis pulmones desairarse. Arriba, en el techo, las lucecitas estaban encendidas de nueva cuenta.

—Uno de estos días, estos elevadores matarán a alguien —suspiré.

Katla

Esa sensación en mi pecho que luchaba por irradiarse hacia todo mi cuerpo se tornó deliciosa y tierna. Me embriagaba con anhelante suavidad y, sosegada por la inmensa paz que transmitía, caí rendida ante ella. Los días pasados con Diego a mi lado habían sido tristemente los más alegres de mi vida. Ese muchacho taciturno, de inexplicable atractivo y sumamente inteligente me había resucitado. Me di cuenta de que ahora él era mi soporte, mi deseo, mi inspiración para continuar en la batalla, mi presente y mi futuro: mi todo.

Reviví en mi mente aquel día en mi habitación cuando caímos, frente a frente, tan cerca el uno del otro, hipnotizados en la profundidad de las miradas encandiladas, deseosos, seducidos. Ese momento en el que deseé con todo mi ser que me besara. Delirante, estúpida, frenética, mi alma jadeante lo esperó con entusiasmo desmesurado durante aquellos segundos eternos. Si tan sólo me hubiera acariciado con la calidez de su aliento habría enloquecido de amor y me habría entregado a él. Lo necesitaba. Necesitaba volver.

La luz se volvió oscuridad y una de las figuras lejanas permaneció iluminada mientras el resto se disolvía en el aire. Mis ojos volvían a abrirse al unísono y así, como por arte de magia, me mostraron el lazo a mí tiempo.

Andrés

La poderosa y extraordinaria Inanna continuaba con su sensual baile. Se acercó parsimoniosamente a la gran mesa de conferencias. Acarició su cuerpo con gran fervor, rozó su piel y agitó su reluciente cabello. Lucía su sensual espalda encorvada con locura y mostraba en ella un enorme tatuaje: unas espléndidas alas de aspecto robusto en la espalda alta que iban adelgazándose conforme descendían por la columna, hasta perderse el punto donde nacían sus vigorosos glúteos. Resaltaban en él brillantes colores plateados con detalladas sombras y texturas entre las plumas, que pintadas con extraordinaria excelencia demarcaban y resaltaban cada rasgo lo suficiente para dar la ilusión de ser reales. Continuó con la danza; agitó sus caderas y muslos. Con el gesto demudado por la violenta expresión de éxtasis impresa en sus majestuosos ojos plateados se subió a la mesa. Verla así, tan fogosa, con cada elemento de su magnífica figura combinada en un ritual de lujuria para mi deleite me hacía derretir por dentro.

Y ahí estaba ella, tendida sobre la mesa a la espera de lo inevitable, deseosa y húmeda.

—Ven —pidió ella.

Me acerqué lentamente, tan deseoso como ella. La sala se cargó de una magnífica esencia de calor que palpitaba fuego por todas partes. Las llamas en mi interior acrecentaban su potencia a cada paso mío, el clímax de mi éxtasis. Recorrí su piel con mis manos, delineando cada parte de su esbelta figura con el roce apenas suficiente sobre la tersura de su cuerpo. La invadieron intensos estremecimientos lascivos, se le erizó la piel y se dobló de placer. Acariciándose a sí misma con suavidad a ritmo sutil, empezó a gemir con vehemencia.

Inanna era ahora mía.

19

Resquemor

Momentos antes

Los miembros integrantes de la Orden permanecían reunidos en la mística ciudad de Erek, dentro del cuartel bajo tierra erigido bajo la supervisión de Enki e Inanna hacía varias generaciones: la ciudad subterránea de Keor. Caracterizada por estar tallada directamente en la piedra caliza de las monumentales estalactitas de tamaño catedralicio, reforzadas para soportar pesadas cargas y potentes embistes, la adornaban exquisitas estructuras como cavernas, ríos caudalosos, infiltraciones de agua, sedimentos de minerales relucientes, puentes rocosos y precipicios, cuyos magníficos detalles como bordes, delineados, surcos, arcos, muros, pasillos, balaustradas, pinturas, murales, luces sepulcrales, calabozos y ornamentos de arquitectura similar a la gótica resultaban tan majestuosos que parecía una urbe surrealista; engalanada con pomposos jardines, fuentes, riachuelos y cascadas perfectamente equilibradas en tamaño y volumen que con suma minuciosidad ocupaban sus espacios. El agua filtrada desde la superficie era guiada escrupulosamente mediante los labrados y surcos en la roca a través de toda la estructura pétrea que constituía a la mágica ciudad. El vital líquido era desaguado en el manantial, espejo que desde las profundidades de la caverna reflejaba luz y paz. La transparencia y la pureza del agua era la más prolija y pura que existía.

La mágica ciudad se hallaba ubicada decenas de metros bajo el lago, debajo del Lotus, tallada artesanalmente en las subterráneas paredes y en las grandes concreciones calcáreas del techo y del suelo de un ecuménico acuífero cuyo manantial central recibía las aguas provenientes de las nevadas cumbres de la cordillera. Fluían a lo largo de numerosos ríos hasta el Valle de Erek, donde sus afluentes formaban dos ríos mayores que bordeaban la ciudad y se filtraba a través del subsuelo hasta llegar la magna cavidad.

Centenares de chimeneas y tomas de aire la comunicaban con la superficie. Cuidadosamente diseñadas en tamaño y posición éstas funcionaban también como conductos por donde los haces de luz penetraban hacia la ciudad. Estas chimeneas generaban maravillosos espectáculos de luz y sombra en determinados momentos del día. Proveían de una iluminación diáfana, afable y divina provocada por los concentrados rayos luminosos que rebotaban y reverberaban en el enorme espejo de agua en el fondo. La luz se fundía con las cascadas que, serenas y parsimoniosas, se cernían en la profunda oquedad. La altura dispersaba las partículas de agua, que resplandecían como diminutos cristales y formaban arcoíris maravillosos al medio día; las diminutas gotas eran arrastradas por suaves brisas, se dispersaban en el aire y conformaban así una diluida bruma mística que esparcía la luz y humidificaba el lugar en perfecta dosis.

Doce estalactitas que pendían como colosales carámbanos de roca, doce estalagmitas que surgían desde las profundidades como imponentes peñascos, incontables cavernas talladas en las paredes como artesanías invaluables, todo interconectado entre sí a través de poderosos puentes colgantes de madera, metal, cuerda o roca sólida, constituían la sobrehumana urbe.

Encerrados en una de las salas principales, con aspecto de cripta más que de salón, en la punta de la gigantesca estalactita mayor, hablaban los inquietos miembros de la Orden:

Hela

—¿Qué estamos esperando? —pregunté desesperada por el encierro que corría ya en su quinto día. —*Nada* —se quejó Aria. Cinco días en cautiverio y ningún tema había sido discutido.

—Estamos dejando que las cosas fluyan —dijo Enki después de varios segundos.

—¿Aquí sentados…? —preguntó Varick.

—¡Ja! —carcajeó Enki, sorprendiéndonos a todos su repentina expresión —Allá arriba esos chicos comprenderían mejor esta situación que ustedes —espetó. Guardamos silencio por un largo rato.

—Quisiera hablar con Andrés —anunció Inanna. Salió de inmediato y desapareció por el pasillo escaleras arriba.

—¿Qué pasó con "que las cosas fluyan"? —se quejó Henry con envidia. Enki sonrió con sutileza y entornó los ojos hacia Henry. Fue lo único que necesitó hacer para calmarnos a todos.

—Están por fluir —dijo con tranquilidad—. Yo iré con las niñas —agregó momentos después.

—Quisiera hablar con el chico —dijo Víctor, pidiendo permiso a Enki para salir, quien detuvo la marcha sin decir nada a la espera de una explicación, como solía hacer.

—Yo lo metí en esto… —empezó Víctor con su explicación.

—Bien. Hazlo— concedió Enki de pronto.

—Pero habías dicho que… —rebatió Aria, quien se levantó como un resorte.

—… sé lo que he dicho mi querida Aria. De igual forma conozco de la situación del chico y del amor que por él sientes; es inoportuno que le hables, por ahora. —Aria volvió a sentarse cabizbaja y, juraría, sonrojada.

«Atrae a la chica loca que salvó Londres, a mi hija y ahora a Aria al igual que a su hija… ¿qué les hace este niño? ¿Qué ven en él?»

—Andando Víctor. Los demás permanezcan en la ciudad.

Fue su última palabra. Por lo menos ahora podíamos salir del salón.

Víctor

—Estos chicos tienen potencial, Víctor. Puedo sentirlo —afirmó Enki de camino hacia la superficie.

—Lo dices como si no creyeras que fuera posible

—Lo digo con la gran satisfacción de saberlo posible.

Entramos en uno de los ascensores.

Un extraño sentimiento de gran alegría mezclada con melancolía me invadió y comprendí a lo que se refería. De pronto descubrí en mí una realidad que había ignorado toda mi vida: mi hija era la única gran satisfacción que tenía. Tara era además la única de las Iniefin que había logrado superar por sí misma la barrera que a todos atormenta y encierra en nuestros pequeños mundos. El resto de los conocidos, incluso Aria que había resultado siempre la más capaz y sagaz, habíamos necesitado de cierta ayuda.

—Ella es lo que este mundo requiere —dijo Enki irrumpiendo en mis pensamientos.

Las puertas del ascensor se abrieron.

—Habla con ella. Déjala saber que tiene un padre que la ama; hazlo ahora —agregó avanzando por el largo pasillo hacia las cámaras de práctica.

—Lo haré cuando llegue el momento —contesté.

Apenas terminé de hablar, las puertas se cerraron, las luces parpadearon y después de dar varios trompicones agitados dentro del ascensor, éste emprendió una abismal caída libre. Busqué alguna vía de escape entre destellos y jaloneos envuelto por los chirridos producidos por el roce de los metales entre las estructuras. Presioné todos los botones de la barra: ninguno respondió. El ascensor generaba un desquiciante aullido al deslizarse a toda velocidad por los rieles férreos, pronto tocaría suelo y no había forma de detenerlo. Unos segundos después el ascensor crujió. Metal y tierra restallaron ensordecedoramente en el aire estrellándose en el fondo.

Me dolía todo el cuerpo. Sin poder moverme miraba hacia el techo del ascensor partido por la mitad, retorcido, completamente destrozado conmigo en su interior prensado entre pedazos de fierro desquebrajado. Perdí el conocimiento.

Abrí de nuevo los ojos. ¿Cuánto tiempo había pasado?

Una hermosa niña de ojos verdiazules se acercaba:

—¡Papá! ¡Papá! —gritaba desesperadamente con lágrimas rodando por sus mejillas— ¡Háblame! ¡No me dejes! —con su cálida mano acarició mi rostro.

Sentí el frío acumularse dentro en mi pecho. Mi cuerpo insensible no respondía a mis intensiones de moverme. La debilidad carcomió la luz a mi alrededor que comenzó atenuarse y mi corazón, perdiendo su fuerza, lentamente perdió ritmo, vigor. Eternos segundos después, exhaló su último latido.

Aria

—Así que te gusta este chico, ¿eh? —se acercó Hela con tono amargo en un intento por fastidiarme.

—Habla cuanto quieras. Eso no cambia el hecho de que te equivocas —contesté impasible.

—Tienes ciertos… cómo decirlo… sentimientos, por el mismo chico que tu hija. ¿No te da vergüenza? Bien podrías ser su madre —encajó sus palabras con verdadero esmero en hacerme enojar.

—Deberías tratar de entender lo que acaba de decir Enki en vez de preocuparte por nimiedades —respondí. Su gesto cambió totalmente por uno de intriga.

Satisfecha por habérmela quitado de encima, me dispuse a hacer los últimos preparativos de Tara. Su cumpleaños se acercaba y debíamos celebrarlo en grande ya que el anterior había resultado un completo desastre.

—De qué hablas —preguntó tajante deteniéndome con su mano.

—"Hacer fluir las cosas"... —dije burlándome en tono de obviedad —... deberías saberlo... pero oh, claro, la impetuosa e intempestuosa Hela no se detiene a pensar en nada, no lo necesita —respondí con la misma fiereza. Su respuesta: una mirada de fusil acompañada por una cara enrojecida por el coraje.

—¡Estas a tres segundos de perder esa hermosa carita tuya! ¡Habla! —gruñó sujetándome por la ropa del pecho.

—Tres... dos... uno... —la reté con la mirada y con las manos extendidas a la espera de su reacción. El fuego se encendió en todo su ser. Estrujó sus puños en mi pecho con tanta fuerza que sus dedos crujieron ardorosos.

Víctor

Debajo, en la subterránea ciudad de Keor, se llevaba a cabo el funeral de uno de los miembros de La Orden.

Dispuesto en una de las gigantescas estalactitas a modo de una excavación conformada por varios niveles a lo largo y ancho de la estructura rocosa, el enorme cementerio, por ahora en su mayoría tan solo una serie de terrenos baldíos, se desplegaba como un terreno prístino, como un vacío presagio de un futuro poco alentador. Se percibía en el ambiente una lobreguez sosegada. Alumbrados por la tenue luz desde lo alto de los techos se precipitaba vivaz sobre las hojas amarillentas de los árboles que franqueaban los estrechos senderos a lo largo y ancho de los campos.

La ceremonia, realizada más por simbolismo que por tradición, se limitaba a empotrar en la tierra una lápida con el nombre del difunto y un epitafio; muchas veces del cuerpo físico no se disponía. Un par de muchachos se encaminaban hacia una multitud aglomerada alrededor de una de las solitarias tumbas. Caminando tras ellos me aproximé a la luctuosa ceremonia. La chica era mi hija; el muchacho, Diego. Ninguno en la multitud notó mi presencia. Me asomé por entre las cabezas y hombros de los presentes y alcancé a ver lo que aparecía labrado en la losa:

"Así como una jornada bien empleada produce un dulce sueño, así una vida bien usada causa una dulce muerte[9]"
"Aquí yace Víctor Quirarte"

—¡No! ¿¡Cómo…!? ¡No! ¡No…! —grité perplejo, confuso con el temor que cimbraba mi pecho y hasta las profundidades de mi ser, enmudecido ante la confusión que aumentó al sentir mis labios moverse y mi garganta estrujarse sin producir sonido alguno.

La gente se dispersó. Sólo permanecieron ambos chicos, desasosegados, mirando la lápida. El gesto de Tara súbitamente se tornó sombría y melancólica, después, lágrimas anegaron sus ojos que apenas lograban contener el llanto cuando el chico dijo:

—Te amaba.

—No lo sabría —aseveró Tara con desdén expreso en su entrecortada voz.

Diego la envolvió entre sus brazos. Largo tiempo permanecieron en silencio. Más allá, bajo un árbol, dos personas más hablaban entre sí: Enki e Inanna. De pronto hicieron una seña sutil, apenas perceptible, para que me aproximara a ellos. Avancé inquieto e inseguro; ¿podían verme?

—¿Qué sucedió? —pregunté enmudecido, cuya sensación me turbaba.

—La muerte te luce bien —sonrió Inanna.

---

[9]   Da Vinci

—¿Bromean? ¿Es este otro de sus trucos? Sí... ¡Eso tiene que ser! ¡No puedo estar muerto! ¡No!— grité ahogado, desesperado.

—Para mí parece muy real... —habló Inanna borrando la sonrisa. Y luego de unos instantes continuó con severidad en su voz—... dentro de unas horas todo comenzará; los aciagos días se cernirán profundizando aún más la tenebrosa oscuridad de la noche. La resistencia ha perdido a uno de sus más pródigos y destacados elementos en el momento más crítico. Tu muerte causó desconsuelo, enervación, incertidumbre, desesperanza. Ha desencadenado una serie de eventos que amedrentará el brío de nuestras fuerzas: trastornará la mente de los miembros de La Orden, zanjará el espíritu de tu hija, abstraerá a Katla; todo el Proyecto Iniefin, todo por lo que hemos perseverado, será desgarrado.

—El recuerdo se esfumará; de la historia su nombre se borrará y yacerá en la fría tierra la carne muerta de aquellos que su momento en vida dejaron pasar, como hiciste tú —habló Enki.

—Pero... ¿qué momento? —pregunté confuso.

—Justo antes de tu muerte, en el elevador fuiste advertido —explicó.

Mi alma se quebraba y crujía estrepitosamente.

—Pero... pero... ¡No tuve oportunidad! ¡Apenas saliste del elevador se averió y cayó! ¡No tuve tiempo! ¡No pude! ¡Juro que iba en camino! ¡Pero no pude! ¡No tuve tiempo...! no tuve, no tuve... no... oh Dios— atormentado caí al suelo mientras golpeaba la tierra con fuerza, lamentando mi desgracia, impotente al no poder gritar, al no poder desahogar mi resquemor.

—¡Por favor, por favor, tienen que hacer algo...! ¡Yo...! —supliqué.

A mis espaldas los jóvenes se aproximaban. Cuando estuvieron cerca logré escuchar lo que decía mi hija con voz enternecida:

—¡Deja de molest…! —sorpresivamente el teléfono timbró de nuevo. Respingué por el susto, solté el teléfono que cayó al suelo y retrocedí unos pasos.

—¿!Qué demonios¡?

La máquina continuó estremeciéndose. El engorroso timbre retumbaba incesante en los muros, lo que levantaba un atronador ambiente de ruido y caos.

—¡Es suficiente…! —con un gruñido me acerqué con paso decidido. Pero en un descuido mi pie se atoró con una arruga de la alfombra y tropecé. Caí de frente y mi cabeza golpeó contra la mesa. Luego perdí el conocimiento.

Pasado un tiempo abrí los ojos. El teléfono continuaba su fatídico campaneo. Me arrodillé lentamente y me erguí sin premura. Alcé la mirada y entonces mi corazón dio un gran vuelco: del otro lado de la mesa, detrás del teléfono, como una imagen en un espejo, estaba yo.

—¿Me extrañaste? —rió.

El teléfono desistió.

—¿¡Qué demonios has hecho!?

—Así que reconoces dónde estamos a pesar de mi "remodelación".

—Es una mierda —desprecié.

—Me alegra que te guste —sonrió irónica.

Largos instantes de silencio irrumpieron en La Recepción.

—Así que… ¿para qué me has traído de vuelta? ¿Para pisotearte de nuevo? ¿No tuviste suficiente la vez anterior? —pregunté con acritud.

—En realidad, para agradecerte. Verás… gracias a ti entendí quién soy, quién puedo ser, quién seré.

—¡JA! ¡Pero si todos sabemos quién eres: la pobre niña ilusa e ingenua que siempre serás!

—La intimidación no te funcionará, ya no más… —dijo con firmeza—. A diferencia de ti, yo no desperdicié mi aprisionamiento en este lugar.

—¡Así parece! —resollé mirando alrededor —¡Construiste una repugnante "Recepción de Hotel"; vaya falta de creatividad la tuya! —gruñí clavando en su apaciguada mirada mis desdeñosas palabras. Sin embargo, no se inmutó y continuó hablando:

—Era aquí un lío de pensamientos e ideas encontradas, contradictorias entre sí. Pude visualizar aspectos de mí que ignoraba, aspectos que deseaba míos con ímpetu pero por más que buscaba no los encontraba más que en ti. Fue entonces cuando me di cuenta de la verdadera importancia de lo que dijiste: "La conjunción de todo aquello que callas, reprimes, evitas y niegas, es lo que me conforma"; eso aplica para ambas. Y si alguien es repugnante, da lástima y desperdicia nuestro potencial, somos también ambas las que lo hacemos al limitarnos la una a la otra. No podemos negar quien somos.

Hizo una breve pausa y continuó:

—Intenté diferentes formas y modelos para comprender aún mejor: lugares, objetos, edificaciones, incluso llenar el lugar con proyecciones de múltiples personas. Pero aún con palabras de sabiduría y con puertas y ventanas abiertas, no podía salir, no había forma de escapar. Comprendí que no podría resolver esto por cuenta propia. Me hacía falta algo, me hacías falta tú; pues somos ambas una misma. Así que me dispuse a entender mejor nuestro yo, a entender mi alter ego, a entender-te.

—Vaya que te ha afectado estar aquí. ¡Te has vuelto loca! ¡¿Tú, entenderme?! —me mofé —¡Nunca…! ¡Nunca podrás…!

—Mejor es que tratemos o jamás saldremos de aquí —me interrumpió tajante—. No hay manera de librarme de *mí* o tú de *ti*: cada quién está condenado a vivir consigo mismo.

—Así que nos encerraste, nos condenaste a esta prisión en tu afán de…

—… de lograr nuestro equilibrio, nuestra armonía.

—Estás más loca de lo que pensaba —resoplé—. Aunque debo aceptar que eso me cautiva; finalmente muestras agallas

—concedí—. Está bien, de acuerdo; muero de ganas por saber qué sale de esto.

Estaba de pronto entusiasmada, sumamente excitada ante la incertidumbre. Complacidas, ambas sonreímos.

—Nuestra única manera de subsistir es coexistir. Y, amén de esto, le di forma a este lugar: agregué estructura, eliminé residuos y organicé fundamentos para crear, no una "Recepción de Hotel", sino una "Inspección de Nuestro *Ser*". Disponiendo de habitaciones que nos orientarán en el laberinto de quien somos, de una piscina que refrescará nuestras memorias, de un sótano que nos guiará a nuestras profundidades, de escalinatas que en su momento nos llevarán a otros niveles y de este teléfono, que es nuestra única vía de salida; cuyo timbrar marca nuestro límite de estancia en...

—Nuestro Hotel —comprendí. Fue entonces que se trazó otro elemento de la Recepción. Mas allá apareció el mostrador. Ella asintió sonriente.

—Por suerte para nosotras, no estaremos solas. Tendremos un lazarillo que nos guiará— anunció.

—Creí que habías dicho que sólo nosotras éramos capaces de...

—Así es, pero un faro que nos indique el camino no nos vendría nada mal.

—¿Quién tendría la capacidad de hacer eso? —pregunté incrédula.

—Lo único que tenemos en común.

Detrás del mostrador apareció un muchacho alto, atractivo, de aire pasivo: Diego; ataviado con un elegante traje ajustado que recubría desde su cuello hasta sus tobillos del mismo tono grisáceo que nuestro entorno.

—Qué hay chicas —saludó vehemente.

Su simple presencia evocó en mí una gran emoción al instante. Impulsada por un singular deseo, como si hubiera pasado mucho tiempo sin verlo, me abalancé sobre él con intensiones de abrazarlo. Ella tuvo exactamente la misma reacción y se lanzó sobre Diego. Pero impedidas fuimos repelidas por una extraña fuerza.

—¿Qué ocurre? —pregunté desilusionada.

—Polos opuestos se atraen, como ustedes. Pero aquí dentro ambas son una misma batería —terció Diego.

—Vaya —resopló ella—, eres más perspicaz aquí que allá afuera.

—Soy solo una representación creada por su mente —dijo caminando hacia una de las puertas.

—Antes de entrar las nombraré para diferenciarlas —dijo—, tú serás Ta, tímida y apagada... —la señaló a ella—, y tú serás Ra, rebelde y agresiva —digo con su mano apuntada hacia mí.

Acto seguido abrió la puerta. Dentro, no era más que una habitación ordinaria.

—Entren —ordenó Diego.

—También eres mucho más noble allá afuera —gruñí.

—Soy tú proyección— rió señalándose a sí mismo.

Al cruzar el dintel, grabado con la palabra *"Fariseo"*, de la primera habitación, también de trazos caricaturescos y tintes grisáceos, ésta cambió: se inundó súbitamente por una capa de neblina; el suelo se esfumó y se convirtió en la corteza terrestre; las camas tomaron la forma de la Luna y la Tierra; el foco se transformó en un Sol, lejano como un disco y desapareció tras el horizonte y las lámparas se transformaron en millones de estrellas en el techo y paredes. La Luna, desde el extremo izquierdo, emanaba una luz mortecina que iluminaba la Tierra en crepúsculo.

Girando a gran velocidad, la potente luz del Sol ganaba terreno poco a poco desde el piélago, al fondo de lo que había sido la habitación. Luego la superficie bajo nuestros pies se convirtió en un terreno lodoso, aún invadido por la neblina, y comenzó una intensa tormenta ensordecedora. Nosotros nos encontrábamos cubiertos por un techo flotante en medio de la nada. Tras un espontáneo relampagueo, nuestro ropaje cambió por uno de pesadas y abrigadoras telas oscuras tan gruesas y toscas que apenas me dejaban mover. Mantener el equilibrio se convirtió en una labor complicada por el resbaladizo fango que pisábamos. Tortuosos vástagos emergían del lodazal agitados por el ventarrón que se había soltado como una intensa refriega. Comencé a sentir un gran temor, una acuciante angustia aunada a la imperante inseguridad creciente provocada por los súbitos y turbulentos cambios del entorno.

—¡¿Qué está pasando?! —gritó Ta abrazándose a sí misma, invadida por el mismo recelo.

De pronto un potente crujido recorrió la habitación. La tierra a nuestro alrededor se congeló, en los bordes del techo se formaron grandes carámbanos de hielo que se desprendieron rápidamente y se precipitaron al piso provocando mortificantes estallidos que al desquebrajarse lanzaban astillas de hielo afilados por todas partes. La lluvia se tornó en una ventisca caótica cuyos ventarrones cambiaban de dirección a cada momento; el frío que calaba hasta los huesos era desgarrador a pesar de la gruesa capa de ropa que traía. El crujido y los estallidos gélidos aumentaron de intensidad. Un instante después el techo pareció desgarrarse como un delicado velo y se dispersó en mil fragmentos que volaron por el oscuro cielo y se perdieron en la profundidad distante. A su ruptura, una cálida e intensa luz tuvo lugar. La tormenta y el frío atenuaron rápidamente y el entorno quedó cubierto por una luz blanca. A mi alrededor permanecían Ta, Diego que se mantenía impasible e impertérrito y el marco de la puerta por la que habíamos entrado, suspendida en el espacio sin bases ni puntos de sostén. Parecía que habíamos superado la primera prueba

—Eso fue fácil —exclamé. Ambos entornaron los ojos con un resoplido escéptico.

Nuestra ropa cambió de nuevo por la que traíamos al principio, el top y mallones ajustados. Diego sonrió y se encaminó hacia la puerta y desapareció al atravesarla. Los seguimos. Al otro lado nos encontrábamos de vuelta en La

Recepción. El lugar se había esclarecido un poco y, ahí, de pié en el centro del salón, se encontraba Andrés.

Ta, de pié junto a mí, y yo nos miramos incrédulas. ¿Proyección de quien sería aquella? No importó por mucho tiempo: Andrés, sin decir una palabra, se abalanzó sobre nosotras y agarró entre sus manos un pecho de cada una de nosotras. Al sentir su mano estrujándome, me invadió una súbita calma y paciencia, todo lo contrario a como normalmente habría reaccionado. Ta, en cambio, pintó en su rostro un gesto fúrico que le coloraba la piel de un rojo carmín intenso. Andrés, desconcertado, nos liberó y ambas exclamamos al unísono, pero en nuestro respectivo tono, uno pasivo y otro agresivo:

—Te arrepentirás si vuelves a tocarme.

Andrés entonces desapareció.

Sin más, Diego se encaminó hacia las escaleras que bajaban. Al final de éstas, una colosal puerta doble de gruesa y pesada roca se alzaba imponente ante nosotras. Diego la abrió con grandes dificultades y entró. Entre las jambas se leía un labrado: *"Abismo Infinito"*. Cruzamos y de la misma manera que en la primera habitación, el entorno cambió:

Era la penumbra más penetrante y profunda que jamás hubiera visto. No hacía frío, no hacía calor. Un fino, blanco y ajustado ropaje nos cubrió prácticamente todo el cuerpo. Apareció frente a mí una simple imagen, un tanto abstracta, pero reconocible: era yo. Era exactamente igual a mí. Miré a mi lado, Ta parecía tan absorta como lo estaba yo. Había tres de nosotras.

—Esto *fue*, esto *es* y esto *será*. Esto, una manifestación de nosotras, significa una antología del *inconsciente* —habló aquella clon de nosotras con voz rígida y mirada adusta.

—Pero… pero si no hay nada aquí —dijo Ta, nerviosa, con la mirada puesta en los enormes paneles que corrían detrás de ella; todas repletas de complejas figuras, de infinitos colores y de extrañas representaciones sin sentido.

—Eso es exactamente lo que hay aquí —replicó la imagen con brutalidad.

—¡No entiendo! ¡No entiendo nada! —protesté.

—Son tus instintos y deseos, tus traumas y temores; manifestaciones puras y verdaderas que encontrarán sentido aquí abajo —soltó con una risa penumbrosa.

—¡Déjanos salir! —gritó Ta cayendo sobre sus rodillas.

—¡¿Donde está Diego?! ¡Responde! —grité con una sensación de abatimiento intenso subiendo por mi espalda, acompañada por una tristeza extrema y una melancolía que me hería desde mis adentros.

—¿Qué… qué haces? —pregunté con incontenibles lágrimas en los ojos ofuscada por la confusión. La repentina invasión de corrosivos e inexplicables lamentos despostillaban cada rescoldo de felicidad y alegría en mi interior.

—¡Por favor! ¡Por favor para! Detente… por favor —suplicó Ta entre gimoteos y gemidos cuyo tono iba en declive.

—Déjanos… déjanos salir por favor —sollocé con los ojos anegados en lágrimas secas que no lograban liberarme de la monstruosa y lacerante sensación que gritaba en mi pecho, que me sofocaba y extinguía poco a poco el evanescente latido de mi corazón. Todo lo que temía, lo que anhelaba, lo que me avergonzaba, podía percibirlo en mi interior proyectado desde aquella imagen idéntica a mí en medio de la nada. De pronto la idea de la muerte atravesó mi mente. Me convencí abruptamente de que sería la mejor, y única, forma de alivio, la única ruta de escape. Quería suicidarme, debía hacerlo. Mi corazón abrazó la noción con un inmediato fragor de ansia. Me sorprendí a mi misma buscando en mis alrededores una forma de acometer aquel suicidio.

—Afrontando la realidad, sólo así… —declaró la aberrante imagen de mí—… sólo así se hallarán en el infinito mar de su ser.

—¿Realidad? ¿Cual realidad…? —preguntamos al unísono con apenas un hilo de voz mientras nuestros cuerpos se contorsionaban en el suelo invisible. La voz se esfumó en el vacío, vacío en el que se entremezclaron súbitamente la abstracta imagen de aquellas insoslayables verdades, imagen en la que mi compungido cuerpo y el de Ta se fundieron. La imagen cobró vívidos colores y nítidos detalles y, de alguna forma, lo entendí: estaba manifestándose todo nuestro ser, un ser completo hecho de cuerpo, mente y espíritu. Esa magnífica efigie se acrecentaba en medio de la penumbra, iluminándola con pesadumbre. Después, poco a poco, empezó a desfigurarse y tras unos segundos se había transformado en otro alguien: era Diego.

—¿Por qué tardaron tanto?... ¡Cielos! ¿¡Están bien!? —preguntó preocupado.

Ta y yo respirábamos de manera sofocada y agitada mientras nos retorcíamos tendidas en la alfombra de La Recepción, que había adquirido más brillo y claridad. Aliviadas por su presencia, saltamos ambas sobre su inclinado cuerpo y lo apresamos entre nuestros brazos, inmensamente alegres. Poco a poco, ella y yo lográbamos acercarnos más entre nosotras.

—Chicas, deberíamos continuar —dijo con voz estrujada entre nuestros brazos, todavía distanciados por aquella extraña fuerza. Asentimos con lagrimas en los ojos y Diego se encaminó hacia una puerta, simple, de tamaño normal, hecha de cristal tras la cual no se podía ver nada. En su marco se leía: *"Anales"*. Al acercarse, se partió en dos abriendo paso. Cruzamos y, apenas nuestros cuerpos se encontraron del otro lado, nos topamos con una nueva prueba.

Diego nos devora con la mirada. El vestuario de Ta se redujo a un diminuto y revelador bikini y el mío a un conservador traje de baño de una pieza que resaltaba mis curvas.

—¡¿Qué es esto?! —exclamó furiosa, cubriéndose con brazos y manos.

—Un... un muy provocador y revelador... —tartamudeó Diego sin apartar la vista.

—¿¡Tú lo has hecho!? ¡Quítalo!

—¡No fui yo! ¡Pero con gusto lo quito…!

—¡No, olvídalo! —agitó las manos desesperada.

—Te vez bien —concedí.

—No entiendo, yo soy la conservadora y ella la exhibicionista ¿¡Por qué me ponen esto a mí!?

—Recuerden que sólo soy un guía, no dicto lo que aquí ocurre —aclaró de nuevo. Ella resopló resignada.

—Bien chicas. Es hora de que se refresquen en la maravillosa tibieza de sus memorias —dijo al pié de una enorme piscina, engalanada con pequeñas cascadas en todo su rocoso borde y agua clara en la que no se veía profundidad alguna. Rodeadas por una espesa vegetación selvática en la que resaltaban todavía los trazos caricaturescos y los tonos grisáceos.

Sin más, nos lanzamos al agua:

Tras el barrido de las burbujas que cosquillearon por mi cuerpo, aparecí en un cuarto lúgubre con paredes de madera oscura. Allá, cercano a una pared, había un fino tocador sobre el cual había un periódico, la fecha: 1944. Junto a éste había algunos pergaminos apilados. En el de hasta arriba venía trazado a lo largo de la hoja un esquema de un extraño aparato discoide, como el de una nave, y al calce de éste una escritura de extraños triángulos y puntos; la reconocí, por clase de CDM, como la Escritura Templaria. En el siguiente papel, debajo de ese, alcanzaban apenas a vislumbrarse antiguos trazos de escritura cuneiforme. Cerca de estos papeles se alzaba un espejo de tres cuerpos en los que se reflejaba la imagen de una preciosísima mujer de cabello muy largo recogido en una cola de caballo. Nuestro cabello de pronto emuló al de ella y la vestimenta de aquella época. La hermosa mujer entonces, con lentitud inusitada, entornó su mirada a través de los espejos y posó aquellos ojos dorados y siniestros sobre nosotras.

Un súbito impulso que pareció acelerar el entorno hizo cambiar el panorama: vestidas ahora con pesadas cotas de maya debajo de un manto blanco, armadas con una espada al cinturón de cuero, estábamos de pie en la cámara principal dentro de un maravilloso Templo de piedra rodeadas por doce columnas. Ante nosotras, nueve hombres vestidos como nosotras entablaban conversación con un décimo hombre que portaba un báculo, ataviado con elegantes telas, como un rey o un sacerdote. De pronto, uno de esos hombres giró la cabeza y pareció mirarnos directamente.

Al contacto de su mirada con las nuestras, un nuevo impulso repentino provocó el cambió de la escena: nos encontrábamos sobre una gran isla en medio de un precioso lago vestidas como del pueblo mexica a nuestro alrededor. El gran Templo Mayor se erguía radiante y colosal ante nosotras. El entusiasmo colectivo me contagió. Detrás, un grupo de soldados de aspecto estoico ataviados con relucientes armaduras y cascos marchaban sobre sus cuadrúpedas bestias a través de la Gran Calzada. La emoción en mi pecho hacía estallar mi corazón de euforia: ¡los Dioses arribaban a la ciudad! El júbilo del refocilante recibimiento por parte del pueblo me contagiaba. Me paré de puntillas para intentar ver mejor. El desfile de los caballeros con armaduras de hierro era verdaderamente impactante. Pero entre ellos una persona resaltaba por ser diferente a ellos, muy parecida a nosotras: una mujer morena con ropaje prehispánico marchaba junto a los Dioses. Avanzó unos pasos en medio del tumulto y, cuando estuvo bastante cera, nos miró.

El impulso luminoso que transmutaba la realidad sobrevino de nueva cuenta: esta vez estábamos de pié sobre las aguas de un inmenso mar. A unos trescientos metros de distancia se alzaba la bahía y, poco más allá, una espesa jungla. De pie, al borde del agua, donde la fuerza de las olas se extingue para retornar al mar, se encontraban veinte seres que me resultaron extraños desembarcando en la playa. Caí en la cuenta de que su rareza era que, a pesar de la distancia, se lucían muy grandes. Nos aproximamos en uno de los botes salvavidas y pude verlos mejor. Efectivamente eran enormes, de aspecto recio y decidido cuya piel marcaba diminutas laminas, como pequeñas escamas de serpiente a lo largo de sus poderosos cuerpos semidesnudos. De

ellos, en sus espaldas, finas cortinas emplumadas de exquisitos y
rebuscados detalles plateados y dorados revestían las partes altas
que adelgazaban conforme caían hacia la arena, por detrás de sus
muslos. Nosotras, cubiertas con apenas un taparrabos cerca de
ellos, tratamos de captar la imagen de todos. Uno de los veinte
me pareció conocido. Escudriñé su rostro por un momento
cuando caímos en otro impulso y momentos después estábamos
en un desierto, al atardecer.

Detrás de nosotras, un inmenso ejército se alistaba para
la batalla con ensordecedores clamores de guerra. Equipadas
con hermosas armaduras adornadas con rebuscados detalles
liderábamos las huestes de un inmenso ejército a punto de batirse
en batalla. A nuestro lado se encontraban algunos de los gigantes
que antes habíamos visto en las playas del nuevo continente. A la
distancia, las pirámides de Egipto, con aspecto reluciente y vivo
como nunca las había visto, se alzaban imponentes, colosales
cuales fueron en sus místicos orígenes. Rugidos de imponente
estruendo avivaban el fragor bélico de la atmósfera. La tierra
bajo mis pies vibraba y se cimbraba bajo el azote de lanzas y
escudos de miles y miles de hombres enardecidos dispuestos
para la batalla. Los ánimos se calentaban y los espíritus ardían
con la avidez de un perro hambriento. Clamaban muerte,
victoria y gloria.

Una de las gigantes, hermosísima de rasgos finos y rizados
cabellos dorados, avanzó al frente de su formación flanqueada
por un par de titánicos leones fuertemente equipados con pesadas
armaduras resplandecientes emitiendo un desgarrador alarido. El
mar de hombres tras ella se movilizó a la zaga de su líder. El roce
de las armaduras elevó un cascabeleo terrorífico, el azote de las
botas de innumerables seres al pisar la tierra levantó una cortina
de polvo a través de la cual se percibía el tronar de los cuernos
de guerra con su mágico llamado. El estrepitoso marchar de los
soldados provocaba una horrorosa trepidación el suelo.

Agitaban y contagiaban mi alma de un imperante deseo de
lucha. Mi corazón y mi mente latían dominados por la poderosa

influencia de la bombeante inyección de adrenalina provocada por los bramidos de la batalla que a cada segundo se encarnizaba más y más. Entre los miles de soldados que se abalanzaban unos contra otros destellaban poderosos rayos que impactaban grandes masas provocando aterradores zumbidos estrepitosos. De pronto sobresalieron gigantescas criaturas leoninas con cabeza de carnero o de halcón abalanzándose sobre los impotentes soldados. Después, como una súbita tormenta, desde el cielo aparecieron luminiscentes antorchas dejando candentes estelas tras de sí: llovían meteoros que restallaban al impactar tierra. Producían campos de fuerza que arrojaban por el aire infinidad de cadáveres y arena bañada en sangre.

La encarnizada batalla aumentó rápidamente de tono; soldados humanos, majestuosas criaturas y colosos se batían en cruenta contienda a muerte.

De pronto, tras el estallido de un meteoro que golpeó una duna cerca de nosotras, salimos despedidas hacia los cielos. Perdimos la armadura y aparecimos vestidas con togas, dotadas de un par de alas como las de los gigantes. Flotábamos sobre las nubes, por encima de la gran batalla, donde se llevaba a cabo otra intensa escaramuza. Innumerables naves de guerra acompañadas por grandiosas aves de fuego se batían entre sí en medio de un mar de llameantes destellos y ensordecedoras explosiones que teñían el viento con un tinte rojizo. Se produjo otro estallido en las proximidades y con otro impulso salimos despedidas aún más arriba. Nos encontrábamos dentro de un enorme objeto suspendido en el espacio que orbitaba sobre las tierras de Israel y Jordania. Miré a través del ventanal. Debajo de nosotras, en dos puntos sobre la faz de la Tierra cercanos al Mar Muerto, emergieron un par de resplandores relucientes en secuencia que arrasaron con los alrededores. Los fulgores liberaron enormes ondas expansivas que rápidamente se propagaron en todas direcciones. Pronto la zona quedó cubierta por una densa nube de muerte que se expandía empedernida hacia el este. Al poco tiempo, Medio Oriente estaba sumido en un sepulcral silencio fúnebre.

Otro impulso borró la atribulada imagen por una donde presenciábamos el nacimiento de una niña, dulce e indefensa, que no emitía gemido alguno, pero que miraba con curiosidad sus alrededores entre la maravilla y el desconcierto; Reconocí a la madre de la pequeña de inmediato: era mi madre.

Después de unos apacibles segundos la enternecedora imagen se diluyó en las suaves corrientes del agua de la piscina del hotel. Estábamos de vuelta, en el principio.

A orillas de la alberca esperaba Diego con aspecto taciturno:

—Ahora comprendes que lo vivido no es intrascendente —dijo condescendiente, tendiéndonos una mano a cada una.

Volvimos a La Recepción. Esta se presentaba más viva y colorida; aquellos trazos caricaturescos y tonos grisáceos desaparecían poco a poco con cada paso que avanzábamos hacia nuestro interior.

Seguimos a Diego escaleras arriba, cuyo final estaba tapiado por un dosel de niebla densa. Mientras subíamos, Diego nos advirtió:

—No encontrarán ni cuerpo ni mente en este lugar. Probablemente tampoco un sentido ni percepción del tiempo o gravedad. No hay nada que temer, su estancia será momentánea.

Dicho esto desapareció tras la bruma al final de la escalera.

En el último escalón de madera barnizada refulgía con letras doradas un grabado que rezaba: *"Logos"*. Apenas mi cabeza atravesó aquella misteriosa neblina me encontraba en un lugar onírico: parecía estar dentro de una enorme esfera. El suelo opaco, blanco como la nieve, se perdía bajo una capa de agua resplandeciente que salpicaba gotas pequeñas hacia el entorno. Allende en el horizonte, al límite de donde la vista alcanzaba a divisar, se percibía lo que parecían ser unos hermosos e incontables pétalos puntiagudos de una hermosa flor blanca. Hacia la mitad de la esfera el resplandor blanquecino del suelo se difuminaba y se transformaba en una profunda oscuridad invadida por millones y millones de centelleos de infinitas variedades de colores y tamaños a modo de estrellas que recubrían el firmamento. Por todas partes flotaban diminutas fosforescencias titilantes que danzaban lentamente de aquí para allá. Estrellas fugaces iban y venían apresuradas, destellos súbitos destacaban entre la oscuridad y una suave brisa soplaba sin dirección aparente. El ambiente era humedecido por las relucientes gotitas salpicadas que eran barridas por el diáfano viento y producía una brizna tibia. Todo lucía tan vivo y mimoso. Intensos rayos de todos los colores atravesaban el largo y ancho de la esfera para converger en el centro, donde se encontraban un par de tenues flamas. Una expedía llamas negras y otra blancas, ambas se encontraban apenas con vida, como dudosas de sí mismas. Nosotras, un espectro totalmente desnudo, nos aproximamos a ellas.

—Este es su origen, su ser, su núcleo —dijo Diego desde ningún lugar—. Su *logos*.

Era extraordinariamente hermoso, pero excepcionalmente incómodo, pues no podía pensar, ni hablar, ni sentir más que una inmensa paz y plenitud infinita que a la vez me limitaba para expresarme. Las diminutas llamas, embebidas dentro de un extraño cristal reluciente, también esférico, no alumbraban sus alrededores, sino al contrario absorbían los rayos que llegaban a ellas. Pronto empezaron a palpitar, crecieron poco a poco a ritmo pacífico y un instante después empezaron a danzar, girando en el sentido de las manecillas del reloj.

Un instante después, con una atropellada vorágine del panorama, toda la esfera desapareció y dio lugar a La Recepción. Ésta se encontraba completamente vívida, rebosante de color y luz. Había dejado de ser de un solo piso con un par de escaleras hacia ningún lugar para convertirse en una amplia y extraordinaria estructura de lujo y detalle; con sótano de estacionamiento, salones de usos múltiples, numerosos restaurantes, una alta torre en doble hélice como el ADN donde los miles de habitaciones parecían no tener fin y en general todo tipo de comodidades. Había además decenas de personas de todas las edades, unas apresuradas, otras esperando, otras atendiendo o siendo atendidas, otras charlando entre sí, otras por el celular, otras aisladas en su propio pensamiento. Eran las imágenes de conocidos recientes y antiguos cuyos rostros y nombres de algunos habían pasado al olvido, pero todos me traían recuerdos vívidos. Noté que algunas de esas personas aún no tenían rostro.

En medio del tumulto volvió a resaltar la mesita justo en medio del lugar, con el antiguo teléfono sobre ella. No vibraba ni sonaba.

—Estas personas son todas aquellas que han pasado por tu vida, que pasan en estos instantes, o llegarán a su debido momento a formar parte de la misma. ¡Mira ahí estoy yo! —explicaba la proyección de Diego, que exclamó con vehemencia al verse a sí mismo atravesando la Recepción hacia un angosto pasillo damasquinado y entrar a paso firme en uno de los salones más pequeños, pero atildado con gran meticulosidad. Era uno de los cuartes de honor, el más exclusivo que se alzaba sobre una enorme plataforma cuyo letrero rezaba: *"Corazón-Gemelo"*. Un intenso vuelco golpeó mi pecho. La sensación más placida que jamás hubiera creído posible me dominó. Miré a Ta, a mi lado, que permanecía tan inquieta como yo con gesto de profundo anhelo. Mis ojos se llenaron de lágrimas y mis fuerzas menguaron en un sentimiento de ternura y empatía. Corrimos la una hacia la otra y nos abrazamos con gran fuerza. Me sentía liberada al fin, inspirada y como si flotara en el aire, dispuesta a todo por lograr mis más profundos deseos. Nuestro abrazo duró una eternidad y sin embargo no había sido suficiente. Me sentí completa, poderosa, dispuesta y con una indescriptible sensación de inmortalidad a flor de piel que me infundía gran vigor.

—Mi trabajo aquí ha terminado. Espero verte muy pronto, princesa —dijo Diego en un anhelante murmullo. Al girar de vuelta hacia la proyección de Diego, ésta ya había desaparecido.

Rodeamos al inerte teléfono y permanecimos en silencio durante un rato, esperando a que timbrara. Pero nada ocurría. Empecé a desesperarme. La acuciante sensación en mi pecho urgía salir y ver a Diego, sentirlo, abrazarlo, decirle que lo amaba con todo mi ser. Quería gritarlo, que el mundo, sobre todo Jessica y Katla, lo supiera: él y yo éramos el uno para el otro, nada ni nadie se interpondría ya entre nosotros. La inseguridad, la incertidumbre y el miedo se habían esfumado.

Luego Ta y yo cruzamos una larga mirada, una mirada en la que combinábamos nuestras diferencias zanjadas, en la que nos volvíamos una sola y concretábamos la verdadera unidad que siempre habíamos sido.

—*In lak'ech*[10] —dije en una sonrisa, complacida.

—*Hala ken*[11] —respondió ella de la misma manera.

Sentí de pronto que mis fuerzas mermaban. Estaba mareada y no podía respirar.

Entonces el teléfono irrumpió con su estridente tembleteo. Aliviada sollocé al ver al viejo teléfono tan lleno de vida.

—Alguien allá fuera nos busca, nos necesita —hablamos al unísono sin perder contacto visual. Y ambas, al mismo tiempo, sujetamos la empuñadura del aparato.

Apenas lo levantamos, el teléfono acalló».

---

[10]   Los mayas tenían la creencia de que todos somos parte de un gran organismo, de un Todo. Expresando esta idea con su saludo diario "*In lak'ech*" que significa "yo soy otro tu".

[11]   A lo que contestaban "*Hala ken*", "tú eres otro yo".

21

Un Nuevo Oponente

Víctor

—Ella es lo que este mundo requiere —dijo Enki con voz distante y parsimoniosa. De pronto volví a la realidad, o eso me pareció a mí.

Me encontraba de nuevo dentro del asesor, con un destino en mente que me aprecia incierto. Las puertas se abrieron con un tintineo.

—¿Hablarás con ella? ¿Es ahora el momento? —preguntó ladeando su cabeza y, con un giro apenas perceptible de su cuello, me miró por el rabillo de sus ojos. En sus labios estampó una sonrisa pomposa, como la de alguien que sabe que acaba de dar una lección importante y ha logrado explicarse por completo. Yo comprendí mi lección: el momento es ahora.

—Lo haré —hablé con aire fluyendo a través de mi cuerpo revitalizado.

Asintió y abandonó el elevador hacia el largo y oscuro pasillo que daba hacia las cámaras de práctica.

—¡Lo haré si no tiras el ascensor!

—¡No te prometo nada! —bromeó desde la mitad del corredor alzando la mano y encogiéndose de hombros. Por si las dudas, anduve el resto del camino por las escaleras de emergencia.

Diego

El elevador en ascenso se detuvo un par de pisos bajo la azotea. Estaba confundido, pues había presionado el botón de hasta arriba. Pero todavía turbado por el desliz en caída libre que había sufrido hacía unos segundos, preferí no arriesgarme y salí hacia la estancia. Podía subir dos pisos por la escalera.

—Malditos elevadores —susurré.

«El edificio más avanzado del mundo —pensé—, y no pudieron ponerle unos buenos»

Bajé del ascensor y de inmediato sentí un fuerte golpe de calor que me quemó hasta los pulmones al respirar. Me cerró la garganta y me provocó un tosido intermitente.

Mas allá, alrededor de la puerta que daba hacia el interior de aquel piso, refulgía un resplandor que confería un aspecto tan aterrador como atrayente. Tragué saliva y avancé dudoso hacia ella. El calor aumentó y el sudor perló mi frente.

«¿Será un incendio?»

Busqué un extintor en los alrededores, pero sólo encontré las escaleras de emergencia y una puerta cerrada con llave.

De pronto pensé que resultaba imposible que aquel magnífico edificio no tuviera sistema de alarma o detectores de humo.

Titubeé unos momentos. ¿Qué debía hacer? ¿Ignorarlo y seguir mi camino? Siempre cabe la posibilidad de fingir demencia a los problemas que aparentemente no nos incumben. Pensé que, si nadie se daba cuenta de que yo había detectado algo anormal, era como si yo nunca me hubiera enterado de nada. Es mucho más fácil que hacerse responsable, así que me dirigí hacia la escalera con paso presuroso, con el sudor rodando por mis patillas, y subí hasta el siguiente piso. Comencé a sentir la brisa proveniente de la azotea, que acariciaba con frescura mi cuerpo entero. Entonces un pensamiento golpeó mi mente y me detuve en seco: ¿Y si alguien necesitaba ayuda?

De inmediato giré y bajé las escaleras a toda prisa. Regresé al infernal calor que se había acrecentado en cuestión de segundos y sujeté la manija de la puerta. Ésta emitió un siseante chillido al quemar mi piel en el instante en que había entrado en contacto. Grité de dolor con voz ahogada y sujeté mi enrojecida mano que acuciaba con un intenso escozor. Miré con recelo hacia la incandescente empuñadura de la puerta. Enfurecido retrocedí un paso y, decidido, tensé mis músculos. Con una patada la puerta se venció y se abrió de par en par.

Andrés

La sala resplandecía y refulgía ante las ardientes ondas de calor que despedíamos con cada latido, embebidos en un apasionante juego de seducción.

Inanna, tendida sobre la gran mesa, había caído por completo bajo mi dominio; era momento de actuar. La besé mientras ella me levantaba la playera y acariciaba mi pecho con firmeza, aferrándose a mi espalda. Su respiración se agitó. Desprendió con urgencia mi playera arrancándola por la mitad y el eco de la tela desgarrada, señal de nuestra profunda lascivia, reverberó en los muros.

Recorrí cada parte de su cuerpo con mis manos y boca. Ella se estremecía con efusividad al roce de mis labios sobre su piel. Descendí con premura disimulada a lo largo de sus pechos, redondos y turgentes, y su abdomen, firme y curvilíneo, hasta llegar finalmente a su sexo. Mi corazón rugía en poderosas pulsaciones que perdían el ritmo en medio de aquella marea de concupiscencia.

Inanna, con parsimonia rayana en la soberbia, abrió sus piernas con extrema lentitud, acariciando con sus manos la parte interna de sus muslos y sus gentiles, hinchados de pasión y efusividad sugestiva de excitación intensa. Su aroma, dulce y húmedo, me provocó una erección tan intensa que sentí un dolor pasivo, era la señal que indicaba una urgencia casi incontenible por penetrarla de inmediato.

Me puse de pié y me acerqué a ella. Bajé mi pantalón a medio muslo, la cogí entre mis brazos, apartó aún más sus piernas, tiré de ella hacia mí y, con apenas una suave caricia, nuestros genitales entraron en contacto. Ella, con ojos entrecerrados, ahogó un gemido. Acaricié sus pechos con ambas manos, ella liberó un grito de lujuria, al borde de la locura. Contrajo su abromen y reclinó su torso. Arqueó su espalda, retrepada en el aire, echándose para atrás ligeramente con ambas manos apoyadas sobre la mesa. Coloqué mis manos en su esbelta cintura y la sujeté con firmeza. Permanecimos así, frente a frente a solo un par de centímetros, por unos segundos. Ella esperaba ansiosa que empujara hasta el fondo.

—Hazlo —jadeó—, entra ya...

Tara

El elevador tintineó. Las puertas se separaron y un gélido ventarrón entró por la abertura. Salí hacia la hermosa fuente en busca de Diego; no estaba por ninguna parte.

—Qué extraño —murmuré.

«Dijo que vendría acá arriba. ¿Habré tardado demasiado?» me pregunté mirando por todas partes.

Di varias vueltas alrededor de la gran fuente. No es que hubiera mucho lugar dónde esconderse. Pero inspeccioné cada parte de la amplia azotea sin lograr resultados. De pronto escuché un fuerte golpe, como el de una puerta al azotarse, proveniente del piso de abajo. Me acerqué a las escaleras. Un intenso calor se alzaba desde la planta inferior que abrumaba el aire, espeso y seco, difícil de respirar.

«¿Qué sucede?»

Permanecí asomada por el hueco en el piso que daba hacia las escaleras de emergencia en los límites de la azotea por unos instantes, curiosa.

«Será mejor ir a ver» convine finalmente y me adentré en el agujero.

Víctor

Me preguntaba de pronto por qué no se me había ocurrido utilizar el androide para salvar la vida en el elevador. La respuesta era la más obvia: era una ilusión, una generada por el poderoso Enki. Sin embargo, ahora que sí podía utilizarlo estaba cerca de llegar a donde Diego se dirigía. Estaba unos cuantos pisos de distancia cuando un intenso calor comenzó a enardecer el aire, que se tornaba más denso a cada paso que subía.

Levanté la mirada. Aquel calor provenía de la sala multiusos tres pisos arriba. A través de las barandas metálicas, divisé a una figura humanoide que golpeó la puerta y entró en la estancia enardecida.

«Diego» pensé al instante.

Diego

Entré en el lugar.

En la sala el calor era tal intenso que la radiación distorsionaba la imagen. Mis ojos escocieron al instante y comenzaron a lagrimear. Poco a poco logré distinguir un par de figuras humanoides que se meneaban a ritmo acompasado. Mi vista se aclaró del todo y entonces identifiqué a dos personas que, más allá, sobre la mesa, parecían no haberse percatado de mi presencia.

Ella era la mujer que unos días atrás viera cubierta con su elegante túnica, de seductores e intensos ojos color plata. De inmediato la relacioné con la historia de Rafael, quien se había enamorado de una tal Inanna. Algo en mi interior me gritaba que ella era, en efecto, la misma mujer a la que el antepasado de Tara describiera como una Diosa.

Ella, Inanna, gemía con locura mientras Andrés, que bramaba como un animal salvaje, se balanceaba entre sus piernas. Permanecí de pie en mi sitio, pasmado, con la mente perdida y los músculos de todo mi cuerpo paralizados. Ellos dos continuaron por unos segundos interminables cuando de pronto Andrés percibió algún movimiento y entonces me miró. El calor se apagó como la luz de una habitación al presionar el interruptor.

Se separaron al instante y Andrés comenzó a proferir insultos y órdenes. Inanna, ágil como un felino, gateó de espaldas para alejarse unos metros de él. Bajó de la mesa con un diligente desliz y se abalanzó sobre mí antes de que Andrés me alcanzara. Ella en silencio se prendió de mi cuello y su cuerpo, grácil y desnudo, entró en contacto con el mío.

Agitado entre espasmos cortos, Andrés, que seguramente despotricaba amenazas de muerte contra mí, intentaba levantarse el pantalón. El dolor acuciante en mi mano desapareció y no pude moverme ni articular palabra. Mi mente entera había sido capturada por completo por una sola cosa: la preciosísima figura de Inanna que restregaba su firme y todavía ardiente cuerpo contra el mío, que sentía ya la ineludible reacción en mi entrepierna.

Recorrí con la mirada a aquella diosa. Examiné su anatomía de pies a cabeza tratando de retratar en mi memoria cada una de sus seductoras partes.

—Llegas justo a tiempo, querido —dijo ella con un ronco y dulce sonido, clavando sus ojos en los míos. Una de sus manos rodeó mi cintura, la otra acarició mi pecho y lentamente descendió hacia mi abdomen.

—¡Qué estás haciendo! ¡Detente ahora mismo! —vociferó Andrés desde el otro lado de la mesa agitando su dedo amenazante.

Mi vista permaneció clavada en la de Inanna, cuya mano alcanzó mi vientre bajo y continuó su camino descendente con finos movimientos, a través de mi pelvis, hacia donde yo esperaba con ansias que llegara. Paralizado, seducido por completo, tragué saliva con sonoro nerviosismo. Nunca en mi vida había tenido a una mujer desnuda frente a mí.

—¡Te digo que pares! ¡Ahora! —aulló Andrés fuera de sí, poseído por la ira.

—¡Tú, hijo de perra! ¡Suéltala! —gritó endemoniado y emprendió el camino hacia nosotros, dando pasos secos que hacían eco en los chamuscados muros.

Di un respingo. Inanna había llegado a su objetivo, al que capturó entre sus dedos y comenzó a acariciar suavemente. Me estremecí como la tierra en un terremoto, abrí la boca y puse ojos en blanco al sentir su mano frotar mi entrepierna con perfecta firmeza.

—¡AAHHHGGG! —Andrés profirió un grito desgarrador y se abalanzó sobre nosotros.

Víctor

Llegué ante la puerta por la que Diego había entrado y me encontré de frente con mi hija que bajaba por las escaleras que daban hacia la azotea. Su gesto pintaba un claro desconcierto, provocado por los gritos que se habían escuchado hacía unos instantes dentro de la sala. Al verla tan viva, tan hermosa, tan genial como sólo ella podía estarlo, la alegría inundó mis pulmones que aspiraban el aire con profundo sentimiento de alegría.

Al verme, se detuvo en seco y me miró confundida, nerviosa. Mis brazos, deseosos de estrecharla, reaccionaron, pero instantes después me arrepentí y se contuvieron en medio del aire, causando un extraño espasmo. Ella intentó articular palabra sin saber qué decir. Nos quedamos parados frente a la puerta, que se encontraba cerrada. De pronto escuchamos un grito desde dentro.

—¡Hijo de perra, suéltala!

Giramos ya abrí la puerta.

Diego, inmóvil como una estatua, permanecía de pie a un costado del escritorio con Inanna abrazada a él por la cintura. Logré atisbar la reacción afectada de mi hija al verla a ella sin ropa enganchada a él. Un poco más allá, Andrés se cernía sobre ellos con gesto siniestro.

—¡AAHHHGGG!

Se lanzó por los aires decidido a acabar con Diego e Inanna, pero, de pronto, el silencio irrumpió, súbito e impasible, en la sala.

Todo sonido acalló en un pestañeo. Una resplandeciente luz de atardecer se coló por el ventanal y la escena quedó revestida por un velo místico. Andrés permanecía suspendido en el aire con brazos y piernas extendidas con un claro gesto de sorpresa y temor en el rostro.

Inanna liberó a Diego, quien permaneció estático. Ella giró lentamente hacia Andrés, que cayó de pronto al suelo, apoyado sobre sus cuatro extremidades. Luego Inanna, con su gran poder, obligó a Andrés a erguirse que, con un espasmo, quedó sobre sus rodillas y retrepado hacia atrás con las manos a su espalda. Inanna se vistió con su estola y se acomodó el cabello, peinándolo sobre su hombro derecho, como le gustaba hacer. Con otro movimiento telequinético, ella hizo volar la mesa y las sillas a lo largo del salón hacia la ventana, destrozando el vitral, y desaparecieron por el precipicio; una caída de casi mil metros. Inanna caminó con su característico bamboleo de caderas con la larga estola alzada por el viento que se filtró entre cristales rotos. Avanzó con dirección a Andrés y se detuvo en el centro de la estancia. Luego habló como acostumbraba a hacer, con dulzor y encantadora firmeza:

—Has demostrado ser un magnifico manipulador de tus propias virtudes y defectos, así como de las de los demás —dijo—. Dime una cosa ¿en realidad creíste que podrías hacerlo conmigo?

Andrés, con un gesto perturbador, dibujando una lacónica sonrisa, permaneció en silencio.

—También has logrado un admirable control de tu triskel y de ti mismo en un corto tiempo —concedió ella.

Supuse que la razón de su aseveración era que en ningún momento habíamos podido percibir los pensamientos del muchacho. Su androide y él estaban en un aterrador equilibrio, uno del que incluso Enki e Inanna temían, puesto que nuestros infernales enemigos eran acérrimos catalizadores de ese equilibrio en el que los instintos, por encima de la razón o los sentimientos, dominaban el comportamiento humano.

El joven, que había dejado de ser el torpe muchacho que conociera en Italia, ladeó la cabeza sin perder su diabólico gesto.

—Lo que has hecho sólo conseguirá que te hundas en la desgracia y la penumbra —dijo ella—. Desperdiciarás el sentido de tu existencia, perderás de vista quién eres, alejarás a quienes te rodean, te convertirás en un alma errante que cede a sus más bajas inclinaciones, lo que te atormentará eternamente...

—Habla cuanto quieras —interrumpió él con un seco gruñido.

—¿Creíste en realidad que podías controlarme? ¿Qué te hace estar tan seguro de que no actué por iniciativa propia, y en realidad fuiste tú quien estaba bajo mi dominio? —preguntó Inanna de nuevo.

Lo que fuera que hubiese ocurrido en esa sala antes de que yo llegara había sido, evidentemente, todo consentido, sino urdido, por Inanna para tantear las habilidades de Andrés. Después de todo, ¿quién podría controlar a la diosa del amor y la guerra?

De pronto Andrés se encorvó, despacio, con hombros caídos y cabeza gacha; no supe si porque Inanna lo había liberado de su influencia o si él se había liberado a sí mismo. Comenzó a reír con tonalidad macabra y potente, lo que generó un penetrante eco que reverberó sobre las tiznadas paredes. Su voz se había convertido en un bramido perturbado, un trastorno de la naturaleza, que provocó en mí un temor inexorable. Con parsimonia y seguridad inquebrantable se puso de pie. Encaró a Inanna quien, a pesar de no dar muestra de ello, estaba realmente sorprendida con las capacidades del muchacho. Ahora lo sabía: Andrés se había soltado de su control con absoluta facilidad.

—Conseguí de ti lo que buscaba, preciosa —musitó con palabras afiladas, acariciando con el dorso de sus dedos la mejilla de Inanna—. Pero, si en verdad eres tan poderosa como clamas ser, sabrás que mi objetivo final no eras tú.

Desvió los ojos. Su mirada enardecida, su dantesca y lascivia expresión, viajó con sombría decisión para posarse en la persona que se encontraba a mi lado. Mi hija, altiva e inquebrantable, frunció el entrecejo y le devolvió la mirada con semblante recio, fulminante y combativa.

El entorno se electrificó. El odio, el temor y la rivalidad se respiraban en el aire.

—Y ni ella, ni tú, ni Enki, ni mil dioses juntos podrán detenerme —bufó Andrés.

Dicho esto, lanzó un vistazo furtivo a Diego, luego a Tara a quien guiñó un ojo, y se giró. Su aterradora voz emitió unas carcajadas infernales que se apagaban conforme se apartaba. Con gran diligencia atravesó la sala como una bala y sin pensárselo dos veces se lanzó al precipicio.

22

Una Fiesta Inesperada

Diego

Permanecimos el resto de la tarde en la azotea, abstraídos en nuestros pensamientos. Yo intentaba poner en orden los sucesos y los alocados pensamientos e ideas que éstos me provocaban.

Andrés había amenazado a Tara. Había demostrado tener una capacidad inmensa, tan terrible, que incluso sorprendió a Inanna. Ella, reflexiva, fue en busca de Enki; no sin antes guiñarme un ojo con una sonrisa pícara en sus labios. Mi corazón se agitaba con el simple recuerdo de la excitante sensación de su ardiente cuerpo en contacto con el mío, de su mano seductora mientras me tocaba. Me volvía loco, me erizaba la piel y desataba en mi mente una infinidad de fantasías con lo que habría podido ocurrir si ninguno de los demás hubiera estado presente. Sin embargo, me aquejaba la total ausencia de lucha interna que en algún momento me habría obligado a rechazar a Inanna; por el contrario, despertaba en mí un deseo inmenso, de gran fuerza, al grado que, si se repitiese la oportunidad, le pediría seguir adelante.

«Qué estupideces pienso… ella jamás se fijaría en mí», razoné.

—Jamás me aceptaría —dije en voz alta.

—Disculpa, ¿qué dijiste? —preguntó Tara con cariño. Por un momento me había olvidado por completo que estaba conmigo.

—No, no, nada… nada.

Las cosas con ella iban de maravilla. ¿Por qué habría de fijarme en Inanna?

Ella, la Chica Misteriosa, la chica de mis sueños, estaba ahora frente a mí sentada en el reborde de la gran fuente jugueteando con el agua; me quería y yo a ella. Me aproximé a ella y la abracé. Su cabello al viento cosquilleó mi rostro. Ella correspondió y me estrechó con fuerza.

—Te quiero mucho —exclamó con voz oprimida por el esfuerzo.

Sus palabras y gestos funcionaban en mi como un bálsamo mágico.

—Yo te quiero más.

Juré para mis adentros protegerla, de ser necesario, con mi vida.

Tara

Había sido un día extraño. Había conocido la historia del más pintoresco de mis antepasados —mi bisabuelo Miguel—, había recibido la amenaza de Andrés mientras presenciaba la inconcebible inferioridad de Inanna ante él, había visto cómo seducían a mi novio frente a mí y por último había recibido por parte de mi padre un cálido: "Te amo hija, mi pequeña princesa".

«"Princesa", misma palabra que Diego había usado en mi sueño».

En mi cabeza repiqueteaba un batiburrillo de pensamientos, encabezados por la firme expresión de Andrés al advertirme que nada podría detenerlo. Temí por mi vida. En verdad lo creía capaz de herirme, algo que, ahora lo sabía, Inanna no sería capaz de evitar.

«El grupo se desquebraja más y más —reflexioné—. Sofía y Jess Han muerto; Katla está desaparecida y Andrés se ha transformado en un demonio. ¿Qué más nos espera?»

Sólo quedábamos Diego y yo. ¿Sería suficiente para aquello para lo que La Orden tenía entre manos?

Otro de los ineludibles momentos que inundaban mi mente era la reacción de Diego ante Inanna, que repiqueteaba en mi mente una y otra vez cada que ella era mencionada. Abyectos celos ardieron en mi pecho.

Diego

Pasaron los días y llegó diciembre.

Las cosas iban de maravilla entre Taray yo; nuestra relación fructificaba, cada vez más enamorados. Todos se adaptaron a vernos juntos.

Multitud de gente continuaba llegando al Lotus. Algunas personas resultaban tan extravagantes como otras tan sencillas.

Como nosotros no teníamos acceso a los pétalos del edificio, donde se asentaban los cuarteles secretos de La Orden, decidimos visitar Erek. Dispuesta a orillas del lago central en forma de círculos concéntricos de tierra divididos por ríos de agua cristalina, fuertemente amurallados, unidos por decenas de portentosos y robustos puentes atirantados se erigía la grandiosa ciudad con sus imponentes edificios y grandes espacios libres. La misma pomposidad que adornaba los interiores del Lotus también vestía las calles, parques y construcciones de la urbe que parecía tener tanta predilección por la flora y el agua corriente como su colosal edificación central, que hacía lucir a los edificios contiguos como si fueran de juguete.

Desde cualquier punto del Valle se podía ver una poderosa tormenta que, malévola y tenebrosa, se aproximaba por tres de los cuatro puntos cardinales con paso lento pero constante. Ésta crecía día con día y sus espesas nubes se oscurecían cada vez más. Con el chispazo súbito de relámpagos lejanos fulguraban entre las colinas unas sombras alucinantes, figuras tenebrosas que furtivamente emergían a la luz de la conciencia. Eran las tinieblas que, desde la oscuridad perene, anunciaban su marcha fúnebre hacia un encuentro temible y malévolo con los miembros más prominentes de La Orden. La distancia, el imperceptible clamor del silencio y la abrumadora sensación de fatalidad que despedía aquella lobreguez le indicaba a mis sentidos que más allá de las fronteras cálidas y luminosas del Valle, el planeta vivía un auténtico infierno. No quería ni pensar lo que vivía la gente al otro lado de los muros naturales que la escarpada cordillera nos proporcionaba.

«En la alegría de superar las dificultades la gente olvida el peligro de la muerte[12]» recordaba la frase leída en alguna clase de CDM cada vez que volteaba hacia aquel sombrío horizonte.

Tara y yo pasábamos largos ratos juntos. Me enseñó a manejar el androide con mayor fuerza y vigor. Me comentó que en realidad se llamaban Triskels, como lo había dicho Inanna semanas atrás cuando Andrés había prometido volver por Tara. Ella practicaba con su Triskel directamente bajo la instrucción de Innana y Aria en algún lugar que yo desconocía.

Resultaba extraño que toda la gente, habitantes tanto de Erek como del Lotus, siendo sumamente agradable y atenta, evitaba conversar demasiado con nosotros.

El incidente más llamativo había sido el caso de un joven mexicano muy amigable que se nos había acercado mientras paseábamos por una de las plazas principales de Erek. Treinta y tantos años tenía el joven que nos había reconocido por los anuncios de Xía en televisión e irónicamente deseaba un autógrafo, o por lo menos una charla con un par de Iniefins a los que él llamaba "legendarios".

El amistoso joven nos habló sobre su familia. Su vida había sido siempre un nido de muerte. Sus padres fallecieron cuando él tenía entre seis y siete años, la causa la refirió como un

---

[12]   Frase tomada del Libro de las Mutaciones

"accidente de trabajo". El último familiar vivo que le quedaba en ese entonces era su abuelo, quien se había hecho cargo de él y lo había instruido y guiado a través de las complejidades de la vida y la muerte. El señor, su abuelo, profesor en bioingeniería médica, laboraba, según mencionara, en proyectos innovadores de biotecnología en la rama de la medicina robótica, que buscaba agregar partes mecanizadas al cuerpo humano y lograr que éstas fueran controladas por el cerebro como si fuera una parte integral del organismo. Resultaba evidente que el muchacho lo comentaba disimuladamente, como un mal guardián de un secreto trascendental, pero nosotros sabíamos muy bien que esa tecnología había sido la raíz cuyo fruto sería la creación de los Triskels que Tara y yo portábamos en ese momento y que ese proyecto se había iniciado hacía muchos, muchos años liderado por Enki e Inanna. El joven, que era ingeniero mecatrónico encargado del "funcionamiento de sofisticadas máquinas inteligentes", empezó a vacilar cuando Tara le interrogaba sobre qué mas sabía del proyecto. Receloso, se alejó titubeante.

Me asombraba que, pesar de ser los terroristas más buscados del planeta en ese entonces, a nadie parecía importarle nuestra libre presencia.

La Orden nos escondía todavía muchas verdades y sorpresas, unas de las que esa gente ya estaba enterada y pronto nos enteraríamos.

De regreso en nuestra habitación en el Lotus, una de las más altas, cercana a las de los miembros más importantes de La Orden, Tara y yo releíamos una y otra vez el viejo cuaderno de sus ancestros. La última frase permanecía incógnita e irresoluta.

A pesar de que La Orden insistía en que mantuviéramos las placas siempre puestas y activas, yo prefería quitarlas en ratos de esparcimiento. Traerlas puestas me fatigaba mucho mentalmente, como a un estudiante que pasa la noche en vela estudiando sin parar. De pronto Víctor se presentó en la habitación acompañado de Enki.

—Diego ¿podemos hablar un momento a solas? —preguntó Víctor con semblante serio, casi molesto, dibujando en el rostro nada más que una intrigante sonrisa fingida.

Como alguien que acaba de ser descubierto, se agita mi corazón e intuyo que algo había hecho mal, algo que había enfurecido a esos dos hombres. Pienso en que la causa de la sorpresiva recriminación es que Tara me enseñaba a utilizar mi androide, algo que no tiene del todo permitido.

—Suerte amor —me susurra ella al oído mientras se levanta de la cama y sale de la habitación a toda velocidad.

Tara

—¿A dónde crees que vas con tanta prisa, jovencita? —exclamó a lo lejos, detrás de mí, la aguda voz de mi madre que resonaba con tono irascible, acercándose por el pasillo. Vacilé por un momento, aterrada de enfrentarla.

—A ninguna parte.

—Ven con nosotras —apareció tras ella la condescendiente imagen de Aria, tan radiante como de costumbre, que devuelve mis latidos a ritmo natural.

Diego

—¿Sabes a qué venimos? —me interroga Víctor.

Ambos entran a la habitación y cierran la puerta tras de sí. Los labios se me secan y las manos comienzan a sudarme. Con gran esfuerzo logro menear la cabeza con un movimiento que pare más un espasmo involuntario que un movimiento concientizado.

—Tus placas, por favor —invita Enki a que me las coloque.

¿Quién querría tener a esos dos en frente, enfadados y armados, sin la protección del triskel?

Me abalanzo sobre ellas e intento colocarlas lo mas diligentemente posible. Mi torpeza propicia que se me resbalen de las manos y malabareo para impedir que se me caigan. A penas y respiro. Mis manos tiemblan cuando finalmente logro presionar los artefactos sobre mis sienes.

Víctor se acerca una silla desde el ventanal. Se sienta encorvado, apoyando los codos sobre sus rodillas. Cruza las manos por medio de una red de dedos entrelazados a la altura de su boca. Permanece largos segundos en silencio, a la espera de que me quiebre la presión y el miedo.

—Se acerca el cumpleaños de Tara —habla finalmente con tono ronco.

«¡Ah! ¡Eso!»

Profundamente aliviado libero el aire contenido que había aprisionado en mis pulmones.

—¡Sí…! Sí —tartamudeo.

—Sabes la fecha.

—La semana entrante.

Ambos sonríen con complicidad: algo encubren.

—¿Por qué…? —me atrevo a preguntar, sin saber en realidad qué respuesta esperar.

—La celebración será al atardecer de ese día, en el Gran Salón del último piso—. Un lugar que permanecía cerrado con sumo recelo. Los elevadores no se detienen ahí a menos que se introduzca una tarjeta especial de acceso—. Y por supuesto que estás invitado.

No entiendo la naturaleza de tal afirmación. Guardo silencio a la espera de que continúen.

—El lugar tiene dos entradas. Una por la que ingresarán la mayoría de los invitados, aquellos que son, digámoslo así, "de naturaleza normal" —explica Víctor—, y la otra para los invitados "especiales".

—Y yo soy… ¿especial? —me las doy de importante. Ambos parecen exhalar con alivio.

—Es correcto.

Mi reacción, por supuesto, es la de un jubiloso ego exacerbado y de pronto todo parece cobrar sentido, pues resulta que soy el novio de la festejada.

—¿Y cómo debo ir vestido? ¿Seré yo quien la presente o...? —estallo en un inquieto ánimo fiestero, raro en mí.

—Eso, querido Diego, se decidirá ese mismo día —interrumpe Enki.

—Sólo preséntate en el piso a las siete de la mañana— aclara Víctor levantándose de la silla.

—No entiendo...

Enki me interrumpe nuevamente al extenderme una extraña tarjeta dorada de bordes color marrón:

—Funciona una sola vez, durante ese día, antes de las siete de la mañana. Conoces los ascensores, sabes cómo se utiliza, y una vez que lo hagas, será mejor que la aproveches o no podrás acceder en otra ocasión —explica mientras tomo la pequeña tarjeta y la examino, atónito y desconcertado.

—Y te perderías de toda la diversión —bromea Víctor, o eso creo.

Dan media vuelta y se alejan.

—¡Sé puntual!

Tara

—¿De qué va todo esto? ¿A dónde vamos? —pregunto mientras nos dirigimos hacia las escaleras.

—Tranquila querida —contesta Aria.

—No es lo que crees —dice mi madre, y comienzo a temblar de miedo.

—Ni lo que parece —terció Aria con una sonrisa tierna.

23

Mito o Leyenda

Diciembre 14

Diego

El sol matinal ascendiendo en el oscurecido horizonte, agrietando con obstinada pereza el metálico frío nocturno que mezclaba con timidez el fresco calor del amanecer invernal, marcaba el inicio de mitad de mes. Siete días se interponían a la llegada del festejo de Tara. ¿Qué podíamos hacer antes de aquel ansiado día?

—Creo que deberíamos preguntar —suelta Tara al despertar con un respingo. Se retrepa en el cabezal de la cama; en su semblante se lee una intranquilidad de insomnio y ansiedad nocturna.

—¿De qué hablas? ¿Dormiste siquiera?

—Ir directamente con Inanna, o Enki... O por lo menos con alguno de La Orden, alguien que pueda explicarnos qué demonios es lo que pasa. Estoy harta de que nos tengan tantas cosas encubiertas; aislados de la verdad como si fuéramos ingenuos niños pequeños incapaces de aceptar la realidad. ¡Quiero saber qué se traen!

Se había despertado más curiosa y gruñona de lo normal.

—Pensé que en tus clases diarias preguntabas...

—Siempre evaden el tema, ¡siempre! Pero no más... —golpea repetidas veces la cama con ambos puños. No rebato ni cuestiono, me quedo perplejo y callado.

Tardamos dos horas en encontrar al primero de los miembros: Varick. Nos saluda con vehemencia y caballerosidad.

—¿Dónde están los demás? —ataja Tara de inmediato.

—Están en... —se detiene y nos mira inquisitivo—, ¿para qué los buscan?

—Es urgente —afirma ella con severidad.

Varick vacila.

—Se me olvidaba que debo ir... regresar con... —tartamudea y mira con falsedad la hora en su muñeca sin reloj.

—Nos llevarás con ellos —gruñe Tara con tono irascible. Su coraje, mezclado con su sensual voz, me enloquece. Me doy cuenta de que, cuando no tiene que ver conmigo el conflicto, me fascina verla enojada, ya que le confería un aura mágica de dominio y beligerancia que transformaba sus facciones, multiplicando su encanto.

—Pero...

—¡Ahora!

El pobre hombre no tiene más remedio y echa a andar. Entramos a uno de los ascensores e inserta una tarjetita en la ranura, una como la que Enki me había dado, pero de color blanco, adornada con plateadas figuras incrustadas a la perfección semejantes a los tallados de los medallones que aún portábamos.

Después de algunos segundos de viaje entramos a un extraño piso, que resultaba ajeno al común de la población del edificio. Es muy amplio, más que cualquiera de los que conozco en la Torre del Lotus. Es de forma circular y en él observo gran afluencia de gente, que entra y sale a través de las diversas puertas, apresurándose hacia sus destinos inciertos;

de pronto caigo en cuenta de que esos portales llevan hacia los desconocidos pétalos del gran edificio.

A nuestro alrededor hay once puertas: cinco son comunes y sin rasgos que resalten a la vista y una, de mayor tamaño, de doble de cristal, automática, que conduce hacia una estancia luminosa. Avanzamos hacia ella. En uno de sus costados leo un letrero que reza con letras digitales: *Pétalos externos*, y confirmo mi teoría.

Cruzamos y del otro lado nos encontramos con un salón de la misma forma circular y con la misma disposición de las puertas, alrededor de nosotros. Son veinticuatro, y nos dirigimos hacia una cuyo letrero luminoso en el dintel describe: *Pétalo 6; Ejercicios y Adiestramiento Avanzado.*

Al acercarnos se abre en automático con un espontáneo y muy veloz desliz. De un gran espacio interior, el elevador da un brinco súbito y comienza a ascender. El viaje dura unos segundos silenciosos con miradas perdidas. Se abre la compuerta que da hacia otra sala, de menor tamaño, donde un sin fin de cabinas, ascensores de carga, rampas, deslizadores y escaleras mecánicas, perfectamente organizadas en número y espacio, funcionan apresuradas yendo y viniendo, subiendo y bajando sin parar; cada uno esgrime su propio letrero, todos con nombres distintos.

Decenas de personas viajan a lo largo de las rampas y desaparecen en la distancia. Otros entran y salen presurosos para esfumarse tras las puertas; ¿su destino?, no puedo ni imaginarlo.

Caminamos a un paso que parece casi trote. Alcanzo a leer algunos carteles mientras avanzamos, entre los que destacan: *Zona 1, Pruebas Iniciales*; *Área de Pilotos*; *Instrucción*; *Acoplamiento y Adaptación*; *Cuarteles A-N*; *Área de Lanzamiento*; *Muelle*. Mi mirada se planta en ese último y pienso, ¿para qué demonios quieren un muelle?

Llegamos a nuestro ascensor, que reza: *Mando*.

—Sujétense —ríe Varick.

De repente el ascensor da un ligero tumbo y comienza su marcha a toda velocidad de manera oblicua. Segundos después, tan rápido como un rayo, la puerta se abre, y, sobresaltados, nos encontramos a Enki, que con su usual sigilo aparece de nueva cuenta tras la puerta.

—Bienvenidos, chicos —nos recibe con voz cálida.

Tara y yo compartimos miradas. Al parecer estaba al tanto de nuestra llegada. Miramos de reojo a Varick, acusativos. Él sonríe, se encoge de hombros y desaparece de nuestra vista.

—Adelante, pasen —nos invita Enki.

El lugar, pequeño en extremo, describía con una palabra brillante en su letrero su función: *Mando*. Sin embargo, en un espacio tan reducido cabrían a lo sumo diez personas apretujadas. Miro alrededor y noto, al otro extremo, la figura sencilla rectangular, de un material particular, que podría ser un portal. Era lisa y en su superficie no se percibía ningún picaporte, tampoco ningún aparente mecanismo de acceso.

Enki permanece en silencio, como a la espera de que, de algún modo, lo atravesáramos.

Tara no duda un instante y avanza con paso confiado hacia la impenetrable puerta. No sé si cierra los ojos, pero continúa su marcha y de pronto, apenas un paso antes de que se estrelle contra el muro, éste se desvanece. Ella, como por arte de magia, cruza y evanece al otro lado.

—Aun tienes problemas con la autoconfianza ¿ah? —ríe Enki.

La pulla surte efecto y en un arrebato de seguridad fingida emprendo mi camino hacia la puerta. Un par de pasos después, al ver la imperturbable puerta aproximarse, me invade la duda. ¿Y si no se quita como con Tara? Disminuyo la velocidad, pero no me detengo. Entonces choco, se produce un retumbante eco en la diminuta antecámara y un dolor seco acucia en mi frente. La superficie del portón me resulta tan dura como un diamante.

Todo, que yacía en la decepción, por quienes a su lado permanecieron era incitada a su Esposo vengar. Ella se dejó influir, planeando la destrucción de Los Divinos; engendró monstruos, y con quienes a su lado permanecían, crearon una línea de batalla gritando maldiciones. Creó armas invencibles, dio lugar a tan poderosas bestias que todo aquel que las viera aterrorizado ante ellas caería. Creó once grandes demonios. Dándole sus bendiciones al Primero de ellos, lo nombró jefe de guerra y portador de El Arma, poderosa y temida por Los Divinos. Terminó los monstruos que había estado creando y se alzó un nuevo mal.

El Hijo vencedor de todo fue informado, quien lleno de pavor se sentó en silencio. Sabía que no podía vencer al Primero y las hordas de su Madre, poderosas y posiblemente invencibles. Los Divinos fueron avisados y un mensajero a negociar enviaron, quien ante la ira de Ella flaqueó y su furia no pudo calmar. Los Divinos entonces convocaron al hijo del Vencedor, aquel cuya fuerza era inconcebible, el gran guerrero, el Héroe que sería su vengador. Fue encomendado a enfrentarse al mal que la Madre de todos invocó. Al ser confiado a este cometido, El Héroe se regocijó y se enorgulleció. Se presentó ante todos y aceptó. Llenos de alegría y alivio le entregaron total control, haciendo de su voluntad la suprema. Todos Los Divinos se dispusieron a salir en su viaje, El Héroe preparó su arco, se colgó la lanza y agarró el mazo; poder y gloria lo envolvían como un halo. Así, ambos bandos hacia la batalla partieron.

Ambos ejércitos avanzaron hacia el campo de batalla. Un feroz combate tuvo lugar en medio de alaridos, día y noche, monstruosas tormentas, atemorizantes rayos, poderosas explosiones, implacables tempestades, y rabiosas llamaradas desmoronaban lo cercano. Finalmente, El Héroe se acercó a la Madre de todos. Ella abrió su boca para devorarlo, él entonces envió sus vientos a su estómago, la tormenta llenó sus entrañas. Entonces El Héroe la atacó y con su lanza la abrió y la dividió. Él destripó a la Madre de todos, y escindió su corazón. Así él la mató.

Se puso en pié sobre el cuerpo de Ella en victoria y su ejército huyó en terror, algunos, quienes fueron alcanzados, lloraron en dolor y miedo. El Héroe los sometió y en cadenas los fundió. Al Primero de los demonios aplastó y ante todos lo deshonró.

El Héroe partió el cuerpo de La Madre en dos; la parte superior se convirtió en el nuevo cielo, la parte inferior se volvió la tierra, debajo. Seccionó el cráneo en diez partes, cortó sus arterias y ordenó llevar su sangre bajo la tierra. Él organizó el universo, entregó las estaciones a Los Divinos, estableció las estrellas del zodiaco; fijó el año y sus límites estableciendo doce meses, dándole a cada uno tres estrellas; determinó el zenit del cielo; dio poder a la Luna que sería coronada cada día ultimo y Él en el cielo su santuario estableció.

El Héroe dijo: "voy a consolidar la sangre en materia, crearé una creatura llamada Hombre, que hará los deberes de Los Divinos, pero alguno ha de ser sacrificado". Ellos sugirieron que el autor de los crímenes fuera sacrificado: el Primer Demonio, fue entonces traído, degollado y de su sangre el Hombre fue creado, a fin de servir a Los Divinos.[13]

Los Divinos, quienes descendieron a la Tierra, ayudaron e instruyeron a sus humanos, quienes los adoraban; en su honor y bajo su tutela, maravillosas ciudades y majestuosos monumentos construyeron.

Sin embargo, vivían aún a los que El Héroe no había alcanzado, los últimos bajo el mando de Ella, la caída Madre de Todo y el Primero de los Demonios, los Vencidos que a la gran batalla supervivieron, que fueron a otro lugar habitar. Once de los Vencidos en secreto a la Tierra vinieron, perduraron y su venganza planearon, creando antiguos y temibles monstruos en las profundidades del planeta, influyeron y corrompieron humanos, por cuyas venas corría la sangre del Demonio. Grandes campañas entre ellos tuvieron lugar, y Los Divinos por sus humanos intercedieron, durante milenios guerra hubo tanto en la Tierra como en los Cielos. Finalmente, fueron vencidos, pero no muertos, de nuevo. Apartados y ocultos en lo recóndito de la Tierra, prevalecieron.

Las bestias creadas por los Vencidos fueron todas muertas. Un gran renacimiento tuvo lugar, Los Divinos se llevaron consigo a sabios y valerosos humanos que durante la Guerra gala de sus habilidades hicieron. Civilizaciones enteras desaparecieron de la Tierra. Por largo tiempo la mayoría de Los Divinos a su suerte abandonaron a la humanidad; sólo un quórum de ellos permaneció.

---

[13]   Tomado y modificado de la Epopeya de la Creación Mesopotámica, el Enuma Elish.

A ese quórum le fue concedida la 'Esencia'; quienes la guarecieron y ocultaron con recelo y temor a que cayeron en manos de los Vencidos. Esa 'Esencia', las Diez Porciones del Cráneo de la Madre caída, serían utilizadas para crear nuevos mundos. Ellas, implementadas en los humanos, abrirían senderos secretos de la psique, al que tendrían libre entrada y que de ellos haría grandiosos y poderosos, pues, al ser hijos de la divinidad, tendrían acceso a capacidades escondidas.

A lo largo de la historia algunos humanos, selectos entre selectos, los capaces de dominar la fuerza de la vida, fueron bendecidos e instruidos con estas esencias. Algunos de ellos están aquí, ahora, en la cámara de junto».

Inanna concluye. Narra como en un melodioso cántico divino que, entonado por su dulce voz, se había tornado una retahíla de placeres.

—Tómense un minuto. Descansen. Rememoren lo que han vivido —dice Enki con voz apacible con los brazos cruzados por la espalda, tan erguido como siempre.

Millones de imágenes recorren mi mente como un rayo: la repentina invasión a México; Tara; Jessica; Italia; Katla y los triskels; la batalla en Palenque; Meci y sus acertijos; más invasiones; la pirámide subterránea en Washington; de nuevo Tara, Jessica y también Katla; la destrucción de Italia; La Cabaña y los líos sentimentales de los Iniefin; el abandono de Jessica; la cacería mundial de nuestro equipo; el desprestigio de La Orden; la batalla contra Xia en Francia; la traición de Sofía; las continuas derrotas del grupo; la magia de Erek y del Lotus; amores y desamores; las separaciones y reencuentros; las lecciones aprendidas por la fuerza; la muerte de todos nuestros conocidos; los innumerables sueños e ilusiones y, para finalizar con broche de oro, la apabullante historia de Inanna y Enki. Todo apuntaba hacia un mismo punto de origen.

—Todo se correlaciona… —susurra Tara, perpleja, después de un largo y profundo silencio, con la mirada perdida en el horizonte, reflexiva, ensimismada—, todo toma sentido… todo es… uno.

24

Todo es Uno

Diego

Los cabecillas del movimiento conspiratorio guardan silencio. Nos dejan a solas a Tara y a mí. Y con la creencia de que aquella historia nos daría mucho en que pensar y que largas charlas vendrían con punto base sobre esas palabras, regresan a la gran cámara. Volviendo la cabeza por sobre su hombro, Inanna, a mitad de la evanescente puerta, lanza una última e intrigante frase:

—La historia no fue escrita por nosotros. Implica que algunos de los enunciados podrían ser falsos.

Y desaparece tras la puerta mágica, no sin antes aprovechar la oportunidad para lanzar otro de sus seductores gestos. Me inquieta, me incita y en mi interior me estremezco.

A Tara no le para la boca. De inmediato comienza a hacer correlaciones. La primordial: aquella leyenda del origen de la tierra y los dioses era muy similar a la de multitud de religiones y culturas, tanto modernas como antiguas. Después opina, convencida de ello, que nos la habían contado de manera encriptada, pues Inanna había omitido los nombres de los protagonistas. Eso nos dio pie a la duda: ¿Ellos habrían tomado parte en esa leyenda? Si así fuera, ¿cuántos años tendrían...?

Luego Tara habla sobre la creación del hombre, tan famosa y divulgada como un producto maravilloso: *"...voy a consolidar la sangre en materia, crearé una creatura llamada Hombre, que hará los deberes de Los Divinos... el Primero, fue traído, degollado y de su sangre el Hombre fue creado..."*. Bien, qué se puede decir. Toda religión tiene su propia versión de esta misma historia: Según los egipcios, el ser humano era moldeado por Khnum, quien les daba el *ka*[14], y Heket, que insuflaba el aliento de la vida; los griegos decían que nacía de la tierra y era dotado de sus atributos por Prometeo; para los nórdicos, era creado a partir de los troncos de dos árboles inertes por Hoenir, Lodur y Odín; para los Mayas, era creado por un consejo de dioses a partir del maíz blanco y amarillo; según los Chinos, era moldeado en arcilla por P'an Ku, e impregnaba el Ying y Yang con su sudor; para el Hinduismo era formado a partir de Manú[15]; para la fe Judeo-Cristiana, es creado por Yahvé en el sexto día a partir del barro; el Islam dice que es creado por Alá con un poco de tierra tomando agua de todo el planeta, y, nuevamente en el sexto día del Génesis, el Catolicismo refiere que Dios sopla el ruah[16] para crear al hombre.

El famoso "a imagen y semejanza de Dios" resalta siempre.

---

[14]   Fuerza Vital

[15]   En sánscrito, *manu* proviene de *manas:* 'mente', y significaría 'pensante, sabio, inteligente' (según el *Vāyasanei samjitá* y el *Shatapatha bráhmana*) y 'criatura pensante, ser humano, humanidad' (según el *Rig-veda*). También se cree que proviene de un vocablo indoeuropeo que habría dado lugar al término inglés *man* (hombre varón) y a los términos españoles «humano» y «humanidad»

[16]   En la Biblia, la palabra ruah (חור, cuyo significado es "viento") se suele traducir como espíritu de esencia divina, lo que nos ha llegado como Espíritu Santo.

Continuamos conversando, y descubrimos algo interesante en la siguiente parte: *"Los Divinos, quienes descendieron alrededor de todo el planeta, ayudaron e instruyeron a sus humanos, quienes los adoraban; en su honor y bajo su tutela, maravillosas ciudades y majestuosos monumentos construyeron".* Para empezar, habitábamos en uno de esos monumentos: El Lotus. Pero la historia alude al pasado. En su gran mayoría este fragmento explicaría la similitud de las ciudades antiguas, desde las americanas hasta las orientales y el resto del mundo, que son inquietantemente semejantes; aún cuando aquellos hombres no tenían ningún medio para comunicarse entre sí, o eso es lo que pensamos. Salta también a tema la extraña coincidencia de que, en todas aquellas civilizaciones politeístas, destaca un panteón de dioses mayores cuyo número habitual era de doce; los atributos y poderes de algunos análogos rayaban en el idéntico del homogéneo.

Una inquietante duda nos genera el *"Once de los Vencidos en secreto a la Tierra vinieron, perduraron y su venganza planearon... Apartados y ocultos en lo recóndito de la Tierra, prevalecieron".* Prevalecieron, es decir, ¿una nueva venganza se acerca?

De regreso con las correlaciones, la clase de CDM cobró relevancia una vez más para percatarnos de varias cosas: esas *"Diez Porciones del Cráneo de la Madre caída",* esas que en conjunto conformaban una Esencia para crear mundos, eran ni más ni menos que las diez Sefirot[17], entre las cuales destaca la denominada *Keter,* que casualmente es la primera de las esencias y que es el nombre para designar al puesto que ocupan los *"selectos entre selectos... bendecidos e instruidos con estas esencias...",* dirigentes de La Orden, líderes mundiales y paladines en esta especie de proyecto secreto del que hablaban los antepasados de Tara, algunos de los cuales se hallaban en ese momento en el mismo edificio que nosotros.

---

[17]   Según la Cábala, las diez emanaciones de Dios empleadas para crear el mundo

Esas esencias, además de ser usadas por Dios para crear mundos, en nosotros *"abren senderos secretos de la psique"*. Es Decir… ¿Qué quiere decir esto?

ҘѺҀ

Para que Tara y Diego pudieran entender bien sobre los senderos requerían conocer las historias que habían vivido el resto de los Iniefin, por si solos y a la vez en conjunto, aunado a lo recién disecado: Queda claro que el ser humano fue hecho por la mano de Dios, sin destacar a ninguna creencia religiosa. Como se le explica a Jessica y cuenta Miguel (bisabuelo de Tara), Dios es un Todo, una Esencia, y todos somos parte de Ella. Comencemos por Katla: ella viajó por el tiempo a través de los Túneles donde fue instruida sobre esas Esencias en la búsqueda de su Árbol de la Vida, lo que implica entrar en armonía y significa acceder a un "sendero secreto de la psique", lo que activó su fuerza para "Ser-como-Dios", es decir, la energía implantada en el humano al ser creado por Dios mediante el despertar de la conciencia, de la armonía entre cuerpo, mente y espíritu, reunidos físicamente en el gran artefacto al que llaman Triskel, que adopta las aptitudes de la trinidad. Luego Jessica; ella un caso único. Emergiendo desde los orígenes de sus miedos y sus verdades (como después haría Tara a su modo), Jessica abrió paso al ascenso de Kundalini[18], es decir, la apertura de los Chakras[19], logrando así también acceder a un plausible "sendero secreto de la psique" que despertó a la diosa que había en ella. Eso, sin embargo, la había llevado a la muerte. Tara. Ella al igual que Jessica enfrentó y superó sus miedos. Tan importante como ello, restableció el equilibrio entre su Ying y Yang al atravesar por una profunda introspección que la guió a través de su subconsciente hacia una metamorfosis, su propio "sendero secreto

---

[18]　Descrito como una serpiente, que representa la energía invisible e inmedible en cada hombre

[19]　Son siete centros principales de energía inmensurable situados en el cuerpo humano.

de la psique" por medio de la voluntad. Esto es particularmente
loable, puesto que enfrentarse con otros es común y sencillo, pero
¿cuántos son capaces de enfrentarse a sí mismos, por sí solos?
Después Andrés, otro caso especial, quién, al ceder a sus
instintos e impulsos más bajos, va perdiendo el autocontrol.
Su gran poder y dominio del Triskel radica en eso mismo, se
aproxima cada vez más hacia el oscuro equilibrio que implica
en sí mismo el ceder toda la voluntad a una sola parte del Ying-
Yang. Un oscuro "sendero a la psique", contraparte de los
Sefirot: los Qlifot, es el camino que había tomado; uno que
los ángeles caídos más feroces recorrieran en su momento.
Sofía, la menos representativa de todos, hasta donde se supo, logró
un buen manejo del Triskel guiada por una personalidad egocéntrica
y petulante que de alguna manera obligaba a la misma máquina a
demostrar que era la mejor; en su caso funcionó al sacar lo mejor de sí
para adaptarse rápidamente y concederle cierto poder. Ningún "sendero
a la psique" se había presentado para la más joven de los Iniefin.
Impulsados o refrenados por tantos aspectos como el miedo, la
vergüenza, la mentira, la traición, la desesperación, la libertad, la
obsesión y el amor, todos ellos han logrado, a su modo propio, acceder
al dominio de la Fuerza de la Vida, a Dios, al Todo, al Uno.

ಐ ೞ

Diego

Tara prosigue con el análisis y recita: *"…dándole sus*
bendiciones al Primero de ellos, nombrado jefe de guerra y portador de El
Arma, poderosa y temida por Los Divinos". Se detiene y lanza una
pregunta: ¿será esa Arma el actual Triskel? Me intriga e inquieta
la posibilidad que plantea. Si tomamos en cuenta que era *"temida*
por Los Divinos", considero que es probable. Tara piensa que
"darle sus bendiciones" era el equivalente a lo siguiente: se nos
repite constantemente que los androides, después conocidos
como Triskels, no pueden ser utilizados por cualquiera. Esto se
refiere a que tendrían la capacidad de hacerlo sólo aquellos que

encuentran y recorren algún "Sendero a la Psique", es decir, la armonía de la que hablaba la maestra de CDM desde un principio; el simbólico Árbol de la Vida de Katla; la apertura de los centros energéticos de Jessica; la voluntad dominada por Tara e incluso el acogimiento de la energía oscura por parte de Andrés; todos esos senderos recorridos por algunos Iniefin que, aunque pareciesen distintos entre sí, resultan ser, en sus fundamentos, paralelismos de uno mismo que altera la mente, expande la conciencia y enaltece al espíritu para lograr así la activación de la adormecida Energía de Dios que llevamos dentro.

¿Quiénes son *Los Divinos* y quienes *Los Vencidos*? se pregunta también la preciosa Chica Misteriosa:

ဆာ၄

Recordemos aquí una pequeña parte de las historias de Jessica: uno de los videos le describe a estos seres —Enki e Inanna, entre otros todavía desconocidos— como la "raza de An", "An" en sumerio significa: celestial. Pretende esto proponer que, si son Celestiales, alias "divinos", dicho de otra forma "dioses" (como describió Rafael, tatarabuelo de Tara, a Inanna), ¿pueden ellos dar esa bendición para portar El Arma? En cuyo caso fuera cierto, ¿podría eso mismo significar que son ellos Los Vencidos (quienes poseen El Arma) y planean una nueva venganza?

ဆာ၄

Nos remontamos a la historia del bisabuelo de Tara, Miguel. Su opinión encaja, de cierto modo, con los mitos de la creación del hombre en toda religión. ¿Cómo? Así: la Selección Natural es el proceso que usaron los dioses al crearnos; el Ancestro Común, el material utilizado (entre ellos la energía de los dioses) y la Evolución el nacimiento de nuestra especie. Esto viene a que si los Celestes resultan ser esos laboratoristas de los que habla Miguel, entonces ¿podrían ser ellos Los Divinos y no Los Vencidos?

Al llegar a este punto le pregunto a Tara: «Si así fuera, si Enki e Inanna son parte de Los Divinos, entonces ¿quién de ellos es *El Héroe*?». A lo que ella contesta apasionadamente con otra pregunta: «¡Peor aún! Si ellos fueran Los Divinos ¿¡Quiénes serán Los Vencidos!? ¿¡Quién será *Ella*!?». Un escalofrío estremeció todo mi cuerpo.

No por ser An, significaba que los Celestes fueran ángeles benignos; pues como blanco es a negro y arriba es a abajo... benigno es a maligno.

Sin embargo, para esto ella no tardó en rememorar otro momento: la Batalla en Palenque. Esos abominables gigantes que nos atacaron querían la pequeña pirámide, o quizá la estaban protegiendo... pero ¿de quién? Si fuesen ellos Los Divinos, significaría en su totalidad que estábamos trabajando para los malos. Pero eso era imposible, tenían que ser Los Vencidos porque Meci nos guiaba para salvar al mundo. Ningún demonio busca salvar al mundo, al contrario, se alimenta del miedo, del caos y la pesadilla que hay en él. Pero:

ᛒ᛬ᚷ

Si tomamos en cuenta el video de Jessica, la mismísima Aria, tan benévola y amigable, le menciona que las funciones de La Orden son: encubrir una verdad, encontrar a los capaces de comprenderla, y eliminar al resto. Los An se pueden ver a sus espaldas mientras lo enumera. "Eliminar al resto" no suena muy divino, sin embargo, apenas unos segundos después se interrumpe a sí misma y la envía a Londres para evitar el ataque, lo cual logra y millones se salvan. La duda persiste ¿son ellos, los An, benignos o malignos?

ᛒ᛬ᚷ

Considerando que los supuestos hechos narrados por Inanna ocurrieron hace mucho, desde los inicios de los tiempos, cualquier cosa pudo haber sucedido. Desde la pacífica posibilidad de que la cronología quedara intacta con el paso del tiempo hasta una desastrosa fragmentación de perspectivas, así como alianzas y declaraciones de guerra entre los dirigentes de aquella raza que trastocara la sucesión de los hechos hasta el presente. Además, ¿cómo saber si no hay más razas? Si las hay, ¿estarán también involucradas?

Para nosotros Meci, la pequeña *M.E.C.I.I.A.H,* aquella pirámide que al preguntarle qué o quién era contestó "el que y quien puede ayudarlos", cobró importancia nuevamente: quien estuviera detrás de sus palabras podía ser determinante para saber qué bando es cual y contestar a tantas incógnitas.

De todos modos, sin importar cómo hubiesen sucedido las cosas, los hombres fuimos un precioso botín de guerra para unos tanto como fuimos una penosa condena para otros. Al parecer una nueva disputa para saldar cuentas se cernía y no dudábamos ni por un instante que ambos grupos hilaban sus uniformes, afilaban sus armas con esmero y alistaban a sus ejércitos para marchar hacia una batalla cruenta.

Para alimentar más la incógnita, ya sobre el ocaso del día, Tara planteó una cuestión final: «¿y si fueran falsos algunos fragmentos de la leyenda?».

Dedujimos, ya extenuados, que el probable autor de esa fábula sería, como en la gran mayoría de las historias, aquel que resultara salir victorioso; o si no por lo menos alguien que deseaba poder total. Lo que suena muy congruente cuando se trata de un ser que superó un gran mal, que se adjudicó la creación del Universo, de la Tierra y del hombre y, además, al que *"le entregaron total control, haciendo de su voluntad la suprema".* Lo que querría decir que el autor era *El Héroe,* miembro de Los Divinos, del bando vencedor. Esto abrió paso a una nueva interrogante: ¿qué estarían tramando Enki e Inanna en este lugar?

Originó en mí una abrumadora sensación de curiosidad y temor que carcomía mis entrañas. Esto empezaba a sonar como a un golpe de estado. ¿Estarían buscando derrocar a ese *Héroe* supremo? ¿Pretendían apoderarse del planeta? ¿Nos estarían utilizando como meros peones para lograrlo?

Comienzo a dudar. Por mi mente cruza la incontestable y traicionera sensación de equivocación, más bien de incertidumbre e insatisfacción. ¿Estábamos en el bando correcto? Dudo de Enki, de Inanna, de La Orden, de sus miembros, de mí.

Ya fuese una venganza, una guerra para saldar cuentas o un golpe de estado, días aciagos están por delante una vez más; días desafiantes en los que la vida y la muerte, la luz y la oscuridad, el bien y el mal se batirán en cruenta disputa. ¿Cuáles serán las recompensas y sanciones esta vez?

La única conclusión plausible a la que llegamos es que retrospectivamente en algún instante del cosmos, algún punto exacto en el que un gran *Iniefin* tuviera lugar, esa gran Esencia a la que llamamos Dios comenzó a dividirse y subdividirse, lo que generó entonces un parteaguas del que se engendraron esos billones y billones de preceptos, principios, dimensiones, mentalidades, normas, leyes y misterios cuyo alcance supera en demasía a nuestra capacidad de entendimiento primitivo. Como una hormiga que intenta comprender por qué el sol brilla; dudo que se lo pregunte o que le importe. Sin embargo, lo que nos diferencia de ella y el resto de los seres vivientes conocidos es la maravilla de la Razón, que por sí misma constituye uno de los mayores enigmas inexplicables del ser humano; quizá para atormentarnos, quizá para impulsarnos. El no saberlo se acentúa, se retroalimenta y se erige por sí solo como nuestro mayor anatema.

Aún así, sin importar el qué, el cómo, el cuándo ni el dónde, la tácita Idea es siempre la misma: Todo es Uno, Uno es Nada y Nada es Todo: *Initium et finis.*

Por fin me recuesto; espero a que el sueño me invada. Mientras tanto, una pregunta más me arrebata del descanso: ¿Qué sucederá cuándo esto se lleve a la práctica, es decir, cuando dé inicio la guerra o la venganza o la destitución? O quizás nada suceda y sea como decía Einstein: "Estoy satisfecho con el misterio de la eternidad de la vida y con el conocimiento, el sentido, de la maravillosa estructura de la existencia. Con el humilde intento de comprender aunque más no sea una porción diminuta de la Razón que se manifiesta en la naturaleza"; nada más.

Y así, a groso modo, los seres humanos tratamos de entender cómo nuestra historia universal encaja a la perfección como un gran rompecabezas cósmico. La ecuménica red se entreteje a sí misma.

25

Tarde de Reencuentro

Diego

El misterioso festejo de Tara se avecina con afanosa rapidez. El sol esclarece la fría tarde invernal, los enérgicos rayos se cuelan a través del ventanal cuyas cortinas permanecen la mayor parte del tiempo remangadas a los lados del cristal. La tormenta allende la cordillera continúa su parsimonioso avance; las nubes variaban de color constantemente. Un día eran moradas mezclado con un intenso negro, otro eran la amalgama perfecta entre rojo, anaranjado y gris. Cambiaban de color tanto como lo hacían de forma: a veces placenteras y lisas, a veces atemorizantes y grumosas o a veces moldeaban figuras tan extrañas como las nubes mastodónticas.

A pesar de que la tormenta arreciaba y azotaba con furia las tierras más allá de lo que alcanzábamos a ver, a nosotros nos tocaba disfrutar los preciosos paisajes de la exacta mixtura entre luz y sombra generados por la tormenta: cortinas luminosas que se filtraban entre las nubes, arco iris que resplandecían a lo largo de la altiplanicie y apacibles brizas que acariciaban el gran Valle de Erek, cuya magnificencia y hermosura se resaltaba con el brillo plateado del Lotus.

—¡Mira esto! —exclama Tara con entusiasmo saltando de la cama con el viejo cuaderno en sus manos.

—¿Recuerdas las extrañas figuras?

—Si te refieres a la maraña de manchas que hizo tu abuelo, entonces sí.

Se detiene ante el ventanal con una radiante sonrisa condescendiente. La luz vespertina bisecaba su hermoso rostro y espectacular figura. Con una de sus miradas expresivas me incita a acercarme.

Acepto su invitación y me aproximo mientras ella separa el primer grupo de páginas. Dobla el cuaderno y deja el pequeño bonche de hojas al contraluz. Estira el papel. El sin fin de manchas y marcas sin sentido se van empalmando poco a poco y ensamblan un impresionante dibujo: un círculo dentro de un rombo ocupa la mayoría del rectángulo de papel. Dentro del circulo se dibuja un hombre con dementes ojos desorbitados, desaliñado, atizado, de mal aspecto y sonrisa macabra en la que se vislumbran sus colmillos afilados; su rostro da la apariencia de un lobo hambriento. Sostiene con sus manos tensas, entre sus ensangrentados dedos, un gran cofre de madera vieja destapado. Su mirada está fija en su contenido: el planeta Tierra con aspecto metalizado, reluciente y resplandeciente, como el de un diamante bajo el rayo de luz. En la esfera se ven plasmadas un sinfín de imágenes, un *collage* de imágenes resaltaba lingotes de oro acumulados, libros abiertos apilados, comida en exceso, gente luciendo un aspecto exagerado y una ostentosa corona sobre un mapa, así como joyas, monedas y billetes, entre otras imágenes de exageración y opulencia. Sobre el hombro derecho del que parece ser un hombre lobo se vislumbra una considerable cantidad de personas desarrapadas, tendidas e inmóviles en el suelo sobre un grueso cúmulo de billetes, probablemente muertas; del lado izquierdo personas entecas y harapientas se apilan desvanecidas unas sobre otras hundidas en lodo y mugre con sus manos esqueléticas extendidas. Sus rostros pintan una clara desesperación, marchitas por la súplica desdeñada de benevolencia y bondad. Debajo del rombo se lee en letra gótica con figura elegante una sola palabra en latín: *"AVARITIA"*.

Una gélida punzada nace en mi pecho y recorre mi cuerpo. Me estremezco por el temor que provoca la magnificencia y la vesania de aquel trazo.

—¿Qué es esto? ¿Qué significa? —tartamudeo.

—Significa que…

—Diego, te esperan en la azotea —interrumpe Víctor que aparece en la puerta con cierto fastidio. Atraviesa por enfrente de la habitación con la vista fija en los archivos digitales de su ordenador portátil, sin detenerse. Miro a Tara que se encoge de hombros. Resultaba extraño que alguien además de nosotros dos permaneciera en la azotea por más de un par de minutos, tiempo máximo que tardaban las personas que llegaban por helicóptero en ingresar al Lotus.

—Puede esperar —le digo a Tara, restándole importancia al asunto. El cuaderno, sus extraordinarios dibujos, era lo que realmente acuciaba.

—¡Es urgente! —escucho que grita su padre a lo lejos.

—Iré rápido a ver de qué se trata —la beso en la mejilla como siempre—, no tardo.

Me apresuro dentro de uno de los ascensores, presiono el botón más alto y espero unos segundos en lo que llego a la cima del edificio; un tintineo anuncia mi llegada. Se abre la puerta. El atardecer dorado es majestuoso. En el cielo se dibujan una serie de nubes oscuras en forma de anillos con tintes rojos y anaranjados. Desde el horizonte color fuego sopla una vigorosa brisa que acaricia mi piel. Al frente, al borde del precipicio del Duranki, se encuentra una mujer de pie que mira hacia el crepúsculo cuyos cálidos rayos atravesaban entre las columnas que soportan el arco de la campana principal. El viento juega con el cabello de la chica, escrupulosamente alaciado, sujetado con un espléndido broche de oro blanco adornado con encajes plateados y dorados que adornaban la elegante figura esculpida de una flor de loto, que cae junto con el pasador por sobre uno de sus hombros.

Viste una estola tipo griego ceñida en el pecho y caderas de color perla; sus hombros desnudos enaltecen su sensualidad. La vestimenta se sostiene con un delgado tirante sobre su hombro derecho, donde luce otro broche, uno semejante al que usaba Inanna. El ajustado vestido le realza el pecho. La tela rebuja con laxitud su brazo derecho con tela blanca traslúcida, que con un largo sobrante puntiagudo se mecía al aire. El brazo izquierdo está desnudo por completo. El escote en su espalda llegaba a sus caderas, donde el ropaje se holgaba en un faldón que formaba pliegues conforme descendía a lo largo de sus piernas, hasta rosar el piso. El exceso de tela ondeaba al ritmo del aliento vespertino y las finas curvas de su lado derecho resaltaban al contraluz. Volteada ligeramente sobre su costado izquierdo, apenas podía ver el margen de su rostro cubierto por un flequillo que me impedía todavía reconocerla.

Salgo del elevador con recelo y me acerco un poco a ella. Avanzo con paso cansino y entrecierro los ojos con intriga. El viento me ensordece y el misterio inunda mi corazón que se agita en un ataque de extrañeza. El asombro me invade y mi respiración se entrecorta. Me ataca un destello intuitivo y creo saber quién es ella.

Estoy a un paso de distancia y entonces gira su cabeza con elegante parsimonia; su rostro queda al descubierto. La impresión me impacta. Me detengo en seco y percibo un nudo en la garganta que luego me revuelve el estómago. Estoy al límite de la estupefacción. Mi mente se pierde en la expresión de aquella mujer y las lágrimas brotan por el rabillo de mis ojos. Conmocionada y sacudida la racionalidad de mi intelecto es arrancada de tajo. ¿Cómo era posible que estuviera ella ahí?

Con un hilo de voz exclamé en un susurro apagado:

—Jess

Ella esboza la sonrisa más hermosa que jamás haya imaginado.

Tara

Miro el atardecer por unos minutos mientras repaso el dibujo en mi mente. Pienso en que seguro habrá más de ellos. Entorno la mirada hacia la cama, observo el cuaderno con recelo y aguanto la curiosidad de ver el resto.

Sin pensar volteo hacia la puerta. Un repentino destello llama mi atención. Sobre la mesita de noche están las placas de Diego.

«Nunca se separen mucho sus placas» recuerdo entonces que Aria e Inanna nos habían recomendado.

Un excelente consejo; yo me sentía débil, expuesta a las inclemencias de la intemperie, como desnuda e impotente, cuando no las traía conmigo. Me volvía loca a veces y me desesperaba sobremanera.

Las agarro y echo a andar hacia el elevador.

Diego

Al verla ahí, de pie frente a mí, sonriente, rebosante de alegría, tan viva, mis piernas flaquean y siento una tormenta de emociones que recorre mi cuerpo. El radiante vestido que resalta su firme busto, que contornea su esbelto vientre, que marca su estrecha cintura y que acentúa sus perfectas caderas, a pesar de que ocultaba sus fornidas piernas, impresionaba mi mente y mi alma; no sabía si reír o llorar de alegría.

Me envuelve una combinación de amor, de locura y excitación que no me permite hablar. Ella parece no sentir nada de eso, pero no se mueve; permanece en esa posición como si pretendiera darme tiempo para contemplar su inmejorable figura, tan hermosa y grácil como siempre; sin embargo, percibo que algo en ella ha cambiado. Emana la increíble sensación de un abismal bienestar, de profunda armonía y de paz divina. Irradia algo que denota grandeza, madurez, magnificencia. Enaltecida en sí misma, camina y se acerca caminando con ese garbo que le caracteriza. Sujeta mi rostro entre sus manos y me acaricia:

—Perdón por haberme ido. Pero ya estoy aquí… por ti he vuelto.

Tara

Con la mirada hacia el cielo imagino quién podría ser la persona que buscaba a Diego. De pronto, en un momento de distracción, se me resbalan sus placas y caen al piso del ascensor. Me agacho por ellas y las puertas se abren al mismo tiempo que me levanto. Suena el tintineo.

Diego

Ella se aproxima, muy lento, frena y casi aprese dudar. El tiempo se detiene. No pienso en nada, pero siento los bellos de mi nuca erizados y el calor de su cadera en mis manos. No me alejo. Entonces me besa, suave, dulce y cariñosa. Después, envolviéndome con sus brazos en un cálido y acogedor abrazo, cedo anonadado por su amorosa actitud. Correspondo su abrazo, la rodeo con firmeza por la cintura y de forma inconsciente la levanto en el aire.

El viento se apacigua. El momento es mágico y nos permitimos disfrutar la totalidad del reencuentro. Me siento en paz y ahogado en tranquilidad, casi pleno.

De pronto nos interrumpe un campaneo. Alarmados, miramos hacia el origen del sonido. Tras las puertas del elevador aparece una persona:

Katla

Un suave chasquido resuena y enseguida las compuertas se abren. Lo miro; está ahí, frente a mí, finalmente puedo verlo tan claro y nítido. Con la certeza mental de que mis ojos me engañan, me aproximo sin pensarlo dos veces. Con paso firme, a compás lívido y expresión cadente, sin presar atención al entorno ni a la marea de emociones que inundan mi corazón, expresadas en mis ojos que se nublan por lágrimas que anegan mi vista, me arrojo sobre aquel joven, imberbe, casi un niño, del que inusitadamente había caído enamorada.

Diego

Katla se precipita sobre mí, pasa sus brazos por detrás de mi cuello, tira de mí hacia ella y, con la torpeza de una adolescente primeriza, me besa. En sus labios percibo la amalgama perfecta de suavidad y firmeza. Me besa con recelo, luego con gran intensidad y al final con húmeda pasión. Expide una sensacional aura de placer y brío que me contagia de inmediato. Su beso resulta diferente, delicioso, extraordinario. Imagino que así es como se sentiría ser besado por un ángel. Mis manos inconscientes viajan hacia su desnuda cintura. Todavía viste con el viejo y desgastado uniforme lleno de agujeritos. El viento se apaga por completo, así como lo hiso el tiempo.

El eterno beso se ve interrumpido de pronto por un lejano repiqueteo causado por el metal al impactar contra el suelo. El chasquido que se genera por nuestros labios al separarnos resuena con más fuerza de lo que habría creído posible.

Los tres volteamos; Katla todavía arrebujada en mi pecho y Jessica con mirada perdida. Del otro lado de la gran fuente se encuentra Tara, pasmada, con gesto desairado y desconsolado, profundamente apocada.

Ofuscado y desconcertado me quedo inmóvil. Lo único que me recuerda que sigo vivo es el tacto de los brazos de Katla que se posan sobre mi pecho. Tara parece no mirar a nadie en particular. Jessica permanece impertérrita detrás de mí con las manos entrelazadas por delante y Katla no retrocede en absoluto; en silencio los tres inspeccionamos las reacciones de Tara.

De pronto la Chica Misteriosa inclina la cabeza hacia adelante con el entrecejo fruncido. Sus músculos se tensan y provocan un crujido al cerrar sus puños, que tiemblan y comienzan a balancearse en el aire. Acto seguido sus placas desaparecen: ha activado su Triskel.

Katla y Jessica leen el peligro. La alemana se aparta y se alista; sus placas también se han camuflado. Las manos de Jessica y su actitud inamovible permanecen inquebrantables, pero sus placas son invisibles. Las tres intercambian miradas con expresiones varias. Mi corazón galopante me urge a decir o a hacer algo, pero estoy paralizado y no sé qué hacer.

Es inevitable.

—Deberíamos calmarnos —habla Jessica en tono diplomático. Su intención de apagar el fuego surte el efecto contrario:

El androide de Tara se forma en un pestañeo, al mismo tiempo lo hace el de Katla. Ambas desaparecen dentro de su máquina y restallan en el aire los sonidos generados por la furia del metal al impactar el suelo. Mi horrorizado sistema se tensa, dejo de respirar, o eso creo. Mis articulaciones son de lija y permanezco inmóvil.

Katla forma una extraña esfera que emite extraños sonidos y gran calor con una de sus manos.

—Quizá ella tiene razón —vocifera su increíble voz metálica. Coincide con Jessica, que no ha movido un sólo músculo, y pongo toda mi esperanza en que entren en razón y se calmen.

Tara alza un brazo hacia el horizonte relampagueante. Con un gran estruendo uno de aquellos lejanos rayos se desvía como por arte de magia e impacta en la mano de Tara, que recibe el rayo sin la menor complicación. Su androide comienza a irradiar una luz cegadora. Despide una abrumadora onda de calor que con un movimiento del brazo es succionado hacia la mano que había recibido el golpe del rayo y una aterradora forma de energía se acumula y crece bajo el control de Tara.

—Quizá no —gruñe.

Agita sus brazos, la esfera de energía se divide en dos y proyecta una serie de truenos hacia Katla y Jessica que refulgen con millones de chispas.

Katla contraataca de inmediato. Genera y dispara una esfera que impacta y absorbe los proyectiles de Tara, provocando un torrente de energía que levanta una serie de ondas expansivas incandescentes cuya fuerza se propaga por toda la azotea. El viento transmite los clamores del terrorífico duelo. Los árboles se agitan, las aguas chapalean y las campanas tañen, levantando un cántico orquestal de guerra.

Miro a un costado. Jessica es impactada. La luz me ciega y abrasa mi piel. Transido de dolor me tiro al piso. Distingo sombras y destellos producidos por la batalla entre androides que pronto se torna en un combate cuerpo a cuerpo en medio de robustos golpes que crepitan con cada impacto.

Alguien empieza a tirar de mí sujetándome por las axilas. Parpadeo varias veces y empiezo a recobrar la visión lo suficiente para distinguir a Jessica. Ella me carga y me aleja rápidamente del lugar. Su sonrisa, que no se había borrado, me tranquiliza un poco. Miro hacia el lugar de la pelea. Uno de los triskels estira el brazo y lanza otro destello hacia nosotros. Jessica, en una reacción felina, se pone en medio del trayecto y me cubre con su propio cuerpo.

Grito. Me desgarro la garganta que arde hasta el estómago, pero el dolor es mudo y el sonido tan disperso que con mis oídos apagados, aturdidos por el rugido intenso del golpe sobre el cuerpo de Jessica, no escucho nada. Mis ojos se inundan de lágrimas y comienzo a llorar a raudales.

—¡Tara! —resuena un grito en el aire. Identifico la voz de Víctor.

—¡Basta! ¡Basta! —exclama Aria agitando las manos en el aire intentando detenerles.

La batalla se intensifica. No estoy seguro de lo que ocurre ni cómo ocurre, todo pasa demasiado rápido. Ambos triskels transmutan y toman nuevas formas. Mis ojos no dan crédito. Mis propias lágrimas me nublan la vista. Alcanzo a distinguir un gigantesco león que se enfrenta a un inmenso lobo.

Ambos embisten a su oponente, Aria y Víctor están en medio de la batalla, pero ambas creaturas los ignoran y lanzan terribles zarpazos, clavan sus afiladas garras y colmillos en el otro en una intensa lluvia que alza un barullo de gemidos de dolor entremezclados con bramidos de ira. Destrozan los elevadores a su paso. Fuentes, árboles y campanas son destruidas. La batalla recrudece.

Las creaturas colisionan una y otra vez. Parecen tan reales, tan vivas y expresivas; jadean, escupen y sangran. El león empieza de pronto a lanzar inmensas llamaradas de fuego; el lobo contraataca con gélidas ventiscas y navajas de hielo que rasgan la carne del león. Éste no hace sino enfurecer todavía más.

El ascensor junto al que me guarezco timbra. De él surgen Hela, Inanna y Enki. Pienso en que las cosas están por ponerse peores, pero el tintineo había dado pie a un momento de calma. Las bestias se separan. Permanecen encaradas con la furia impresa en la expresión de ambas, jadean con pasividad el irascible deseo de acabar con su contrincante. El momento es aprovechado por los miembros de La Orden y arman sus androides. El espectáculo es imponente. Tengo ganas de huir, de gritar, de hacer algo, pero el terror que me produce la crueldad de la pelea me atenaza el alma y el ardor en la piel es tan intenso que no puedo moverme.

En medio del abrumador escenario, con aquellos siete misteriosos seres investidos con el poder de los triskels enfrentados y la azotea devastada, distingo que el lobo presenta más heridas: tiene mallugado un ojo, borbotones de sangre manan por su cuello y una de sus orejas ha desaparecido. Del hocico de ambas gotea la sangre su adversario.

—Esto se termina ahora —espeta Hela, tan furiosa como las dos chicas.

—Las dos, hagan el favor de desarmar su androide —solicita Inanna con profunda quietud y armonía en su voz cantarina, como intentando apaciguar las aguas.

—¡Tara, sal de ahí en este instante! —vuelve a gritar Hela posándose frente al león, que la atisba con doliente indiferencia en señal clara de desprecio. El león súbitamente, con un vigoroso estruendo, se transfigura de nuevo. Nace un enorme dragón, tan temible como alucinante. Emite un atronador bramido que cimbra el piso y el aire alrededor retiembla. Sus escamas plateadas resplandecen con la luz mortecina del atardecer.

Con un latigazo; quizá deliberado, quizá no; golpea y lanza por la borda a la furiosa Hela que desaparece en el abismo. Esto detona a Enki, que en un abrir y cerrar de ojos se postra ante Tara, el dragón.

Con los brazos por primera vez a los costados, Enki la mira amenazante y le dice con voz tan potente como un trueno:

—Es suficiente.